Für meine Eltern

THE LIGHT IN YOU
von
Nora Theresa Saller

ROMAN

Sein Leben reicht Brandon nicht mehr! Als er seine Familie und die Hotels seines Vaters mit all den furchtbaren Erinnerungen hinter sich lässt, stellt sich über die Jahre eine nicht mehr zu ignorierende Unzufriedenheit in ihm ein. Eine kurze Auszeit in Aspen soll Brandon dabei helfen, einen neuen Weg für sich zu finden. Doch scheint sein Plan nicht aufzugehen. Anstatt zur Ruhe zu kommen, konfrontiert ihn eine junge, schöne Frau mit der schmerzvollen Vergangenheit in einer Version, die er bislang noch nicht kannte. Aber auch die Gefühle, die sie in ihm weckt, passen ihm gar nicht - anfangs.

Über die Geschichte:

Bis auf die Hotels und den Pub gibt es die wunderschönen Orte in Colorado wirklich. Die Protagonisten hingegen sowie ihre Namen sind ausnahmslos frei erfunden und etwaige Parallelen zur realen Welt rein zufällig. Dieser Roman ist für jene Leser, die gefühlvolle Liebesromane lieben, denen es darüber hinaus weder an Spannung noch Erotik fehlt.

Nora Theresa Saller lebt mit ihrer Familie in der Nähe von Hannover und arbeitet freiberuflich als Schriftstellerin. Seit früher Kindheit ist sie fasziniert von Texten und deren Wirkungsweisen. Die Lust am Schreiben und Lesen weckte ihre Großmutter, die sich in der Nachkriegszeit den Traum einer eigenen Buchhandlung erfüllte. Ihre Romane und Kurzgeschichten veröffentlicht sie unter Pseudonym.

NORA THERESA SALLER

The
Light
in you

ROMAN

Impressum:

3. Auflage, 2019
© 2021 Nora Theresa Saller

www.nora-theresa-saller.de
c/o Papyrus Autoren-Club,
R.O.M. Logicware GmbH
Pettenkoferstr. 1 6 - 1 8 0247 Berlin
Umschlag/ Cover: Nora Theresa Saller,

© Bigstock: digitalista, jawa123, mythja
Lektorat: Lektorat Wanderpult
Herstellung und Verlag:
BoD – Books on Demand, Norderstedt
ISBN: 9783754308554

Bibliografische Information der Deutschen Nationalbibliothek: Die Deutsche Nationalbibliothek verzeichnet diese Publikation in der Deutschen Nationalbibliografie; detaillierte bibliografische Daten sind im Internet über http://dnb.d-nb.de abrufbar.

Back to the Roots

Die Sonnenstrahlen machten den Staub, den ich beim Lüften aufwirbelte, sichtbar. Milliarden kleiner Schwebeteilchen glitzerten im Licht. Eine halbe Ewigkeit war ich nicht mehr hier oben in der alten Hütte meiner Familie gewesen. Ein Relikt aus der Zeit des Silbererzabbaus in Aspen. Das Hinauswandern hatte gutgetan, doch war ich nach Flug und Aufstieg erschöpfter als gedacht. Eine Woche Besinnung und Erholung lagen vor mir, um diesen unsäglichen Piepton in meinem Ohr loszuwerden. Außerdem musste ich mir Gedanken machen, ob der berufliche Weg, den ich vor vier Jahren eingeschlagen hatte, noch der richtige für mich war. Als Verkaufsleiter einer Tool Company verdiente ich gutes Geld, doch war der Preis, dass ich mein Privatleben dafür opferte, auf Dauer zu hoch. Ich war Anfang dreißig und sehnte mich nach einem warmen zu Hause, nach jemandem, der auf mich wartete und möglichst kein Hund war. Stattdessen bewohnte ich immer noch Mrs Morrisons kleines Gästezimmer und ließ mir von ihr die Hemden bügeln. Die Pension hatte sich als praktisch erwiesen. Zu praktisch für einen einsamen Workaholic. Es war ihre Idee gewesen, eine Auszeit zu nehmen. Und nun, da ich hier stand und mir die vergilbten Familienfotos an der Holzwand ansah, war ich froh, ihrem Rat gefolgt zu sein. Die kalte Frühlingssonne ging langsam unter und verwandelte die Berge in die Goldberge, die sie einst waren, als sie meine Vorfahren zu wohlhabenden Leuten machten. Es wurde Zeit, das Feuer im Kamin zu entfachen, wenn ich nicht erfrieren wollte. In gut 2.500 Meter Höhe konnte es im April hier in den Rocky Mountains empfindlich kalt werden. Die Lebensmittel aus meinem Rucksack stellte ich in die Truhe vor der Hütte und platzierte den Schlafsack vor dem Kamin. Mit Bier und ein paar Würstchen, die ich am Stock über dem Feuer grillte, machte ich es mir in dem kleinen Raum gemütlich. Der modrige Geruch, den die Hütte anfangs verströmte, wich angenehmem Bratenduft und dem von brennendem Holz. Das unrhythmische Knacken explodierender Harzblasen geleitete mich schließlich in den Schlaf.

Nach ein paar Eiern mit Speck und einem Becher Kaffee trieb es mich am nächsten Morgen hinaus in den Wald. Die harzige Luft war kalt und feucht. An Spinnenweben hatten sich Tautropfen gebildet. Meine Augen saugten das frische Grün um mich herum auf. Mit aller Macht trieben die Bäume ihr neues Blattwerk aus. Mein Blick folgte den weißen Stämmen der Zitterpappeln, die diesem berühmten Ort den Namen gaben, hinauf zu ihren Wipfeln. Ich ließ mich auf den Waldboden sinken, genoss das Rauschen der Baumkronen und verfolgte die sanften Bewegungen, die sie vollzogen. Wie weit weg schienen da das stickige Büro und das nervende Klingeln des grauen Telefons auf meinem Schreibtisch? Ganz abgesehen von dem Gebrüll meines cholerischen Chefs, Bill Walsh. Mein Gott, ich war hier, um das alles hinter mir zu lassen und nicht an diesen kleinen untersetzten Giftzwerg zu denken. Das Knacken eines Astes lenkte meine Aufmerksamkeit hangabwärts Richtung Hütte. Die Bäume und Büsche versperrten mir die Sicht, ließen jedoch schemenhaft erkennen, dass jemand oder etwas zur Hütte lief. Vater hatte mich oft genug gewarnt, hier oben nicht ohne Gewehr hinaus zu gehen. Jetzt, wo mir etwas zu meiner Verteidigung gegen Schwarzbären und vielleicht sogar einen Elch fehlte, ärgerte ich mich über meine Nachlässigkeit. Leider musste ich mir eingestehen, dass ich weit entfernt davon war, nur einen Tag in der Wildnis überleben zu können. In Chicago bestellte ich mein Essen telefonisch oder fuhr zu einem Drive-in. War Städter durch und durch. Bislang fand ich daran nichts Verwerfliches. Doch inmitten der Natur merkte ich umso mehr, dass ich an meinem derzeitigen Lebensstil etwas ändern wollte.

Als ich das Quietschen der Hüttentür hörte, beschleunigte sich mein Puls. Langsam und möglichst geräuscharm überwand ich den kurzen Weg zurück zur Hütte und blickte durch das schmutzige Fenster. Mit ziemlicher Wahrscheinlichkeit sah ich die Silhouette eines Menschen, da ich annahm, dass Bären keine Rucksäcke trugen. Verärgert über die Störung ging ich zur Vordertür, die noch immer offenstand.

»Das ist Privatbesitz! Was wollen Sie hier?«

Die Schroffheit in meiner Stimme tat mir augenblicklich leid, als ich die vermeintliche Begrüßung aussprach und sich der Eindringling erschrocken zu mir umdrehte.

»Du liebe Güte, hast du mich erschreckt!«

Die Frau verfiel in ein erleichtertes Lachen und kam mit ausgestreckter Hand auf mich zu.

»Hallo Brandon, dein Vater erzählte bereits, dass du auch hier bist. Schön, dich wiederzusehen.«

Meine Hand griff zögerlich nach ihrer und in meinem Kopf begannen sich die Rädchen zu drehen. Doch auch nach einer kurzen Ewigkeit konnte ich diese junge Frau keineswegs einordnen und auch nicht, warum Vater mit ihr über meine Nachricht sprechen sollte, die ich ihm kurz vor Abreise aus Chicago geschickt hatte. Sie war jünger als ich und bildschön. Die langen roten Haare waren zu einem Zopf geflochten und ihr schlanker Körper steckte in sportlicher Bekleidung. Ihr Lächeln erstarb, als ich stumm blieb.

»Oh, … du erkennst mich nicht?«

»Ich muss dich leider enttäuschen. Nein. Du musst mir wohl auf die Sprünge helfen.«

»Betty Harper.«

Ihr Gesichtsausdruck verriet die Spannung, doch außer, dass sie ebenfalls, wie ich, Harper hieß, war sie mir völlig unbekannt. Entschuldigend zog ich die Schultern nach oben.

»Es tut mir wirklich leid, Betty, aber sind wir vielleicht entfernte Verwandte?«

»Scheinbar entfernter, als gedacht. Ich muss zugeben, dass es lange her ist, dennoch habe ich angenommen, dass ich dir in Erinnerung geblieben wäre. Schließlich waren unsere Eltern verheiratet und wir lebten zusammen in Lakewood. Eine Zeitlang zumindest.«

Wie bitte? Diese Frau vor mir war die hässliche kleine Tochter von Dads Exfrau Carmen? Es fiel mir schwer, meine Verblüffung zurückzuhalten. Auch wenn sie und Carmen nach der Hochzeit bei uns eingezogen waren, mied ich ihre Gegenwart damals.

»Elisabeth! Darauf wäre ich wirklich nie gekommen. Meine Güte, hast du dich verändert.«

»Ich verstehe das als Kompliment.«

»Das muss doch jetzt 10 Jahre her sein, oder?«

»Beinahe 13! Ich trug meine erste Zahnspange und wog mehr als jetzt, als du nach Chicago gegangen bist.«

Damals war ich froh, dass ich diese kleine Nerven-säge nicht mehr sehen musste.

»Ja, mag sein … Ich muss gestehen, ich erinnere mich kaum noch an diese Zeit.«

Das war nur die halbe Wahrheit. Ich wollte mich nicht an diese Zeit erinnern. Nach der Hochzeit von Vater und ihrer schrecklichen Mutter, habe ich oft bei meinem besten Freund Matt übernachtet. Schließlich bin ich weit weg von Denver nach Chicago auf das Calumet College gegangen, um meinen Abschluss in Betriebswirtschaft zu machen. Vater wollte, dass ich in Denver bleibe, doch ich ertrug es nicht, dass er bereits ein Jahr nach Mutters Tod wieder heiratete - zu allem Überfluss auch noch seine Empfangsdame. Er hoffte sicher immer noch, dass ich ins Hotelgewerbe einstei-gen und eines seiner Hotels übernehmen würde. Ich hingegen wollte nichts mehr mit alledem zu tun haben. Die Hotels erinnerten mich schmerzhaft an den Ver-lust meiner Mutter, an ihren Tod und daran, dass er sich Ersatz innerhalb der Belegschaft gesucht hatte. Später erfuhr ich von Granny, dass mein Dad zwei

Hotels verkaufen musste, um Carmen auszubezahlen. Geblieben waren nur das kleine Harpers Inn meines Großvaters hier in Aspen und das gleichnamige Flaggschiff im Zentrum von Denver.

Elisabeth ließ ihren Rucksack auf den Holzboden hinabsinken und zog ihre Jacke aus.

»Könnte ich wohl einen Tee bekommen?«

»Sicher. Ich setze Wasser auf.«

Sie war enttäuscht. Wahrscheinlich hatte sie sich meinerseits etwas mehr Freude über ihren Besuch erhofft. Ich hingegen hoffte inständig, dass sie nach dem Tee das Weite suchte, bevor es kompliziert wurde. Alte Familiendramen wollte ich weiß Gott nicht aufleben lassen.

»Verrätst du mir, was dich herführt?«

»Ich schätze mal, dasselbe wie dich. Die Natur genießen. Warum kommt man sonst an einen Ort wie diesen?«

»Na ja, um seine Ruhe zu haben.«

Der Satz ging mir schneller über die Lippen, als mir im Nachhinein lieb war. Ohne es auch nur ansatzweise vor mir verbergen zu wollen, rollte sie ihre großen grünen Augen.

»Brandon, ich habe nichts dagegen, dass du hier übernachtest. Nach all den Jahren habe ich zwar gehofft, dass der Graben zwischen uns etwas schmaler geworden ist. Ich bin aber nicht gerade überrascht, dass es nicht so ist. Bitte tue mir nur den Gefallen und räume auf, bevor du wieder gehst. Nach der Wintersaison brauche ich die Hütte wieder und habe weder Zeit noch Lust dir hinterher zu räumen.«

Was dachte dieses Frauenzimmer, mit wem sie hier

sprach?

»Sag mal, wie redest du eigentlich mit mir? Ich wüsste nicht, was es dich angeht, wie es hier aussieht.«

Es forderte mich einige Überwindung, nach ihrem skurrilen Monolog meine Fassung nicht zu verlieren. Blöde Kuh!

»Wenn du dich auch nur einmal mit deinem Vater unterhalten hättest, wüsstest du, dass er mir die Hütte überlassen hat.«

»Wie bitte? Was soll Dad gemacht haben?«

»Sei bitte nicht kindisch. Du warst das letzte Mal mit zwölf Jahren hier oben.«

»Ich glaube dir kein Wort! Das ist doch nichts weiter, als das übliche intrigante Spiel von deiner Mutter und dir. Ihr habt damals das halbe Vermögen bekommen, was meinen Vater zwei seiner Hotels gekostet hat. War das nicht genug? Müsst ihr auch noch unsere Familiengeschichte an euch reißen. Wie kann man so gierig sein?«

Ich musste dringend mit Vater sprechen, um dieses Weibsbild aus meiner Hütte schmeißen zu können. Wie konnte man nur so widerlich sein? Ich weiß gar nicht, ob ich Gegenwehr erwartete, aber sie blieb aus. Als ich nach meiner Jacke griff, fiel mein Blick auf ihre tränenverschleierten Augen. Sie hatte wohl selbst gemerkt, dass sie zu weit gegangen war. Mir reichte es jedenfalls für den Moment und ich stürmte aus der Hütte.

Das lausige Funknetz hier in den Bergen zwang mich, bis fast hinunter in den Ort zu laufen. An einer Informationstafel für Wanderwege machte ich halt und wählte aufgewühlt die Nummer meines Vaters.

»Harper.«

Er klang heiser und angestrengt. Älter als bei unserem letzten Telefonat vor … vor … Monaten vermutlich.

»Hi Dad, ich bin's?«

»Brandon?«

»Ja, natürlich bin ich es oder gibt es noch einen Mann, der dich Dad nennt?«

»Nicht, dass ich wüsste. Leider ist mein Sohn niemand, der mit seinem Vater regelmäßig telefoniert, geschweige denn, sich treffen mag. Weißt du eigentlich, wann ich zuletzt von dir gehört habe?«

»Nein Dad, das weiß ich nicht. Aber du wirst es mir sicher gleich verraten.«

Ich hasste diese Gespräche. In meinem Alter sollte ich mir wirklich keine Predigten mehr anhören müssen. Doch mein alter Herr überraschte mich mit Nachsichtigkeit.

»Ach mein Junge, ist ja auch egal. Was ist der Grund deines Anrufes?«

»Ich bin seit gestern in Aspen … in unserer Hütte. Ausgerechnet heute bekomme ich Besuch von Elisabeth Sloan. Sie behauptet, dass du ihr unsere Hütte gegeben hast.«

»Sie heißt Harper, nicht Sloan und sie hat mir letzte Woche gesagt, dass sie nach Aspen fährt.«

»Letzte Woche? Warum sprichst du mit ihr? Sie hat schließlich dein halbes Vermögen geklaut.«

»Ich spreche mit ihr, weil ich sie sehr gern habe, und um deine ungestellte Frage zu beantworten: Ja, es ist nun ihre Hütte. Ich hätte dich gern gefragt, ob etwas dagegenspricht, aber habe mich dann dafür entschieden, ihr die Hütte zu geben. Deine Missachtung meiner Anrufe habe ich als Desinteresse gewertet. Nun ist es so und ich bitte dich, es zu akzeptieren.«

»Das kann doch nicht dein Ernst sein? Ist dir eigentlich bewusst, wie viel ich im letzten Jahr gearbeitet habe? Ich habe kein Privatleben mehr. Sitze nur noch am Schreibtisch und arbeite wie ein Verrückter. Dann komme ich nach Aspen, um endlich einmal Urlaub zu machen, um Luft zu holen, und nach nicht einmal vierundzwanzig Stunden in der Hütte meiner Vorfahren muss ich erfahren, dass du unser Familienerbe an diese gierige Schlange verhökert hast? Ich fasse es nicht!«

»Das ist wirklich sehr bedauerlich, dass du es so siehst. Bevor ich auflege, möchte ich dir noch sagen, wann du mich das letzte Mal angerufen hast: Es war zu meinem Geburtstag. Vor zwei Jahren.«

Irritiert vom unerwarteten Ende unseres Gesprächs starrte ich auf das Display. Normalerweise würgte ich ihn sonst ab. Aber das es bereits zwei Jahre her sein sollte, dass wir zuletzt telefoniert hatten, schockierte mich zutiefst. Das bedeutete, dass ich wenigstens einen Geburtstag vergessen hatte. Ein erneuter Blitz durchströmte meinen Körper. Ich wischte über das Display, um mich zu vergewissern, dass heute nicht sein Geburtstag war. Nein, erst in fünf Tagen. Dennoch, dass er ihr die Hütte ohne meine Kenntnis gegeben hatte, konnte ich nicht begreifen. Niemals hätte ich dem zugestimmt.

Völlig ahnungslos, was ich jetzt machen sollte, blickte ich um mich. Vor mir lag Aspen, hinter mir der Pfad zur Hütte. Kurzerhand entschied ich mich dafür, in den Ort zu gehen.

Die Skisaison war so gut wie vorbei und die Tage wurden ruhiger. Aspen ist eine wunderschöne kleine

Stadt. Einst am Reißbrett entworfen, reihen sich die Häuser an den geraden Straßen aneinander. Niedliche Holzhäuser neben rotgemauerten Kastenhäusern, die Mom immer Schuhschachteln nannte. Ich mochte das Stadtbild. Hier waren die Bäume in den Straßen noch höher als die Gebäude, und im Sommer dominierten das viele Grün und unzählige bunte Blumen. Seit meinem letzten Besuch hatte sich das Zentrum verändert. Viele neue Restaurants, Galerien und Hotels fielen mir auf. Teure Designerläden zierten die rotgepflasterte Fußgängerzone, auf der die Touristen wandelten. Stolz trugen sie die Papiertüten von Gucci und Prada zur Schau oder saßen in Wolldecken gehüllt unter den Heizpilzen vor den Bars und stießen gutgelaunt mit Champagnerflöten an. Ich blieb vor dem Wheeler Opernhaus stehen und betrachtete die rötliche Sandsteinfassade mit den kleinen dunkelblauen Markisen an den unteren Fenstern. Mit meinen Eltern war ich als kleiner Junge oft in diesem Haus. Ich konnte mich noch gut an die weichen, roten Samtsitze und die taubenblau gestrichene Decke im Saal erinnern. Aspens kulturelles Angebot suchte seinesgleichen. Die Kleinstadt war nicht nur die offensichtliche Ski-Hochburg neureicher Amerikaner, die sich unter Champagnerregen feierten, es war vor allem in den Sommermonaten ein Ort musikalischer Inspiration, wenn das jährliche Musikfestival Einzug hielt und wochenlang mit Konzerten aufwartete.

Ich ließ mich weiter von den Straßen führen, entlang des Paepcke Parks, bis sich in der East Main Street vor mir das dreistöckige Harpers Inn erhob. Es war viel schöner als in meiner Erinnerung. Die graublau gestrichenen Holzelemente der Fensterrahmen und des großen Balkons, der zur Hälfte über den Gehweg ragte, harmonierte perfekt zum Rotton des Sandsteins. Wie das Wheeler Opernhaus wurde auch dieses Gebäude Ende des 19. Jahrhunderts erbaut. Auf den zweiten Blick sah man dem Mauerwerk die Zeit an, doch wirkte es mit seinen kleinen Makeln nur noch einladender.

Plötzlich fand ich mich in der kleinen Empfangshalle wieder, sog die Eindrücke und das leise Pianospiel in mich ein. Ein warmes Gefühl durchströmte mich und ließ mein Herz fast platzen. Als Mutter noch lebte, waren wir oft hier. Sie wünschte sich, dass ich dieses Hotel irgendwann führte. Ich sah mich als Kind über den dunkelroten Teppich flitzen und meine Mutter beim Tee mit ihrer Freundin im Salon lachen. Mit ihrem Tod waren all diese schönen Erinnerungen gegangen. Ich nahm auf dem verschlissenen, braunen Ledersofa gegenüber des Empfangstresens Platz und genoss die Atmosphäre. Der goldene Kronleuchter über mir tauchte den Salon in warmes Licht, welches mir das Gefühl gab, dass sich nichts verändert zu haben schien. Die buntgemusterte Tapete oberhalb der dunklen Holztäfelung an den Wänden schluckte einen Großteil der Beleuchtung und machte den Raum kleiner, als er vermutlich war. Dieses Interieur war typisch für diese Gegend. Überladen und bunt. Muster auf Muster. Ich liebte das viele Holz, das in den Räumen verarbeitet worden war, doch dem restlichen Firlefanz konnte ich nichts abgewinnen. Helle Räume und klare Linien waren mir lieber.

Neben mir tauchte eine Gestalt auf.

»Guten Tag, Sir. Haben Sie einen Wunsch?«

Ein Mann ungefähr meines Alters in Livree lächelte mich freundlich an.

»Würden Sie bitte die Zeit für mich zurückdrehen?«

»Sir?«

»Entschuldigen Sie bitte. Ich wollte Sie nicht in Verlegenheit bringen. Wissen Sie, ich habe als Kind viel Zeit hier verbracht und schwelge gerade in Erinnerungen.«

»Verstehe, Sir. Dann freut es mich sehr, sie erneut hier begrüßen zu können. Darf ich Ihnen etwas empfehlen?«

Der Mann war eindeutig Engländer. Vielleicht hatte er sogar eine Ausbildung zum Butler durchlaufen.

»Sehr gern … wie war gleich Ihr Name?«

»Montgomery, Sir. Dürfte ich Ihnen vielleicht eine heiße Schokolade bringen?«

Verwirrt lächelte ich ihn an, musste aber zugeben, dass es genau das war, was mir in diesem Moment fehlte. Wahrscheinlich hätte mir ein Amerikaner eher einen Whiskey empfohlen, den ich vor zwei Stunden sicher vorgezogen hätte.

»Ja, Mr. Montgomery. Warum nicht? Bringen Sie mir bitte eine heiße Schokolade.«

»Sehr wohl, Sir.«

Er verbeugte sich und verschwand genau so unauffällig, wie er gekommen war.

Auf dem niedrigen Tisch vor mir lag eine Mappe mit Ausflugzielen und Aktionsangeboten für die Gäste. Ich zog diese auf meinen Schoß. Vielleicht fand ich ein Angebot für mich, was mich den ganzen Mist, der von Arbeit bis Familie reichte, einen Moment vergessen ließ. Und tatsächlich sprang mir eine geführte Wandertour ins Auge:

Back to the Roots
Erleben Sie drei Tage in der Wildnis der Rocky Mountains.
Übernachten Sie in freier Wildbahn, fischen Sie mit selbst-
gebauten Angeln und lernen Sie, Feuer ohne moderne
Anzünder zu entfachen.

Genau das, was ich jetzt brauchte. Montgomerys Schatten tauchte neben mir auf und ließ mich aufblicken. Er stellte das Service vor mir ab und reichte dazu ein paar Sandwiches.

»Ein Gruß aus der Küche, Sir.«

»Wie aufmerksam. Ich danke Ihnen. Dürfte ich Ihnen noch eine Frage zu einem Angebot aus dieser Mappe stellen?«

»Selbstverständlich, Sir.«

»Kann ich bei Ihnen die Tour Back to the Roots buchen? Oder an wen wende ich mich da am besten?«

»Dafür ist unsere neue Managerin zuständig. Ich werde ihr Bescheid geben lassen. Einen kleinen Moment bitte.«

Ich nickte und Montgomery entfernte sich. Wie stilvoll hier noch alles war. Selbst die zwei Pagen, die einen Gepäckwagen zum Lift fuhren, trugen eine ansprechende dunkelrote Uniform mit goldenen Zierknöpfen und ein Schiffchen auf dem gestriegelten Haarschopf. Als wäre die Zeit stehen geblieben.

Und diese heiße Schokolade war ein kulinarischer Traum. Das war gewiss keines der billigen Pulver, die man in fettarme Milch rührte.

»Entschuldigen Sie bitte, Sir. Sie interessieren sich für

eines unserer Aktionsangebote?«

Eine ältere Dame, die laut Namensschild Eva Baxter hieß und Hausdame war, lächelte erwartungsvoll. Ich nahm an, dass Montgomery nicht sie im Sinn gehabt hat, als er mir die neue Managerin schicken wollte.

»Ja, richtig. Ich würde gern diese Tour hier buchen. Leider bin ich nur noch fünf Tage in Aspen und hoffe, dass es kurzfristig möglich ist.«

Ihre Augen folgten meinem Finger auf dem bunten Blatt.

»Das werde ich gern für Sie in Erfahrung bringen. Würden Sie mir bitte noch Ihre Zimmernummer verraten, damit ich weiß, wo ich Sie erreichen kann?«

»Oh, ich wohne gar nicht hier, Mrs Baxter. Ich kann Ihnen aber meine Mobilnummer nennen. Obwohl … Sie werden mich oben in der Hütte nicht erreichen. Wissen Sie was, ich checke einfach ein.«

»Das freut mich, Sie als Gast begrüßen zu dürfen. Melden Sie sich doch bei Mr. Brown an der Rezeption an. Ich werde mich später bei Ihnen wegen der Tour melden.«

Du liebe Güte, so spontan war ich zuletzt bei McDonalds, als ich meinen geliebten McRib gegen einen Aktionsburger tauschte und es anschließend bitter bereute. Hoffentlich entpuppte sich das hier nicht auch als Fehlentscheidung. Nach meinem großartigen Imbiss suchte ich Mr. Brown am Empfang auf. Er war der erste Mitarbeiter, den mein Vater eingestellt hatte. Umso gespannter war ich, ob er mich noch erkannte.

»Hallo Mr. Brown, es ist wirklich schön, Sie wiederzusehen.«

Er war älter als Dad und sein Haar war schütter und

grau geworden. Bis zum Ruhestand dauerte es sicher nicht mehr lang. Freundliche, trübe Augen sahen über die goldene Nickelbrille und betrachteten mich eingehend.

»Verzeihen Sie mir Sir, mein Gedächtnis ist nicht das Verlässlichste. Ich nehme an, Sie haben uns bereits beehrt?«

»Das ist auch sehr unfair von mir, Sie nach all den Jahren einfach zu überfallen. Ich bin's, Brandon Harper.«

Die Überraschung in seinem Gesicht wich einem freudigen Lächeln.

»Aber ja! Mister Harper. Wie schön, dass Sie uns besuchen. Bleiben Sie länger in Aspen?«

»Ich freue mich auch. Der Besuch war längst überfällig. Haben Sie vielleicht noch ein Zimmer für mich frei? Nur für ein paar Tage.«

»Ganz gewiss, Mister Harper. Für die Familie haben wir immer ein Zimmer frei. Die Familiensuite ist derzeit leider belegt. Sie wissen sicher, dass ihr Vater morgen anreist. Aber die Hochzeitssuite wäre bis zum Wochenende frei.«

Die Info, dass mein Vater herkommen wollte, schockierte mich mehr, als dass es mich freute. Nach unserem Gespräch vor wenigen Stunden fühlte ich mich wie der letzte Trottel. Wie sollte ich ihm jetzt gegenübertreten? Natürlich war ich sauer wegen der Hütte. Dennoch nagte das schlechte Gewissen an mir, weil ich Dad so lange gemieden hatte. Vielleicht war es ganz gut, dass ich mich dieses Mal nicht drücken konnte.

»Geben Sie mir bitte ein ganz normales Einzelzimmer.«

»Wie Sie wünschen. Die 22 ist noch frei. Das Zimmer hat einen schönen Blick auf die Berge.«

Das wäre keine gute Idee. Dann würde ich jedes Mal beim Blick aus dem Fenster daran erinnert werden, dass unsere Hütte nun nicht mehr unsere Hütte war.

»Hätten Sie ein Zimmer zur Straße hinaus?«

»Gewiss, aber der Pub gegenüber hat jeden Abend von zehn bis elf Uhr Happy Hour. Dort tummelt sich der halbe Ort. Falls Sie etwas ruhiger schlafen wollen, kann ich die Zimmer zur Straße nicht unbedingt empfehlen.«

»Danke Mr. Brown, aber ich wohne in Chicago und bin einiges gewohnt. Das geht in Ordnung.«

»Wie Sie wünschen. Sollten Sie dennoch umziehen wollen, geben Sie mir bitte Bescheid.«

Er legte mir den Schlüssel mit der Nr. 11 auf den Tresen und ich unterschrieb ein Formular.

»Dürfen wir ihr Gepäck nach oben bringen?«

»Heute nicht. Ich habe alles oben in der Hütte gelassen und schaffe es nicht, bei Tageslicht wieder hier zu sein, wenn ich die Sachen jetzt noch hole. Werde mich morgen darum kümmern. Heute könnten Sie mir mit einer Zahnbürste aushelfen.«

»Verstehe. Wir werden Ihnen alles, was Sie benötigen, zur Verfügung stellen.«

»Ich danke Ihnen.«

»Sehr wohl. Haben Sie einen angenehmen Aufenthalt und Sir …«

»Ja, Mr. Brown?«

»Schön, Sie zu sehen. Ich hoffe, wir haben zukünftig häufiger das Vergnügen.«

»Das hoffe ich auch. Mir war gar nicht mehr bewusst,

16

wie schön es hier ist.«

Obwohl ich mich bei einem guten Film in mein Bett zurückziehen sollte, zog es mich am Abend hinüber in den Pub. Die Stimmen auf der gegenüberliegenden Straßenseite waren nicht zu ignorieren. Als dann auch noch eine Fidel einsetzte und lebendige, irische Folklore erklang, packte mich die Neugier.

Der Laden war brechend voll. Voll mit Leuten, die sich amüsierten. Es wurde gelacht und getanzt und das Bier floss in Strömen. So dauerte es eine Weile bis ich endlich die hölzerne Theke erreichte und nach nochmal so langer Zeit vom irischen Bier kosten durfte. Neben ein paar Softdrinks und Whiskeys, war es das Einzige, was zur Auswahl stand. Verblüfft über das kleine Angebot drehte ich mich um und ließ meinen Blick über die Menge schweifen. Was es wohl war, was diese Menschen an diesen Ort zog? Das Bier war sehr gut, keine Frage, aber sonst gab es hier doch gar nichts Besonderes. Der Pub sah mit seiner alten urigen Einrichtung aus wie viele seiner Art. Dunkle Holzbalken, schummriges Licht, geschmückt mit grünen Girlanden vom letzten St. Patricks Day vor ein paar Wochen. Doch, nachdem ich die vielen teuren Läden und Restaurants heute gesehen hatte, war es wohl das, was die Menschen an diesem Ort suchten. Vermutlich waren die meisten hier irgendwo angestellt und fanden im Pub etwas Normalität.

Ein neues Lied erklang und die Menge begann erneut zu feiern. Sie sangen mit und hatten richtig Spaß. Eifersucht stieg in mir auf. Genau danach suchte ich. Ausgelassenheit. Freude am Leben. Allein, sie zu beobachten, malte mir ein breites Grinsen ins Gesicht. Obwohl ich niemanden kannte, fühlte ich mich ausgesprochen wohl. Bis ich feststellen musste, dass ich doch jemanden kannte. Als das Spiel des Geigers nach vielen Zugaben zu Ende ging, trat eine Frau auf die kleine Bühne. Gemeinsam mit dem Geigenspieler und einem Gitarristen begann sie ein Lied zu singen, dass mir ein wohliger Schauer über den Körper fuhr. Die Menge wurde still und hörte ihr ehrfürchtig zu. Diese Art von Musik hörte ich an diesem Abend das erste Mal. Eine Mischung aus irischer Volksmusik und amerikanischem Country. Doch das Bezauberndste an dem Ensemble war die Stimme der Sängerin. Erst als sich unsere Blicke zufällig fanden, erkannte ich, wer sie war.

Elisabeth.

Erschrocken blicke ich weg und trank vor Verlegenheit viel zu schnell mein Bier aus. Sie hätte ich hier wirklich nicht erwartet. Wut stieg in mir auf. Erst machte sie mir meine Hütte madig und jetzt tauchte sie auch noch hier auf, wo ich mich gerade begann zu entspannen. Offenbar war sie noch genauso eine Nervensäge wie damals. Ich knallte das Glas auf den Tresen und kämpfte mich durch die Menge nach draußen. Anstatt ins Hotel zurückzugehen, lief ich die Straße hinauf. Irgendwann stand ich inmitten des Paepcke Parks vor dem kleinen runden Holzpavillon und verspürte einen Mordshunger.

Ich steuerte auf ein kleines Sushi-Restaurant zu, das sich in einem unscheinbar blaugestrichenen Holzhaus versteckte. Nachdem ich meinen Körper in den letzten Jahren mit Fastfood schikaniert hatte, war es nicht verkehrt, ihm etwas Gesundes zu gönnen.

Die nette Kellnerin setzte mich an die Bar, deren Tresen aus einem einzigen langen Baumstamm gefertigt worden war.

Der Blick in die Karte verriet, dass das Essen viel teurer war als erwartet, doch bereits der erste Bissen rechtfertige den Preis. Der Fisch war frisch und zerfiel auf der Zunge.

Ich nahm einen anderen Weg zurück und entdeckte weitere Restaurants, die auch am späten Abend noch gut gefüllt waren. Als ich wieder in die East Main Street einbog, waren die Stimmen im Pub unverändert fröhlich. Das ärgerte mich maßlos. Aber wie konnten die Leute dort drin auch wissen, was in mir vorging oder was für ein intrigantes Miststück ihnen vermutlich allabendlich vorsang – von der großen Liebe und solch einem Quatsch.

Die Empfangshalle des Harpers Inns war leergefegt und vor der Restauranttür stand auf einem goldenen Schild: geschlossen. Mr. Brown stand hinter dem Empfangstresen und nickte mir zu, bevor er mir den Zimmerschlüssel auf den Tresen legte.

»Guten Abend Mr. Brown, darf ich Ihnen eine Frage stellen?«

»Guten Abend, Mr. Harper. Gewiss dürfen Sie das.«

»Warum hat unser Restaurant heute geschlossen?«

»Nun Sir, es hat sich nicht mehr gelohnt, den Betrieb am Abend aufzunehmen.«

»Das verstehe ich nicht. In der Stadt ist fast jedes Restaurant um diese Zeit gut besucht. Es scheint also keinen Mangel an williger Kundschaft zu geben.«

»Nein, Sir. Das stimmt wohl.«

»Ich habe das Gefühl, dass Sie mir etwas vorenthalten?«

»Es steht mir nicht zu, Ihnen darüber Auskunft zu erteilen.«

»Ach nein? Na, Sie machen es ja spannend!«

»Ich gehe davon aus, dass ihr Vater Ihnen morgen während des Meetings alles Entscheidende mitteilen wird.«

Oh, es wurde immer interessanter. Meine Unwissenheit darüber, dass ich überhaupt nicht wusste, dass es ein Meeting geben sollte, ließ ich mir jedoch nicht anmerken.

»Ach ja, wann wird das Meeting gleich noch einmal sein?«

»Direkt nach dem Frühstück um zehn Uhr im Büro Ihres Vaters.«

Ich nickte bestätigend, als wäre es mir wieder eingefallen.   »Danke, Mr. Brown und gute Nacht.«

»Gute Nacht, Sir.«

Es fiel mir nach dem turbulenten Tag schwer, zur Ruhe zu kommen. Als ich damals nach Chicago ging, hatte ich es unter anderem mit der Absicht getan, Elisabeth und ihre Mutter nie wieder zu sehen. Aber auch ohne mein Zutun dauerte es nicht mehr lang, bis es zur Scheidung kam. Ich hegte keinerlei Interesse an diesem Rosenkrieg. Granny rief mich damals oft an und bat mich, nach Hause zu kommen und Dad zu unterstützen. Doch nichts hätte mich jemals zurück in dieses Haus bringen können. Meine Mutter war noch gar nicht lang unter der Erde, da riss Dads neue Frau bereits die Tapeten von der Wand und ließ Moms Kleidung von irgendwelchen Leuten in Säcken forttragen. Ich hasste sie. Ich hasste das Gefühl, was sie noch heute in mir auslöste, wenn ich mich an diese Zeit erinnerte. Dass Elisabeth mir heute diese Hiobsbotschaft um die Ohren schlug, machte den Eindruck, dass ihr Wesen dem ihrer Mutter stark ähnelte. Ich musste das morgen mit Dad besprechen. Die Hütte wollte ich zurück!

Das Frühstücksangebot war bescheidener und damit enttäuschender als erwartet. Neben Bohnen und Eiern warteten Würstchen und etwas trockener Kuchen auf drei weitere Gäste und mich. Ein Anflug von Scham überkam mich. Natürlich wusste niemand, dass ich der Sohn des Hotelinhabers war. Dennoch ließ ich den Blick gesenkt und hoffte, dass das Personal mich nicht ansprach. Auch der Kaffee, der mir serviert wurde, schmeckte genauso scheußlich, wie die Brühe an jeder x-beliebigen Tankstelle. Ich bestellte daraufhin einen Cappuccino, den ich jedoch nie bekam. Die Lieblosigkeit ärgerte mich zunehmend. Mit Sicherheit ein weiteres Thema, das ich mit Vater diskutieren würde.

Mr. Brown informierte mich auf dem Rückweg zum Zimmer, dass er mein Gepäck aufs Zimmer hatte bringen lassen, was mich sehr freute. So konnte ich mir den Weg zur Hütte sparen. Bis zum Meeting blieb jedenfalls noch etwas Zeit, mir frische Sachen anzuziehen. Meine alte Jeans tauschte ich gegen die dunkelblaue Stoffhose und zog mein kariertes Lieblingshemd dazu an. Zufrieden betrachtete ich mein Spiegelbild. Der Drei-Tage-Bart stand mir ausgesprochen gut und das dunkle Deckhaar, was ich neuerdings länger trug, fiel mir in Strähnen ins Gesicht. Die sportliche Figur hatte ich von Dad geerbt, die Gesichtszüge und die dunklen Augen von meiner Mutter. Mrs Morrison sagte immer, ich sei ein attraktiver Mann und in diesem Moment musste ich ihr tatsächlich recht geben.

Schon auf dem Gang zum Büro war ihre Diskussion zu hören und ließ vermuten, dass sie nicht einer Meinung waren. Die Tür zum Büro stand zwar offen, doch ich klopfte, bevor ich den großen Büroraum betrat, in dessen Mitte ein viel zu großer ovaler Holztisch stand, an dessen Ende mein Vater saß. Elisabeth stand am Fenster neben seinem Stuhl und funkelte mich böse an, als ich den Raum betrat.

»Brandon? Du bist tatsächlich hier?«

Mein Vater stand auf und kam mir entgegen. Seine Tonlage verriet mir, dass er wirklich erstaunt darüber war, mich zu sehen.

»Hi Dad, natürlich bin ich gekommen. Eine eher spontane Angelegenheit, aber du hast recht! Wir haben uns schon viel zu lange nicht mehr gesehen.«

»Komm her mein Junge.«

Er zog mich an sich und klopfte mir auf die Schultern. Elisabeth hingegen verdrehte die Augen und sah verärgert aus dem Fenster.

»Sind wir eigentlich komplett oder kommt noch jemand?«

»Wir? Seit wann gehörst du zum Management?«, fauchte mir Elisabeth entgegen.

»Betty, lass das! Vielleicht ist es ganz gut, dass du dich nicht allein mit der Entscheidung herumschlagen musst. Zumindest, was das Verkaufen angeht, ist uns Brandon um einiges voraus.«

»Verkaufen? Was willst du denn verkaufen?«

Interessiert sah ich zu Elisabeth, die nervös mit ihren Fingern zu spielen begann. Doch bevor sie antworten konnte, übernahm Vater das Wort.

»Es geht um das Hotel hier in Aspen. Eigentlich wollten wir heute über die Renovierungspläne abschließend entscheiden. Aber ich überlege, ob es nicht besser ist, das Hotel zu veräußern. Ich will dir das erklären, Brandon. Vor einem Jahr musste ich unserem Manager Fred Miller kündigen. Er hatte über all die Jahre in die eigene Tasche gewirtschaftet, was Betty herausfand, als sie ihr Praktikum hier absolvierte. Alle Bemühungen, einen neuen Kopf zu finden, waren leider vergebens. Betty hat die letzten Monate versucht, das Haus über Wasser zu halten, doch als der Küchenchef kündigte, habe wir auch die Einnahmequelle des Restaurants verloren. Seit einem halben Jahr schreiben wir rote Zahlen und Denver kann Aspen nicht länger auffangen. Heute geht es also darum, zu besprechen, ob noch etwas zu retten ist oder wie wir das Haus schnellstmöglich auf den Markt bringen können.«

Geschockt ließ ich mich auf den Stuhl neben Dad fallen. Zwar rechnete ich damit, dass Änderungen besprochen würden, nachdem ich das Desaster am Frühstücksbuffet miterleben musste. Doch dass ein Verkauf in Erwägung gezogen wurde, war erschütternd. Es war das erste Hotel der Familie und der Gedanke, es zu verlieren, schmerzte.

Betty gab Dad eine Mappe.

»Ich habe gestern das Angebot des dritten Maklers erhalten. Das Wertgutachten und der letzte Geschäftsbericht liegen bei.«

»Moment mal Leute. Darf ich dazu vielleicht auch noch etwas sagen? Bevor hier irgendetwas auf den Markt gebracht wird, möchte ich bitte schön einen Blick darauf werfen. Es sei denn, du legst keinen Wert mehr auf die Meinung deines Sohnes, Dad. Ich weiß gar nicht, was ich davon halten soll, dass ihr, ohne mit mir zu sprechen, solch eine Entscheidung treffen wolltet. Und Dad, seit wann lässt du dich von einem Mädchen in Geschäftsangelegenheiten beraten?«

Elisabeth machte einen Schritt auf mich zu.

»Mädchen? Spinnst du? …«

»Kinder, bleibt bitte ruhig«, versuchte Dad zu beschwichtigen und federte dabei mit den Händen auf und ab. »Brandon, was meinst du eigentlich, warum ich dich so oft angerufen habe. Hättest du auch nur einmal abgenommen, anstatt meine Anrufe zu ignorieren, wüsstest du längst von unseren Problemen. Glaube mir, dass ich es mir anders gewünscht hätte, aber ich kann Aspen nicht mehr lange halten, sonst verliere ich über kurz oder lang noch das Hotel in Denver. Allein wird Betty die Renovierung nicht stemmen können. Und ich bin zu alt dafür! Das ständige Hin- und Herpendeln zwischen Denver und Aspen schaffe ich nicht mehr.«

Während Dad versuchte, die sachliche Ebene nicht zu verlassen, fühlte ich mich bei jedem weiteren Wort schlechter. Jetzt wusste ich, was er von mir wollte. Ein fieses, kaltes Gefühl kroch durch meinen Körper und überzog mich mit Gänsehaut.

»Während du die Anrufe deines Dads ignoriert hast, habe ich mir für dieses Hotel ein Bein ausgerissen. Auch das wüsstest du, wenn du nicht so beschäftigt damit gewesen wärst, dich rar zu machen.«

Da war sie wieder, die Zicke. Ihre schnippische Einlage beförderte all die ablehnenden Gefühle von gestern und aus der Vergangenheit wieder zutage.

»Was spielst du dich eigentlich so auf? Du hast doch bereits die anderen Hotels abgeräumt und wie ich nun erfahren habe, auch die Hütte meines Großvaters. Reicht dir das nicht? Ich werde mir die Unterlagen ansehen und ich schwöre dir, wenn ich herausfinde, dass du dabei geholfen hast, das Hotel in den Ruin zu treiben, dann Gnade dir Gott ...«

Ich bebte vor Wut und Abscheu.

Dad sprang auf.

»Brandon!«

Doch bevor er noch irgendetwas sagen konnte, sackte er in sich zusammen und krachte auf den Tisch vor sich und landete in einem dumpfen Aufprall auf dem grauen Teppich. Elisabeth stürzte zu ihm und schüttelte seine Schultern.

»Brandon, schnell. Ruf den Notarzt. Es ist sein Herz. Los mach schon!«

Verzweifelt schrie sie mich an. Aber meine Hände wollten nicht gehorchen. Geschockt starrte ich auf den leblosen Körper meines Vaters und konnte mich nicht rühren. Elisabeth stand auf und schüttete den Inhalt ihrer Tasche auf den Boden, griff nach ihrem Smartphone und wählte die Notrufnummer. Mit tränenerstickter Stimme erklärte sie, was sich kurz zuvor abgespielt hatte und flehte, dass der Arzt sich beeilen solle. Alles kam mir so surreal vor, dass es ein schlechter Film hätte sein können. Das konnte einfach nicht wahr sein. Mein Dad dort unten auf dem kalten Boden.

Aschfahl. Die Lippen blau. Elisabeth ging auf die Knie und fühlte seinen Puls.

»Oh nein, nein, nein. Er hat keinen Puls. Brandon! Komm her, sonst stirbt er, bevor der Arzt da ist.«

Mein Körper setzt sich in Bewegung, aber mein Geist stand immer noch da und beobachtete das Spektakel. Sah, wie zwei Menschen um das Leben eines alten Mannes kämpften. Strähnen ihres roten Haares hatten sich - nach den unzähligen Versuchen das Herz durch den Brustkorb hindurch zum Schlagen zu bewegen - gelöst. Meine Lunge schmerzte, weil ich zwischen dem Auslassen meiner Atemluft in den Mund meines Vaters selbst kaum zu Atem kam. Wir waren am Ende unserer Kräfte, als endlich der Notarzt durch die Tür kam und uns ablöste. Der Defibrillator piepte hochfrequent, bevor er den Oberkörper meines Dads zweimal empor schleuderte. Ein grauenvoller Anblick, den ich nur schwer ertragen konnte. Er bekam Injektionen und wurde an einen Tropf gehängt, bevor man ihn endlich abtransportierte. Elisabeth streckte mir die Hand entgegen, doch ich verstand die Geste nicht und blickt sie fragend an. Ihre grünen Augen waren feuerrot vom Weinen.

»Steh auf, Brandon. Wir fahren ins Krankenhaus.«

Dann nahm ich ihre kleine Hand und folgte ihr zum Auto. Kein Wort. Keine Blicke. Stumm ließ ich mich von ihr führen, gelähmt von den Bildern in meinem Kopf. Selbst im Krankenhaus musste sie alles regeln. Kaum, dass sie sich zu mir in den Wartebereich setzte, kam auch schon eine kleine dicke Frau in weißem Kittel und dem typisch blauen Baumwollanzug auf uns zu.

»Mr. Harper?«

Es war seine Ärztin. Dr. A. Wellington stand auf ihrem Namensschild.

»Ja?«

»Würden sie bitte mitkommen? Ihr Vater möchte sie sprechen.«

»Er ist wach? Warum wird er nicht operiert? Der Notarzt meinte, es wäre etwas mit dem Herzen und er müsste sicher operiert werden!«

»Mr. Harper, kommen Sie bitte. Ich erkläre ihnen kurz alles auf dem Weg zu ihrem Vater.«

»Brandon, verliere keine Zeit. Dr. Wellington behandelt deinen Vater schon seit einiger Zeit. Sie kann dir alles erklären.«

Der Wissensvorsprung, der zwei Frauen mir gegenüber, entsetzte mich. Eigentlich sollte ich über den Gesundheitszustand meines Dads alles wissen. Und nun stand ich hier und kam mir unendlich grausam vor. Warum hatte ich mich all die Jahre nur so abweisend verhalten? Mein Vater war ein guter Mann. Das verdiente er nicht. Es gab einiges wiedergutzumachen.

»Okay. Was ist los?«

Dr. Wellington nickte und lief voraus.

»Ihr Vater erlitt vor einigen Wochen bereits einen schweren Herzinfarkt. So schwer, dass nur eine Organspende infrage kommt. Um auf die Warteliste zu kommen, muss der Empfänger ansonsten gesund sein. Die Untersuchung hat jedoch ergeben, dass ihr Vater Krebs hat. Leberkrebs. Aufgrund der vorliegenden Herzschädigung kann jedoch nicht gegen den Krebs vorgegangen werden und durch diesen wiederum, ist eine Organspende ausgeschlossen. Wir sind so verblieben, dass ihr Vater entlassen wird, um seine Angelegenheiten zu regeln.«

»Sie meinen, er wird sterben?«

»An dem einen oder anderen, ja. Es tut mir sehr leid, keine besseren Nachrichten für Sie zu haben. Wir sind nun da, gehen Sie zu ihm.«

Ich folgte ihrem Blick und sah durch das Fenster in einen Raum voller Monitore und Computer, Schläuchen und einer Figur in einem Bett, die meinem Dad kaum mehr ähnelte.

»Ich warte draußen, Brandon.«

Elisabeth ließ meine Hand los und schob mich durch die Tür. Ich hatte gar nicht bemerkt, dass sie meine Hand hielt. In ihren Augen bildeten sich kleine Tränenseen, während sich in meinem Hals ein dicker Kloß formte. Ich nickte der Ärztin zu und ging zum Bett meines Vaters. Seine Hand war kalt und schlapp.

»Dad, ich bin hier. Hörst du? Ich bin bei dir.«

Es dauerte einen Moment, doch dann öffnete mein Vater seine Augen, nur einen kleinen Spalt.

»Mein Sohn … wir beide wissen, … dass ich hier nicht mehr rauskomme.«

»Dad, was sagst du da? Natürlich kommst du hier wieder raus.«

»Brandon, es ist in Ordnung. Ich wusste, dass das passieren kann … ich bin froh, dass du bei mir bist. Das war mein größter Wunsch. … Aber ich habe noch einen.«

»Was für ein Wunsch, Dad?«

»Wenn ich nicht mehr da bin, … hast du nur noch Betty. … Gib ihr eine Chance. … Sie ist ein so liebes Mädchen. … Du hast dann nur noch sie. Ich liebe euch beide und ich möchte, … dass ihr glücklich seid. Versprich mir, … dass du es versuchst.«

Ich weiß nicht, was ich erwartete. Aber mit dieser Bitte hatte ich nicht gerechnet.

»Ich versuche es. Aber darüber solltest du dir keine Gedanken machen. Es gibt Wichtigeres.«

»Nein, … nichts ist wichtiger als die Familie. … Brandon, bitte versprich es mir. … Kümmert euch umeinander.«

»Ich verspreche es dir, wenn es dir so wichtig ist, Dad.«

»Ich liebe Dich … mein Sohn und ich möchte, … dass du glücklich bist. Im Moment … bist du es nicht. Daran musst du etwas ändern. … Lieber jetzt bevor es zu spät ist. … Und nun schicke Betty zu mir.«

»Ist gut, ich hole sie. Und ich liebe dich auch, Dad.«

Mehr als das Zucken eines Mundwinkels bekam ich nicht als Antwort.

Das Sprechen strengte ihn deutlich an. Jeder Atemzug kostete unendlich viel Kraft und ließ ein unheimliches Pfeifgeräusch mitschwingen. Widerwillig stand ich auf und gab ihm einen Kuss auf die kalte Stirn, bevor ich aus dem Zimmer ging.

Elisabeth lehnte zusammengekauert an der gegenüberliegenden Wand und zuckte, als ich sie ansprach.

»Dad möchte dich jetzt sehen.«

Sie wischte sich die Tränen aus dem Gesicht. Ich hielt ihr die Hand hin, um ihr aus der Hocke in den Stand zu helfen. Sie war leichter, als ich dachte, sodass wir dabei zusammenprallten. Etwas irritiert blickte sie mich an, bevor sie ein ›Danke‹ flüsterte. Ihre Augen waren so grün und schön, dass ich mich für einen Augenblick fast daran verlor. Doch dann entzog sie sich meinem

Griff und eilte zu Dad.

Im nächsten Augenblick lag sie halb auf ihm und ihr zierlicher Körper bebte. Sie so bitterlich weinen zu sehen, schnürte mir die Kehle zusammen und ließ auch meine Dämme brechen. Ich verfiel in ein krampfendes Schluchzen und jeder Versuch, dies zu unterdrücken, war zwecklos. Mit dem Rücken an der Wand glitt ich hinab und vergrub meinen Kopf zwischen den Knien.

Dieser Ausflug verlief so gänzlich anders, als ich es mir zuvor ausgemalt hatte. Ich suchte nach einem Neustart für mich, denn Dad lag ganz richtig, ich war nicht glücklich. Die Tage hier in Aspen sollten mir helfen, klarer zu sehen, mich wiederzufinden. Chicago rettete mich damals zwar davor, der Familienscharade meines Vaters zu entkommen, doch hatte ich es nicht geschafft, vielleicht ja nicht einmal versucht, einen Ersatz zu finden. Nicht mal einen Freundeskreis außerhalb meines Teams konnte ich vorweisen. Dabei war es mir vor Mutters Tod nie schwergefallen, Freundschaften zu schließen. Sogar bei den Mädchen war ich beliebt. Wie zur Hölle war alles nur so schiefgelaufen?

Eine Hand streichelte über mein Haar und ich erschrak.

»Brandon, bitte komm! Du musst dich verabschieden.«

»Was? Nein! Nicht jetzt schon! Er wird doch wieder? …«

Die Konsequenz, die zwischen ihren Worten mitschwang, ließ mir die Galle aufsteigen. Plötzlich war die summende Neonröhre über mir viel zu hell. Das Muster des Bodenbelags verschwamm und ehe ich dagegenhalten konnte, würgte ich auch schon. Blitze

zuckten durch meinen Kopf und mein Körper krampfte. Ich hörte Stimmen und Schritte, die sich näherten.
Klebrige Sohlen auf dem Linoleum.

»Mr. Harper, hören sie mich?«

Jemand klatschte mir auf die Wangen, doch ich war
weit entfernt davon meine Augenlider zu öffnen.

»Mr. Harper, ich gebe ihnen jetzt eine Spritze, damit
sich ihr Kreislauf wieder stabilisiert. Das pikst gleich
etwas.«

»Wie lange dauert es, bis es ihm wieder besser geht?«

»Sicher ein paar Minuten. Wir legen ihn auf eine Liege
und schieben ihn zu seinem Vater in den Überwa-
chungsraum. Dann können wir nur noch hoffen, dass
er rechtzeitig wieder zu sich kommt.«

Das flaue Gefühl nahm langsam ab. Als hätte ich
geschlafen, weckte mich ein immer lauter werdender
Ton. Ich wollte nach dem Wecker schlagen, doch hielt
mich der feste Griff einer Hand davon ab.

»Brandon? Brandon, komm zu dir. Wir sind im Krankenhaus bei deinem Vater.«

Schlagartig gehorchten mir meine Augenlider, die ich
entsetzt aufriss. Elisabeth saß zwischen Dad und mir
und hielt unsere Hände. Auf der anderen Seite stand
Dr. Wellington mit einer Schwester und schaltete ein
Gerät nach dem anderen ab.

»Nein, nein, was tun sie da?«

Ich sprang vom Bett, doch der Anblick meines Dads
verriet mir, dass es zu spät war.

Er war gegangen.

Elisabeth half mir, die Papiere im Krankenhaus auszu-
füllen, und brachte mich anschließend ins Hotel

zurück. Wir nahmen den Personaleingang und schafften es ungesehen in die erste Etage. Obwohl ihr Zimmer ein Stockwerk höher lag, folgte sie mir und blieb schließlich mit mir vor meiner Zimmertür stehen.

»Ruhe dich aus, Brandon. Ich werde das Personal informieren.«

»Nein, das werde ich machen. Er war mein Vater. Und das wird ja wohl noch einen Tag warten können!«

Selbst ich bekam Gänsehaut von der Kälte, die ich ausstrahlte. Aber für wen hielt sie sich eigentlich?

Sie sah zu Boden.

»Selbstverständlich … ich bin in meinem Zimmer, wenn du etwas brauchst.«

»Lass mich einfach in Ruhe!«

Die Tür schwang auf und knallte im nächsten Moment hinter mir ins Schloss. Manchmal hasste ich mich selbst so sehr, dass ich mir einreden musste, dass andere Schuld daran waren, um mich ertragen zu können. Etwas in mir, wäre ihr gern nachgerannt und hätte sich für diese unsensiblen Worte entschuldigt. Das wäre zumindest ein vernünftiger Zug gewesen. Doch mein Körper blieb stehen. Die Kälte kehrte zurück und übernahm auch diesen kleinen Flecken der Vernunft in meinem Herzen.

Wütend über mich, über das Leben und mein Schicksal riss ich mir die Kleider vom Leib, um mich wie gewöhnlich selbst zu geißeln. Unter der Dusche drehte ich das Wasser so heiß auf, dass es bereits schmerzte, um dann den Knauf auf kalt zu stellen, bis auch das nicht mehr auszuhalten war. Es dauerte etliche Wiederholungen, bis ich erschöpft auf den Boden sank und meinen Tränen nichts mehr entgegenzusetzen hatte.

Was lief nur falsch mit mir? Die ganzen Jahre suchte ich die Einsamkeit, erschlug jeden Keim von Freundschaft oder Liebe und lebte mit der Überzeugung, dass niemandem zu trauen war.

Ich öffnete das Fenster und beobachtete, wie die Nebelschwaden der Kälte folgten. Einen Moment lang ähnelte es der Vorstellung, wie der Geist meines Vaters aus seinem Körper geglitten und emporgestiegen war. Ein Gedanke, der mir erneut vor Augen führte, dass er tot war. All die Jahre wollte ich nichts von ihm wissen. Und nach nur fünf Minuten in einem Raum mit ihm, brach er zusammen und ließ mir schließlich keine Gelegenheit mehr, ein besserer Sohn zu werden. Welch Ironie.

Ich wischte über den beschlagenen Spiegel und starrte in das verschwommene Gesicht. Genauso sah ich mich. Undeutlich. Hatte ich jemals eine Idee davon, wie ich sein wollte? Wer ich sein wollte? Im Prinzip war ich doch immer nur auf der Flucht.

Stimmen drangen von der anderen Seite der Straße durch den Fensterspalt. Mit zwei Fingern spreizte ich die Lamellen der Jalousie und spähte hinüber zum Pub. Der Laden füllte sich allmählich und ein paar Raucher standen mit ihren Gläsern in den Händen auf dem Fußweg und lachten. Sie mussten in etwa mein Alter haben. Kaum vorstellbar, dass einer von ihnen heute so etwas durchmachen musste, wie ich. Seltsamerweise verspürte ich das Gefühl, dort unten besser aufgehoben zu sein, als hier oben allein im Zimmer zu trauern. Kurzentschlossen warf ich das Handtuch auf den Fliesenboden und zog mir das erstbeste an, das mir in die Hände fiel.

Ganze drei Gläser Bier brauchte es, um dieses erdrückende Gefühl loszuwerden. Es ging mir wirklich einen Moment lang ganz gut. Zwar ließ ich sicherheitshalber die Arme auf den Tresen gestützt und versuchte, nicht allzu rasante Bewegungen zu vollziehen. Doch abgesehen von dieser körperlichen Beeinträchtigung, die der Alkohol nun mal mit sich brachte, war ich froh, dass das Herz endlich Ruhe gab.

»Ich nehme das Gleiche, was er hat.«

Ein schmächtiger Typ in Strickjacke und wilder Lockenmähne setzte sich neben mich und zündete sich eine selbstgedrehte Zigarette an.

»Du bist neu hier, oder? Ich bin Jerry.«

Er streckte mir seinen langen knochigen Finger entgegen, nach denen ich offenbar greifen sollte. Doch tat ich mich schwer darin, meine Arme vom Tresen zu lösen. Bei meinem Glück würde ich mir den Schädel aufschlagen, wenn ich vom Barhocker stürzte.

»Ah, bist nicht so der gesellige Typ, was?«

»Hier, dein Bier, Jerry. Und quatsch meine Kunden nicht voll.«

Ja, Mann. Quatsch mich nicht voll, wiederholte ich im Geiste. Die Barfrau gefiel mir. Burschikos und so tailliert wie ein Backstein, aber sympathisch.

»Misch dich nicht ein, Maggie. Wenn ich störe, wird es mir mein Kumpel schon sagen. Nicht wahr …?«

»Brandon.«

»Brandon! Na, geht doch.«

Er legte seinen Arm um mich und klopfte mir auf die Schulter.

»Mach meinem Kumpel Brandon doch bitte noch ein

Bier. Geht auf mich.«

Maggie rollte mit den Augen, aber zapfte mir noch ein kleines Glas. Dass ich genug hatte, war scheinbar nicht zu übersehen.

»Was treibt dich her, mein Freund?«

Halt die Fresse, Mann. Ich will einfach nur hier sitzen.

»Na schön, du willst nicht reden. Aber musst du auch nicht, weißt du? Ich habe dich nämlich längst durchschaut.«

Na, da war ich ja mal gespannt. Ich sah vom Bierglas zu Maggie auf, die den Monolog von diesem Jerry ebenso fasziniert verfolgte wie ich und die Augenbraue skeptisch nach oben zog.

»Der Grund für deinen jämmerlichen Zustand ist eine Frau. Sie sind doch immer schuld an unserem Elend. Erst lügen sie dir was vor und wenn du angebissen hast, nehmen sie dich aus, bevor sie dir die Eingeweide herausreißen, um dich anschließend im Klo runterzuspülen.«

»Erzähl keinen Scheiß, Jerry. Wann hat dich denn jemals eine rangelassen.«

Maggie schüttelte lachend den Kopf.

»Hey, was soll das? Ich kann jede haben, aber ich will nur eine. Die Richtige! Ich spare mich auf.«

Die Barfrau verfiel in schallendes Gelächter.

»So eine gequirlte Scheiße habe ich ja ewig nicht mehr gehört. Nenne es Aufsparen oder Desinteresse. Hauptsache, du lässt die Finger von den Damen hier im Pub, sonst war's das mit der Fidelei, mein Lieber.«

»Du kennst meine Qualitäten nicht, Maggie. Glaube mir, ich bin der Jackpot.«

Grinsend zog er an seiner Zigarette und schielte zu

mir rüber. Als ihm das Grinsen schlagartig verging, drehte ich mich in seine Blickrichtung und musste leider feststellen, dass auch mir die Mundwinkel noch etwas tiefer sinken konnten. Bevor mir etwas Fieses über die Lippen kam, begrüßte Maggie den neuen Gast.

»Betty, meine Schöne. Du rettest mir den Abend. Aber heute ist doch gar kein Auftritt?«

»Nein, Maggie. Ich wollte Brandon abholen. Mir scheint, er hat genug.«

»Ach, der Stein hier gehört zu dir? Wer hätte das gedacht.«

Was Maggie aussprach, schien Jerry nicht zu gefallen, mir aber auch nicht. Dieses Weib ging mir langsam tierisch auf die Nerven. Jerry sprang auf und ging auf sie zu.

»Kannst du mir mal erklären, was das hier ist?«

Ja, erkläre es ihm doch mal! Am besten außerhalb des Pubs.

»Jerry, das ist nicht der richtige Moment. Ich erkläre es dir ein anderes Mal und Maggie, bitte streiche meine Auftritte die nächsten Tage.«

Maggie zuckte gleichgültig mit den Schultern und kümmerte sich um die Bestellungen der anderen Gäste. Weniger gleichgültig ging Jerry mit dieser Neuigkeit um.

»Was soll das? Das kannst du nicht allein entscheiden. Lucas und ich haben da wohl auch noch etwas mitzureden. Schließlich leben wir von den Auftritten und können uns nicht auf Daddys Geld ausruhen. Für uns ist das nicht nur ein Hobby …«

Daddys Geld?

»Daddys Geld?«

Während der Blitz bei mir einschlug und mich schlagartig ausnüchterte, drehte ich mich langsam zu diesem illustren Pärchen um.

»Wen meint er damit, Elisabeth Sloan?«

»Brandon, du hast getrunken, lass dich nicht provozieren.«

Sie kam einen Schritt auf mich zu, doch Jerry hielt sie am Arm zurück.

»Betty, wer ist der Typ und warum nennt er dich so? Ist er es? Sag schon! Es stimmt, nicht wahr? Wegen ihm bist du so abweisend zu mir.«

»Jerry, was redest du da? Es geht gerade ausnahmsweise mal nicht um dich und jetzt lass mich bitte in Ruhe mit Brandon sprechen.«

Die zwei waren wie Hundescheiße am Schuh.

»Wie wär's, wenn ihr beide verschwindet und mir nicht weiter auf die Ketten geht?«

Elisabeth wich zurück, als ich reflexartig aufstand, um meinen Worten Kraft zu verleihen. Mehr wollte ich dazu nicht mehr sagen müssen. Wir zogen ohnehin schon die Aufmerksamkeit des halben Lokals auf uns. Aber warum nur hatte sie so eine Angst vor mir? Der fragile Ausdruck in ihren Augen löste einen tiefen Schmerz in meiner Brust aus. Etwas in mir wollte sie an mich ziehen, ihr rotes Haar streicheln. Doch der überwiegend andere Teil wollte, dass sie auf der Stelle verschwand und diesen Blödmann Jerry gleich mit sich nahm. Wenn es sich wirklich so verhielt, dass sie sich für die Tochter meines Vaters ausgab, würde sie es bitter bereuen.

Aber das war nicht der richtige Ort und nicht der richtige Zeitpunkt. Dad war heute Vormittag erst von uns gegangen. Doch was hatte ich von einer Sloan schon zu erwarten. Schließlich war meine Mutter gerade beerdigt worden, als Carmen Sloan ihren Platz einzunehmen versuchte. Und jetzt stand ihre Tochter mit dem gleichen perfiden Plan vor mir, doch würde ich dieses Mal nicht fortlaufen und sie gewähren lassen.

Ein gefährliches Spiel

Die letzten Tage verbrachte ich damit, die Beerdigung meines Vaters zu organisieren und zwischen den Hotels in Denver und Aspen zu wechseln, um mir ein Bild zu machen. Vor allem wollte ich in Erfahrung bringen, welchen Einfluss Elisabeth bereits im Management hatte. Zu meiner Erleichterung unterstützte sie Dad nur ohne feste Anstellung oder Verantwortung.

Das Hotel in Denver wurde von Adam Percy geleitet und alles in allem machte das Haus einen sehr guten Eindruck. Dad hatte es 2009 renovieren lassen und auch heute konnte es mit den vielen Neubauten immer noch mithalten. Sicher war die Lage in Lower Downtown ein entscheidender Faktor für den anhaltenden Erfolg. Entgegen der damaligen Entwicklung nutzte Großvater die Wirtschaftskrise in den Achtzigern für sich und erwarb ein damals leerstehendes Bürogebäude an der Lawrence Street zu einem Spottpreis. Nach dem Abriss der alten Immobilie baute er sein ›Flaggschiff‹, 430 Zimmer auf neunzehn Stockwerke verteilt. Kein Vergleich zu Aspen.

Percy half mir, eine Versammlung aller Mitarbeiter zu organisieren, um den Verlust meines Dads zu verkünden. Ich war durchaus auf Mitgefühl und Trauer eingestellt, weil mein Vater ein sehr geschätzter Boss war, doch als die Hälfte der Damen in ihr Taschentuch schluchzten, wurde mir erst bewusst, welches Loch sein Fehlen riss.

Vor drei Tagen hatte sich Dads Nachlassverwalter, Mr. Sutton, bei mir gemeldet und um einen Termin gebeten. Bis zur Verlesung des Testaments blieb mir noch eine halbe Stunde. Genug Zeit, um meinen Vertriebsleiter in Chicago anzurufen. Und dieses Mal war seine Leitung nicht besetzt.

»Walsh.«

»Hey Bill, ich bin's, Brandon.«

»Brandon? Nicht etwa der Brandon, der sich vor vier Wochen für ein paar Tage verabschiedet hat und dann nicht wiederkam?«

»Was soll das Bill? Mein Dad ist gestorben.«

»Ja, das kommt vor, aber deswegen braucht man seine Arbeit nicht zu vernachlässigen. Deinetwegen schaffen wir diesen Monat den Bonus nicht, obwohl Jason und Andrew sich die Finger wund telefoniert haben.«

»Im Ernst? Dass du deinen beschissenen Bonus nicht erhältst, von dem wir sowieso nie etwas zu sehen bekommen, ist deine größte Sorge? Was bist du nur für ein blödes Arschloch!«

Oh, wie gut das tat. Wie sein fettes, rundes Gesicht vor Wut hochrot anlief, konnte ich mir nur zu gut vorstellen. Wie oft hatte ich dieses hässliche Bild ertragen müssen?

»Wie hast du mich genannt?«

»Du hast schon richtig gehört. Deine Sekretärin hat bereits die Adresse, an die du meine Papiere schicken kannst. Du musst dir leider einen neuen Goldesel suchen. Ich bin raus.«

Ich wartete seine Reaktion nicht ab und legte auf. In letzter Zeit war mir nicht oft zum Lachen, aber diese Aktion ließ mich vergnüglich grinsen.

Mrs Morrison war todtraurig, als ich mich von ihr verabschiedete und meine Sachen abholte. Ich versicherte ihr, dass sie und ihr Mann in Denver und Aspen immer herzlich willkommen sein würden. Auch ich verdrückte mir eine Träne, als sie mich schließlich an sich riss.

Der Nachlassverwalter brachte nicht nur die zu verlesenen Dokumente mit nach Aspen, sondern leider auch Elisabeth, die zwischenzeitlich in der Versenkung verschwunden war. Ich konnte mir schon denken, dass Dad ihr gegenüber großzügig sein würde. Es blieb nur zu hoffen, dass er auf seine letzten Tage vernünftiger handelte und ihr nicht eines der Hotels vererbte. Elisabeth checkte ein, da sie bis zur Beerdigung bleiben wollte. Sie sah blass aus und kam mir viel dünner vor, als bei unserer letzten Begegnung. Das schwarze enge Kleid betonte ihre Kurven, die ich eigentlich ignorieren sollte. Durch die strenge Frisur, einen Dutt oder wie man diesen Knödel auf dem Kopf bezeichnete, wirkte sie hart und kühl. Wir begrüßten uns kurz und gingen gemeinsam in Dads Büro. Mr. Brown hatte Tee und Kaffee für uns vorbereitet und wir nahmen am großen Tisch Platz.

»Vielen Dank, dass Sie nach Aspen gekommen sind,

Mr. Sutton. Bitte nehmen Sie sich Kaffee oder Tee und du bitte auch Elisabeth.«

Es kostete mich einiges an Überwindung, nett zu ihr zu sein. Aber schließlich hatte ich es meinem Vater versprochen, also bemühte ich mich.

»Danke, Mr. Harper. Ehrlich gesagt, bin ich schon viel zu lange nicht mehr aus Denver rausgekommen und als ich hörte, dass Ms. Harper ebenso vorhat, anzureisen, konnten wir das doch gut verbinden.«

Mr. Sutton war ein anständiger Mann, aber was er da sagte, traf mich zutiefst.

»Sie meinen Ms. Sloan.«

Ich musste ihn einfach korrigieren. Elisabeth rutschte angespannt auf ihrem Stuhl hin und her, tauschte merkwürdige Blicke mit Sutton aus, während dieser sich zu erklären versuchte.

»Also … soweit mir bekannt, ist Harper nach Antragstellung des Verstorbenen der rechtmäßige Nachname, gleichwohl keine Verwandtschaft mit Ihnen vorliegt.«

»Antragstellung? Keine Verwandtschaft. Ich verstehe nicht ganz …«

Wieder sah er zu Elisabeth, die ihm dezent zunickte.

»In Ordnung, ich versuche, es kurz zu erklären.«

»Ich bin ganz Ohr.«

Angespannt blickte ich zu Elisabeth, deren Unwohlsein ihr buchstäblich ins Gesicht geschrieben stand. Sie starrte in ihre Tasse, die sie mit beiden Händen verkrampft umklammerte. Ich dagegen machte mich darauf gefasst, dass hier gleich eine Bombe platzen würde.

»Nach dem Scheidungsverfahren Ihrer beiden Eltern, war es Elisabeths Mutter nicht mehr möglich, Sorge für die Erziehung ihrer Tochter zu tragen. Während Elisabeth mehrere Monate in einer Pflegefamilie verbrachte, entschied sich Ihr Vater dafür, das Sorgerecht für sie beim zuständigen Familiengericht zu beantragen. Dem Wunsch, dass Elisabeth auch nach der Scheidung den ehelichen Namen tragen durfte, wurde stattgegeben. Seither besteht zur leiblichen Mutter kein Kontakt mehr.«

Das musste bedeuten, dass Dad und Elisabeth in all den Jahren meiner Abwesenheit wie Vater und Tochter zusammengelebt hatten. Je mehr diese Vorstellung in mir arbeitete, desto schlimmer wurde das Gefühl in meiner Brust. Ganz gleich, ob sie mich nun ausgeschlossen oder ich diesen Abstand selbst herbeigeführt hatte, sie war an meine Stelle getreten und das schmerzte. Aber eins war sie nicht und würde sie niemals sein: Meine Schwester!

»Ich schlage vor, dass sie eventuelle Fragen dann mit Ms. Harper selbst klären und wir jetzt zum eigentlichen Thema kommen, und zwar zur Testamentsverlesung.«

Mir steckte das Unverständnis über die Namensentscheidung immer noch in den Knochen, so dass ich wortlos zustimmte. Elisabeth blieb ebenfalls stumm. Also öffnete Mr. Sutton die Mappe, die vor ihm auf dem Tisch lag und begann zu lesen:

»Denver, 22. April 2018 Testament von Ronald Harper, geboren am 27.04.1958 in Aspen, Colorado, USA. Im Vollbesitz meiner geistigen Kräfte verfüge ich, dass mit meinem Ableben, mein Vermögen und die Hotels in Denver und Aspen in den Besitz meines Sohnes, Brandon Harper, geboren am 30.10.1987 in Denver, Colorado, USA, übergehen. Das Wohnhaus in Denver soll zu gleichen Teilen an meinen Sohn und meine Ziehtochter, Elisabeth Julianna Harper, geborene Sloan, geboren am 17.01.1992 in Boulder, Colorado, USA, gehen. Mein ausdrücklicher Wunsch ist es, dass Elisabeth die Geschäftsführung in Aspen übernimmt. Vorab soll das Hotel renoviert werden, dafür stehen Rücklagen von 1.250.000 $ zur Verfügung. Die Gräberhütte auf dem Smugglers Mountain soll mein Sohn Brandon zurückerhalten.

Gezeichnet Ronald Harper«

Es hätte schlimmer kommen können. Dass er Elisabeth einen Platz im Hotelmanagement sichern wollte, hatte ich mir bereits gedacht. Dass er mir aber die Hütte wieder zurückgab, milderte die Last, mich zukünftig mit Elisabeth rumschlagen zu müssen, etwas ab. Dennoch war ich geschockt darüber, dass das Testament auf den 22. April datiert war. An diesem Tag stieß ich das erste Mal auf Elisabeth, die mir mitteilte, dass ihr die Hütte gehörte. Unfassbar sauer darüber, rief ich Dad an. Das war kein schönes Telefonat und leider auch unser letztes. Doch scheinbar hatte ich einen Nerv bei ihm getroffen, was ihn hat umdenken lassen.

Elisabeth saß noch immer regungslos in ihrem Stuhl und starrte vor sich ins Leere. Ob sie wohl mehr erwartete? Sie sollte sich meiner Meinung nach glücklich schätzen, überhaupt begünstigt worden zu sein. Aber offenbar war sie genauso raffgierig wie ihre Mutter. Bei dem Gedanken an dieses Weibsbild fielen mir wieder die Worte von Mr. Sutton ein, als er erklärte, wie das mit der Namensänderung vonstattenging. Sie war keine Harper und das würde sie auch nie für mich sein.

»Wenn Sie bitte noch diese Dokumente unterschreiben würden? Danach veranlasse ich die Umschreibung der Eigentumsrechte für Sie beide. Die Urkunden erhalten Sie dann per Post von mir. Soll ich es an die Wohnadresse in Denver senden?«

Elisabeth sah überrascht auf und wartete auf eine Reaktion von mir.

»Senden Sie mir die Papiere bitte hier her nach Aspen. Ich werde die kommenden Monate hierbleiben. Schließlich ist viel zu tun. Und was ich mit dem Haus in Denver mache, weiß ich noch nicht.«

Elisabeth sah irritiert zu Mr. Sutton, der genauso überrascht dreinschaute. Was erwarteten die beiden eigentlich von mir? Das ich jetzt einen auf heile Familie machte? Sicher nicht! Ich würde die Wünsche meines Vaters respektieren, aber meine Entscheidungen traf ich noch allein.

Am Abend arbeitete ich die letzten Geschäftsbücher und Unterlagen meines Vaters und dessen Geschäftsführer durch. Das Ergebnis gefiel mir gar nicht, aber Dad und Elisabeth hatten, laut Testament, bereits einen Masterplan vorliegen. Um an diese Informationen zu gelangen, führte leider kein Weg an Elisabeth vorbei. Ich griff nach Dads Smartphone und schrieb Elisabeth eine Nachricht.

Ron: *Hast Du morgen Zeit, die Pläne fürs Hotel zu besprechen? B.*

Betty: *Ja. Aber musst Du das Telefon Deines Vaters benutzen? Habe gerade einen mittelschweren Schock erlitten!!!*

Ron: *Sorry, nutze es als Diensttelefon wegen der Kontakte und Termine. Wann?*

Betty: *Schreib die Daten bitte auf Dich um. Das ist unheim-*

lich und verwirrend. Nicht nur für mich … Nach dem Früh-
stück in Deinem Büro.

Ron: *Gut dann 10 Uhr.*

Die Vorstellung, dass Elisabeth jeden Moment durch die Tür treten würde, machte mich nervös. Und das lag auch an dem Traum, der mich die Nacht zuvor aus dem Schlaf gerissen hatte. An diesem Traum war alles verwirrend und nichts daran war jugendfrei. Als ich schweißgebadet aufwachte, schmerzte mir mein Glied, sodass ich mitten in der Nacht wie ein hormongesteuerter Teenager unter die Dusche sprang und mir einen runterholte. Und selbst dabei spukte mir diese Fantasie von roten Haaren und grünen Augen ständig im Kopf herum. Dabei kam ich so heftig, dass es mir schwerfiel, nicht loszubrüllen. Stattdessen biss ich mir die Fingerknöchel wund. Aber auch ohne diesen blutigen Anblick würde ich diese seltsame Nacht nicht so schnell aus dem Kopf bekommen. Jedenfalls waren die Voraussetzungen für ein professionelles Gespräch nicht die besten. Wenn ich an den roten Haarschopf dachte, der da gleich durch die Tür treten sollte, wurde meine Jeans verdächtig eng im Schritt.

»Guten Morgen.«

Erschrocken sah ich auf. Verdammt, sie trug ein enges schwarzes Etuikleid und ihr Haar, das sie sonst immer zusammenband oder hochsteckte, fiel offen über ihren Rücken. Sie war wirklich äußerst attraktiv, das musste ich leider zugeben.

»Oh, habe ich dich bei irgendetwas gestört?«

Wenn du wüsstest … doch die Richtung, die meine Gedanken einschlugen, missfielen mir. Aber wenn ich eins gut konnte, dann war es, jemandem die kalte Schulter zeigen. Also, verwandelte ich mich wieder in Mr. Eis und antwortete ihr barsch.

»Nein, wir waren doch verabredet. Komm rein und lass uns endlich anfangen.«

Einen kurzen Moment stutzte sie, legte den Aktenordner dann aber vor sich auf dem großen Tisch ab.

»Womit soll ich beginnen?«

»Nachdem die Veräußerung des Hotels für mich keine Option darstellt, will ich mir den Renovierungsplan mit dir ansehen und dann das Konzept, das ihr für die Neueröffnung vorgesehen habt. Was die Geschäftsentwicklung der letzten fünf Jahre angeht, bin ich im Bilde. Also, bitte …«

Meine gespielte Ablehnung unterstrich ich mit einer auffordernden Handbewegung. Das Arschloch hatte ich wirklich gut drauf, was mir ihr Blick nur noch einmal verdeutlichte.

Aber Elisabeth ließ sich nicht von mir aus dem Konzept bringen und präsentierte mir zwei Entwürfe hiesiger Innenarchitekten, die mit namhaften Hotels in Colorado und Utah im Portfolio warben.

»Dad … ich meine, Ron und ich haben uns in Aspen viele Hotels angesehen. Unsere Idee war es, uns von den anderen Hotels hinsichtlich Design und später auch konzeptionell abzuheben. Viele Wettbewerber sind eher klassisch und nur wenige sehr modern ausgestattet. Auch die Restaurants haben wir uns angesehen und stellten fest, dass viel Wert auf Qualität gelegt wird. Während meines Studiums habe ich eine Studie dem Thema Wohlfühldesign im Tourismusbereich gewidmet. Dank verschiedener Standorte meiner Uni, konnte ich die Erhebung in sieben Bundesstaaten web-basiert durchführen. Das Ergebnis bot uns eine gute Grundlage für die Auswahl der Architekturentwürfe. Der erste Entwurf hat uns gefallen, weil er Tradition und den sportlichen Einfluss kombiniert. Der andere Entwurf spiegelt neben der sportlichen Komponente auch die zunehmende Bedeutung der digitalen Welt wider. Schlicht aber modern und höchst funktional. Was die Auswahl des Interieurs angeht, hätten wir bei beiden Architektenbüros volles Mitspracherecht. Ein wesentlicher Grund, warum zwei weitere Entwürfe von Ron aussortiert wurden. Die Kosten spielten dabei natürlich auch eine Rolle.«

Ich sah mir beide Präsentationsmappen an und war ziemlich beeindruckt, mit wie viel Engagement und Professionalität dabei gearbeitet wurde. Ich musste leider anerkennen, dass Elisabeth keinen unerheblichen Anteil daran hatte.

»Ich sehe mir das in Ruhe noch einmal an. Was ist mit dem Timing?«

»Ja, also darüber müssen wir tatsächlich sprechen, Brandon.«

Sie wirkte nervöser als zuvor und begann in den Unterlagen nach etwas zu suchen. Der Augenaufschlag, den sie dann vollzog, ließ mich fast vom Stuhl kippen. Heilige Scheiße, was war das nur? Vermutlich lag es nur an dem feuchten Traum in der Nacht.

Nachdenklich öffnete sie die vollen Lippen einen Spalt, bevor sie an der Unterlippe zu knabbern begann. Mein Glied war nun nicht mehr davon abzuhalten, auf seine volle Größe heranzuwachsen. Schmerzhaft verzog ich das Gesicht und veränderte meine Position auf dem Stuhl. Am liebsten hätte ich sie aus dem Zimmer geworfen. Nein, am liebsten hätte ich sie auf den Schreibtisch geworfen und sie gevögelt, bis ihr Hören und Sehen verging. Verdammt noch mal. Ich drückte mit Daumen und Zeigefinger die Nasenwurzel und dachte an Bill Walsh und sein hässliches fettes Gesicht. Aber das funktionierte nur, solange ich die Augen geschlossen hielt, was leider unmöglich war.

»Brandon? Ist alles in Ordnung?«

Nein!

»Ja. Also, was ist mit dem Timing?«

»Dein Vater ist nach Aspen gekommen, um den Prozess in Gang zu setzen. Nur, dass er leider …«

Sie hielt inne und versuchte, die aufsteigenden Tränen zu unterdrücken.

Misstrauisch beobachtete ich sie, konnte aber nichts Gespieltes an ihrer offensichtlich ehrlichen Trauer erkennen.

»Das heißt, er war eigentlich gar nicht wegen mir in Aspen, sondern wegen der Arbeit.«

Enttäuscht lächelte ich über diese Erkenntnis als auch über meine Dummheit, anzunehmen, dass er tatsächlich mich sehen wollte. Plötzlich griff ihre kleine Hand nach meiner und ich sah Elisabeth überrascht an.

»Brandon, natürlich wollte er dich sehen! Er liebte dich über alles!«

»Ach ja? Was weißt du denn schon? Ich bin dir doch bloß in die Quere gekommen auf deinem Weg, meinen Platz einzunehmen. Wie enttäuschend war das für dich, dass er mir die Hotels zugesprochen hat, hm? Du kannst froh sein, wenn ich das Haus in Denver nicht verkaufe!«

Entsetzt sprang sie auf und ihre großen grünen Augen bohrten sich in meine.

»Warum bist du nur so gemein? Was habe ich dir denn bloß getan, dass du mich so hasst? Dein Vater war alles für mich, meine Familie. Er hat mich geliebt wie eine Tochter, und ich vermisse ihn jeden einzelnen Tag. Ich werde alles versuchen, seinen letzten Wunsch nach seinen Vorstellungen umzusetzen, mit oder ohne deine Hilfe. Danach kannst du machen, was du willst! Und das Haus in Denver kannst du meinetwegen abbrennen, wenn es dir dann besser geht. Ich werde jedenfalls keinen Moment länger in deiner Nähe bleiben, als nötig!«

Und dann verließ sie den Raum und ließ mich zurück wie einen dummen kleinen Jungen, der beim Klauen erwischt wurde und sich gerade die Standpauke seines Lebens anhören durfte. Ich raufte mir die Haare und sank ergeben in den Stuhl zurück. Verdammt! Selbst mir war klar, dass dafür eine Entschuldigung fällig war.

Der Pub und ich waren in den letzten Wochen gute Freunde geworden und ich glaubte, Maggie mochte mich ganz gern. Jedenfalls bekam ich ganz automatisch Nachschub, bis es Zeit war, hinüber ins Hotel zu stolpern. Da die Onlinebuchungen eingestellt worden waren, hatten wir nur noch sporadisch Kundschaft und seit zwei Tagen gar keinen Gast mehr. Das Personal war übergangsweise in Denver untergebracht oder ihnen wurden Aufhebungsverträge angeboten. Letztlich war der Empfang nur noch zu den normalen Geschäftszeiten durch Mr. Brown besetzt, der mit zwei Hausmädchen die Stellung hielt, bis der Umbau beginnen sollte. Wenn ich später sturzbesoffen durch die Empfangshalle wankte, konnte ich keinen Gast vergraulen. Dieser Gedanke ließ mich mutig auf das dritte Glas Bier hoffen, dass mir Maggie prompt servierte.

»Weißt du was Maggie? Ich habe das Gefühl, du bist die einzige Frau, die mich versteht. Nein, du und Mrs Morrison.«

»Wenn du das glaubst, tust du mir leid, Brandon! Ich habe mit Männern nichts am Hut.«

Auch wenn ich schon einiges getankt hatte, verstand ich die Botschaft sehr wohl und glotzte sie ungläubig an. Maggie verfiel in schallendes Gelächter und hielt sich den dicken Bauch, der unter der grünen Schürze unrhythmisch bebte.

»Ich muss Betty leider recht geben, du hast keine Ahnung von Frauen. Sag mal, nur unter uns …«

Sie beugte sich über den Tresen und ich kam ihr auf halbem Weg entgegen.

»… bist du noch Jungfrau?«

Ich hätte ja mit allem gerechnet, aber nicht mit solch einer lächerlichen Frage.

»Was?«

»Berechtigte Frage, meinst du nicht? Oder nein, du bist schwul!«

»Maggie, was soll der Mist? Ich bin weder das eine noch das andere. Wenn ich gewusst hätte, dass ihr euch auf meine Kosten das Maul zerreißt, hätte ich mir eine andere Stammkneipe gesucht.«

Das musste ich mir wirklich nicht anhören. Sauer zog ich ein paar Dollarscheine aus der Jeans und ignorierte dabei die halbherzigen Beschwichtigungsversuche der aberwitzigen Barfrau. Und dann erklang die Gitarre und im Pub wurde es augenblicklich still. Den Blicken der anderen folgend, blieb ich an den sinnlichsten Lippen hängen, die ich je gesehen habe. Aber nein, ich hatte sie bereits gesehen. Nur wenige Stunden zuvor in meinem Büro. Gebannt verfolgte ich die Bewegungen, als sie traurige Töne über die Menschen im Lokal verteilten. Ihre samtweiche Stimme verzauberte mich und taute den Eisblock in meiner Brust an. Die Haare an meinen Unterarmen stellten sich auf und ich erschauderte. Völlig überwältigt von dieser für mich ungewöhnlichen Empfindung suchte ich nach Ablenkung und blieb schließlich an Maggie hängen. Wie es schien, hatte ihr Blick die ganze Zeit auf mir geruht.

»Brandon, du kannst dir gern weiter was vormachen. Für mich ist der Fall glasklar.«

Und damit ließ sie mich sitzen und ging unbeirrt ihrer Arbeit nach. Ich wagte noch einen Blick Richtung Bühne und bereute es sofort, als ich in die tränenüberlaufenden Augen sah, deren Blick mich durchbohrte. Sie sang dieses Lied für mich. Ein Lied über eine einsame Seele, auf der Suche nach Heimat und Familie, nach Liebe und Geborgenheit. Noch bevor es zu Ende war, stürmte ich aus dem Pub und rang vor der Tür nach Atem. Etwas in mir war in diesem Moment zerbrochen und ich kam mir unendlich einsam vor.

Ich schaffte es kaum, den Schlüssel ins Schloss des Personaleingangs zu stecken, weil die Tränen mir die Sicht nahmen. Und dann war da plötzlich diese kleine Hand, die die Führung meiner eigenen übernahm und die Tür öffnete.

»Lass dir helfen, Brandon.«

Ein Satz, der so viel Interpretationsmöglichkeiten

bot. Leise Worte aus dem schönsten Mund, den ich je gesehen hatte. Aber ich würde mich nicht zu ihr umdrehen, denn dann hätte ich verloren.

»Warum bist du nicht im Pub und singst.«

Ich versuchte, so gleichgültig wie möglich zu klingen, doch war ich zu aufgewühlt von all den Gefühlen, die mich völlig überforderten.

»Maggie meinte, dass du mich brauchst.«

Die Bemerkung ließ mich abfällig schnauben.

»Ach ja? Gerade meinte Maggie noch, dass ich schwul sei. Ich würde nicht so viel auf ihre Meinung geben.«

»Hat sie etwa unrecht damit?«

»Ich wüsste nicht, was dich das angeht!«

»Na ja, ich habe dich damals in der Schule nie mit einem Mädchen zusammen gesehen und deinem Dad hast du auch nie eine Frau vorgestellt. Und da …«

»… und da habt ihr euch alle gedacht, dass Brandon gern Schwänze lutscht.«

Einen Augenblick später hatte ich sie mit meinem Körper gegen die Hauswand gedrückt und war ihr so nah, dass unsere Nasenspitzen sich berührten. Ein betörender Duft stieg mir in die Nase und führte in Sekundenschnelle zu einer ausgewachsenen Erektion.

»Glaub es mir oder nicht, am liebsten lecke ich kleine, feuchte …«

Ich hielt inne, als sie mir ihren heißen Atem erwartungsvoll ins Gesicht hauchte. Doch anstelle meinen Satz zu beenden, presste ich meine Härte gegen ihre Hüfte, stieß mich ab und ließ sie stehen. Das Provozieren lag mir mindestens genauso gut wie ihr. Problematisch war nur die anhaltende Erregtheit, die auch die anschließende kalte Dusche nicht minderte. Also legte ich erneut Hand an, aber dieses Mal verdrängte ich das Bild von ihr in meinem Kopf nicht.

Ein letztes Mal ließen wir das Restaurant vor der Schließungsphase eindecken. Dads viele Freunde, Kollegen und Geschäftspartner, hatten wir mit dem Nachruf in den regionalen Tageszeitungen eingeladen. Wir rechneten mit rund einhundert Gästen. Maggie und Elisabeth kümmerten sich um die Getränke und den Service, ich hingegen nahm mich des Leichenschmauses an. Dazu bin ich auf diverse Restaurants in Aspen zugegangen und habe, auch mit Blick auf die Zukunft, deren Angebot und Qualität gecheckt. Drei verschiedene Küchen belieferten uns mit je drei Gängen in Buffetform. Das Kondolenzbuch, welches Elisabeth ausgesucht hatte, erhielt einen Platz im Foyer und am Flügel daneben spielte sich Fidelkönig Jerry ein. Ich fand das überflüssig, wollte ihr aber den Wunsch nicht abschlagen. Seit dem Vorfall, als ich mich wie ein Tier an ihr gerieben hatte, mieden wir gleichermaßen persönliche Gespräche und gingen übertrieben höflich miteinander um. Mich bei ihr zu entschuldigen, war mir bislang nicht gelungen und ich hoffte, dass wir diesen schwachen Moment einfach vergessen konnten. War sie in meiner Nähe, hatte ich mich nur schwer im Griff. Also mied ich ihre Gegenwart. Und als sie schließlich auf mich zukam, kämpfte ich erneut damit, sie nicht anzustarren.

»Brandon, kann ich dich kurz sprechen?«

»Sicher.«

»Ich würde dich gern um etwas bitten. Etwas, das mir sehr wichtig ist. Und zwar geht es mir darum, wie wir

nachher Rons Freunden und Geschäftspartnern gegenübertreten. Lass uns bitte nur heute so tun, als ob wir
uns mögen und als Einheit auftreten. Wir werden in
Zukunft auf deren Hilfe angewiesen sein und ich
möchte ein Bild vermitteln, dass wir ein gutes Team
und ihrer Unterstützung würdig sind. Danach darfst du
mich wieder hassen.«

Ihr Wunsch war nachvollziehbar und weitsichtig. Sie
kam mir viel erwachsener vor, als ich mir selbst. Ich
nickte. Und bevor ich sagen konnte, dass die Annahme,
dass ich sie hasste, nicht mehr ganz zutraf, machte sie
kehrt und verschwand wieder im Restaurant. Ich war in
diesen zwischenmenschlichen Dingen eine Niete.
Anfangs konnte ich sie gar nicht leiden, aber mittlerweile musste ich mir eingestehen, dass sie gar nicht so
verkehrt war. Und dass sie dazu atemberaubend schön
war, machte das alles nicht leichter. Da die Entschuldigung für meine Schwanzeinlage mir immer noch
nicht über die Lippen gekommen war, wollte ich mich
ausnahmsweise benehmen und ihr diesen Gefallen tun.

Elisabeth und ich fuhren gemeinsam zum Friedhof
und trafen Reverend O'Brain am Grab. Er gab uns
einen Moment, um uns in Ruhe von Dad zu verabschieden. Im Anschluss gingen wir kurz den Ablauf
durch, bevor die ersten Gäste kamen, um ihrem Freund
die letzte Ehre zu erweisen. Die Kapelle war festlich
geschmückt und das Foto von Dad neben der Urne
erinnerte mich an glückliche Kindertage. Elisabeth
musste es ausgesucht haben. Es zeigte Dad an einem
Sommertag hier in Aspen. Im Hintergrund sah man die
Hütte. Er strahlte und hielt stolz einen von ihm
gefangenen Fisch in die Kamera. An diesen Tag konnte

ich mich gut erinnern und auch daran, das Foto geschossen zu haben. Er fehlte mir mehr denn je.

Sie stellte sich dicht an meine Seite und fädelte ihre zarten Finger zwischen meine. Ich blickte angenehm überrascht auf die in sich verschlungenen Hände und schließlich in ein leuchtend grünes Paar Augen.

»Danke.«

»Das Bild trug er immer bei sich.«

Elisabeth ließ mich für die Dauer der Beerdigung nicht von ihrer Seite. Ich vermutete, dass sie meine Unterstützung an diesem Tag genauso brauchte, wie ich ihre. Ihre eigentliche Begründung, nach außen hin als Einheit aufzutreten, war sicher vernünftig, doch ich wurde das Gefühl nicht los, dass sie meine Nähe genauso genoss, wie ich ihre, was ich selbstverständlich niemals zugegeben hätte. Dennoch war es gar nicht nötig, den Gästen etwas vorzuspielen. An diesem Tag wollte ich das alles genauso haben. Es fühlte sich schlichtweg gut an. Viel zu gut.

Im Hotel angekommen, hielten einige Gäste bewegende Reden und auch Elisabeth und ich hatten jeweils etwas Kleines vorbereitet. Sie sang Dads Lieblingssong Imagine von John Lennon und ich erzählte etwas über die Familiengeschichte der Harpers und ließ keine Fragen darüber entstehen, ob das Familiengeschäft mit Dads Tod endete. Das würde es ganz sicher nicht.

Nach und nach verabschiedeten sich alle und sowohl Elisabeth und auch mir wurde Unterstützung von einigen wichtigen Geschäftspartnern zugesagt. Für diese Eingebung wollte ich mich bei Elisabeth bedanken und fand sie schließlich im Foyer am Klavier mit Jerry. Der flirtete mit ihr und spielte das Stück Für Elise. Elisabeth grinste vor sich hin und bewegte sich anmutig zur leisen Musik. Ich kam mir vor wie ein Voyeur, als ich sie bei diesem, was auch immer es war, beobachtete. Dennoch musste ich wissen, was Jerry vorhatte. Und ich behielt Recht mit meiner Ahnung, dass er sich mehr ausmalte, als ihr nur den sexy Pianisten zu mimen. Kaum war das Stück beendet, war sein Gesicht auf ihrem und seine Hände überall auf ihrem Körper. Einen momentlang war ich genauso überrumpelt von seiner Übergriffigkeit wie Elisabeth. Doch dann wehrte sie sich. Und je mehr sie versuchte, sich loszureißen, desto aggressiver wurde er.

»Was soll das Betty? Wir sind schließlich zusammen. Ich habe ein Recht darauf, dass du mich endlich ranlässt. Jetzt stell dich verdammt noch mal nicht so an.«

Meine Hand fand wie von selbst an seinen Nacken und brachte ihn dazu, seine Hände von Elisabeth zu nehmen. Zwar hatte ich mit etwas mehr Gegenwehr gerechnet, war aber froh darüber, dass ich mich am Tag der Beerdigung meines Vaters nicht noch prügeln musste. Dad hätte das bestimmt amüsiert, wo er mir doch das Versprechen abgenommen hatte, mich um Elisabeth zu kümmern.

Ich verschloss die Tür hinter Jerry, der immer noch etwas verdutzt dreinschaute, und sah nach Elisabeth, die mir auf halbem Wege völlig aufgelöst entgegenkam.

»Es tut mir so leid. Ich hätte wissen müssen, dass er es wieder versucht. Ich wollte dir den Tag nicht auch noch kaputt machen.«

Sie ließ ihr Gesicht in beide Hände sinken und begann am ganzen Körper zu beben. Und dann tat ich endlich, wonach ich mich schon die ganze Zeit sehnte.

Ich zog sie an mich und vergrub meine Nase in ihrem Haar.

»Du hast gar nichts kaputtgemacht. Es ist alles in Ordnung. Der Tag war anstrengend und nervenaufreiben. Wir sollten jetzt schlafen gehen.«

Ich vernahm ein zustimmendes Nicken zwischen den vielen Schluchzern und führte sie zu ihrem Zimmer. Bevor sie die Tür öffnete, gab sie mir einen Kuss auf die Wange und hauchte ein zartes Dankeschön, was mich lächeln ließ. Von der Abneigung, die ich all die Jahre ihr und ihrer Mutter gegenüber empfand, war in diesem Moment nichts zu spüren. Ihr in Schwarz gehüllter Körper verschwand durch den Türspalt und ich war ganz kurz davor, ihr zu folgen. Doch kam mir das nicht richtig vor. Es widersprach meinem frostigen Ich, welches mich seit vielen Jahren begleitete. Und diesem warmen Gefühl jetzt nachzugeben, hatte etwas von Selbstbetrug. Das war ich einfach nicht. Ergeben schlug ich die Faust an die Wand und verschwand in den dunklen Flur. Das war nicht der richtige Tag, um Dummheiten zu begehen.

Das Licht blieb aus, als ich mein Zimmer betrat. Der Raum war kalt und die leichte Bewegung der Gardine zeigte, dass das Fenster dahinter offenstand. Ich hatte es wohl nach dem Lüften am Morgen nicht geschlossen. Die kalte Luft tat gut, half mit runterzukommen.

Jerrys Geigenspiel gegenüber aus dem Pub war nicht zu überhören. Es war anders als sonst, schnell und wild. Als begleitete er einen Militärangriff in einer Szene aus Fackeln im Sturm.

Die regennasse Oberfläche der Straße spiegelte all die langgezogenen Lichter der Häuser und Laternen wider.

Ich schob das Fenster hinunter und ließ es über den Widerstand hinweg einrasten, bis meine Aufmerksamkeit durch das aufleuchtende Display von Dads Telefon abgelenkt wurde.

Eine Nachricht.

Betty: *Ron hätte den Tag bestimmt als vollen Erfolg gewertet. Danke*

Diese Worte ließen mich Lächeln. Ja, das waren Dads Worte. Er liebte es, wenn seine Vorhaben gelangen und er sich abends mit einem Scotch in den Salon setzen konnte, um begleitet von einem riesigen Grinsen sagen zu können: Freunde, das war ein voller Erfolg!

Sein Enthusiasmus war ansteckend. Es gelang ihm, alle Beteiligten davon zu überzeugen, dass das ganze Projekt nichts wird, wenn er auch nur auf einen im Team verzichten musste. Alle waren wichtig und das meinte er tatsächlich so. Das war das Fundament seines Erfolges. Jetzt, wo ich darüber nachdachte, bemerkte ich, dass er mir jede Menge Rüstzeug mit auf den Weg gegeben hat. Und nach den Erfahrungen in Chicago wollte ich es besser machen. Niemand sollte mit Tinnitus zwölf Stunden am Tag dafür ackern, dass sich die Vorgesetzten den Bonus einstrichen. Beeinflusst von diesen Erinnerungen, ließ ich mich zu einer freundlicheren Antwort hinreißen.

Ron: *Ja, das hätte er. Gemeinsam schafft man mehr.*

Nachdem ich in der Nacht vergeblich auf eine weitere Nachricht gewartet hatte, hoffte ich darauf, sie beim Frühstück im Restaurant anzutreffen. Alle Helfer waren eingeladen die Reste des Buffets zu verzehren, bevor wir uns ans Aufräumen machten. In den kommenden Tagen würden das Mobiliar und Teile der Inneneinrichtung abgeholt werden, die Dad bereits für einen guten Preis verkauft hatte. Das Personal würde ich nach diesem Tag in ihre neuen Tätigkeiten entlassen.

Leider wartete ich vergeblich auf Elisabeth, die es auch nicht für nötig hielt, sich bei mir abzumelden, als sie auch tagsüber mit Abwesenheit glänzte. Ich kochte vor Wut und schmiss einen Stapel Stühle um. Anna Warren, eines der Hausmädchen, kam zu mir gelaufen.

»Alles in Ordnung, Mr. Harper?«

»Ja, ja. Ich ärgere mich nur über Elisabeth. Sie hätte wenigstens Bescheid sagen können, dass sie uns mit dem Kram hier allein lässt.«

»Aber das hat sie doch. Sie war heute Morgen bei uns und hat gesagt, dass sie nicht länger bleiben kann. Irgendein Vorfall. Keine Ahnung. Sie war total aufgedreht.«

Fassungslos erstarb ich in meiner Handlung und starrte Ms. Warren an.

»Und wann wollten Sie mir das mitteilen?«

»Es tut mir leid Sir, aber ich bin einfach davon ausgegangen, dass Sie Bescheid wüssten.«

»Nichts weiß ich!«

Wütend stapfte ich in mein Zimmer und griff nach Dads Telefon. Keine Nachricht. Mittlerweile war es dunkel geworden, Zeit genug, um sich zu melden. Ihr Zimmer im zweiten Stock fand ich leer vor und an der Tür klebte der Zettel, der dem Möbeltransport signalisieren sollte, es zu räumen. Sie schien also nicht wiederkommen zu wollen. Widerwillig wählte ich ihre Nummer, wurde aber mit der Nichterreichbarkeit der gewählten Nummer vertröstet. Was zur Hölle war da los? Den Abend zuvor war doch noch alles in Ordnung. Ich erinnerte mich an ihre Bitte, dass wir wenigstens für den Tag der Beerdigung so tun sollten, als sei alles okay zwischen uns. Vielleicht hatte sie das einfach auch genauso gemeint. Allerdings konnte ich mir nicht erklären, was das für ein Vorfall sein sollte, den Anna erwähnte. In der Hoffnung, an mehr Information zu kommen, lief ich hinüber in den Pub. Maggie sah mich im selben Augenblick, in dem ich sie hinter der Menge vorm Tresen erblickte. Happy Hour war sicher nicht der richtige Moment für einen Plausch, aber sie war die Einzige, von der ich vermutete, mehr erfahren zu können.

»Brandon? Scheinst ja sehr besorgt zu sein. Ich hätte darauf wetten sollen, dass dir erst Stunden später auffällt, dass sie weg ist. Verdammt ich wäre jetzt eine reiche Frau und könnte den verfluchten Laden hier hinter mir lassen.«

Ihr abfälliger Blick machte ihren Standpunkt mehr als deutlich. Ich kämpfte mich unter Protest der durstigen Kundschaft vor zum Tresen, aber sie ließ mich stehen und bediente fleißig weiter, als wäre ich gar nicht da. Das war doch nicht zu glauben. Warum war ich gleich noch mal hergekommen? Um wen zu suchen? Richtig! Eine Frau, die ich mir vor wenigen Tagen noch ans Ende der Welt wünschte. Und jetzt befand sie sich vermutlich genau dort und mir fiel nichts Besseres ein, als ihr wie ein Trottel hinterherzulaufen und mir zu allem Überfluss auch noch Schelte von ihrer lesbischen Freundin anzuhören. Ich legte die Hände in den Nacken und blickte erschöpft zur Decke. Mein Rücken schmerzte von der Schufterei im Restaurant, ich war hungrig und müde.

»Brandon! Auf ein Wort vor die Tür! Jetzt!«

Maggie schrie so laut über den Tresen, dass ich vor Schreck zusammenfuhr und es unangenehm still im Lokal wurde. Es hatte etwas von Zoo, als alle im Raum befindlichen Augen plötzlich auf mir ruhten. Der Glanz in Maggies Blick ließ keinen Zweifel daran, dass mein Unbehagen ein inneres Fest für sie bedeutete. Und wäre das nicht schon peinlich genug gewesen, ertönte ein Einstimmiges Brandon, Brandon, Brandon, …, das mich bis zur Tür verfolgte.

Maggies Zigarette brannte bereits und sie blies den Rauch in die Nacht.

»Herzlichen Dank für diese Einlage, Maggie. Du kannst dir sicher sein, mich hier nie wiedersehen zu müssen.«

»Ach, was bist du nur für eine Pussy, Harper! Aber ich habe schon gehört, dass du gern abhaust. Mir egal, mach was du willst.«

Gelangweilt hob sie die Achseln und tippte die Asche von ihrer Kippe.

»Ich bin nicht hier, um mich beleidigen zu lassen. Wenn du mir nicht sagen kannst, wo Elisabeth ist, dann verschwende nicht meine Zeit.«

»Keine Sorge, ich habe nur fünf Minuten Pause und die ist auch schon fast rum. Hör zu, zwischen euch scheint es echt kompliziert zu sein, vielleicht hat das alles seine Berechtigung, aber ich kenne Betty, seit sie fünfzehn ist. Seitdem jobbt sie jeden Sommer bei mir im Pub. Sie ist zuverlässig und liebenswert und vor allem trägt sie ihr Herz am richtigen Fleck. Egal, was zwischen euch schiefläuft, ich kann mir nicht vorstellen, dass sie das Problem ist. Sie geht davon aus, dass du froh bist, sie los zu sein, aber ich kann mir nicht helfen. Da war etwas in ihrem Blick, was da nicht hingehört. Finde heraus, was nicht mit ihr stimmt. Und verrate mich nicht, sonst verliere ich meinen besten Live-Act und das kann ich mir nicht leisten.«

Sie hielt mir einen Zettel hin. Darauf war eine Adresse in Fort Collins im Norden von Colorado notiert. Irritiert sah ich Maggie an, die derweil ihre Zigarette unter dem Schuh zerquetschte.

»Was ist das?«

»Der Vorfall hat wohl mit ihrer Mutter zu tun. Mehr weiß ich nicht, außer dass sie mit diesem Nichtsnutz Jerry völlig überstürzt abgereist ist.«

»Tut mir leid, aber das ist nicht meine Baustelle. Ich will mit den Sloans nichts zu tun haben.«

»Dafür wirst du sicher deine Gründe haben, aber ihre Mutter ist nicht die Person, über die ich mir den Kopf zerbreche. Glaub mir, SIE ist nicht das Problem.«

Etwas Unheimliches klang zwischen ihren Worten mit und wenn ich an den Abend zuvor dachte, wie Jerry sich an ihr …

»Okay, du hast gewonnen. Aber dafür habe ich was gut bei dir, Maggie.«

Sie legte ihre Hand auf meine Schulter und versuchte ein Lächeln, das ihre Augen jedoch nicht erreichte.

»Beten wir, dass alle wohl auf sind. Meine Nummer steht auch auf dem Zettel, halt mich auf dem Laufenden.«

Und damit ließ sie mich mit einem dumpfen Gefühl im Bauch auf dem Fußweg zurück.

In meinem Zimmer gab ich die Adresse in den Routenplaner meines Handys ein und war erschrocken, dass ich mehr als vier Stunden brauchte. Die Strecke über die Interstate 70 führte durch Denver. Damit war klar, dass ich sofort starten und im Haus in Denver übernachten würde.

Ich klaubte ein paar Kleidungsstücke zusammen und fand in der Küche sogar noch etwas Essbares im Kühlschrank mit einem Post-it, auf dem geschrieben stand: Damit Sie nicht verhungern. Alles Gute, Anna Warren

Ich war gerührt und mir tat es auf der Stelle leid, dass ich zuvor so barsch ihr gegenüber gewesen war. Aber da sie in Denver untergebracht war, würde ich mich noch einmal bei ihr bedanken können.

Als ich in Glenwood Springs auf die Interstate bog, war es bereits weit nach zehn Uhr abends. Vor mir lagen noch zweieinhalb Stunden, bis ich endlich in Lakewood ins Bett fallen konnte. Die Interstate schlängelte sich durch die Berge, und ich versuchte, mich auf die gelbe Außenlinie der Straße zu konzentrieren. Höhe Dillon legte ich einen Tankstopp bei Conoco ein und genehmigte mir einen dreifachen Espresso. Damit schaffte ich auch noch den Rest bis nach Hause. Wie sich das anhörte. Nach Hause. Das war schon lange nicht mehr mein Zuhause. Doch als ich die Einfahrt hinauffuhr, musste ich feststellen, dass ich alles so vorfand wie vor vielen Jahren. An der Garage stand der Rosenbusch, den Mom gepflanzt und an der Eingangstür hing unser Namensschild, das Dad und ich gemeinsam gesägt hatten. Das Haus war typisch für diese Gegend. Alles in unspektakulären Braun- und Beigetönen gehalten.

Ganz selbstverständlich griff ich in den Jalousiekasten des Fensters neben der Tür und ertastete erleichtert den Ersatzschlüssel. Als ich jedoch das Licht einschaltete, traf mich fast der Schlag. Nichts, aber auch wirklich gar nichts hatte sich hier verändert, seit ich fortgegangen war. Ich war auf das Schlimmste eingestellt. Vermutete, in jeder Ecke einen Hinweis der Sloans zu finden, die sich hier mit aller Macht eingenistet hatten. Doch nichts von alledem war passiert. Verwirrt ging ich hinüber ins Wohnzimmer und fand den Beweis, dass mir meine Fantasie keinen Streich spielte. An der hinteren Wand klebte eine neue Tapete. Ein recht schönes Muster, aber viel zu opulent für diesen kleinen Raum. Neugierig inspizierte ich auch die Räume im oberen Stock und stand schließlich vor meinem alten Zimmer. Mein Herz klopfte mir bis zum Hals, was ich mir gar nicht erklären konnte, denn wenn sich sonst schon nichts verändert hatte, konnte ich wohl davon ausgehen, dass mein Zimmer ebenfalls nicht angerührt worden war. Doch überraschenderweise war die Tür verschlossen. Ich drehte den Knauf hin und her, doch nichts tat sich. Dann prüfte ich die nächste Tür und freute mich, als diese aufsprang. Das Licht offenbarte haufenweise rosa Dinge, die überall in diesem Raum verteilt waren. Das musste dann wohl Elisabeths Zimmer sein. Bevor die Sloans eingezogen waren, war das Moms Wäschezimmer. Damals bügelte sie hier und kommentierte lautstark all diese dämlichen Talkshows, die sie auf dem kleinen Fernseher verfolgte. Dad und ich besetzten meistens die Couch im Wohnzimmer und sahen jedes Auswärtsspiel der Denver Broncos. Und schließlich bekam Elisabeth das Zimmer und ich setzte nie wieder einen Fuß dort hinein. Dabei war es wirklich winzig. Mein Zimmer war mehr als doppelt so groß. Auf ihrem Schreibtisch lagen allerhand Papiere herum. Quittungen von Restaurants und Hotels, Infobroschüren und eine Ausfertigung ihrer sogenannten Wohlfühlstudie im Hoteltourismus. Und dann blitzte unter alldem ein kleines violettes Notizbuch hervor. Ich zog es heraus und schob das labbrige Gummiband, das auf den ersten Blick alles zusammenhielt, beiseite. Bunte Zeichnungen, kleine Mangabildchen und Mandalas stachen hervor, die hin und wieder mit kleinen Notizen versehen waren. Unwesentliche Dinge über das Wetter oder ein neues Kleidungsstück. Weiter hinten nahmen die Notizen zu und die Bilder wurden düster und ausschließlich in Schwarz gezeichnet. Grimassen und hässliche Fratzen waren das. Neben einer stand: Ich bin ein Nichts. Er ignoriert mich nicht, denn er sieht mich erst gar nicht.

Das passte gar nicht zu der Elisabeth, die ich kannte, und ich fragte mich, ob das alles hier wirklich von ihr stammte.

Ich habe ein Shirt aus seinem Schrank geklaut und ihr gegeben. Jetzt lässt sie mich in Ruhe.

Ich hätte zu gern gewusst, von wem die Rede war.

Heute war ein guter Tag. Sie ließen mich an ihrem Tisch sitzen. Noch drei Tage bis zum Abschlussball und er hat sie noch nicht gefragt. Sie wird mich umbringen.

Ich fühlte mich so beklommen, als hätte ich gerade einen Thriller gelesen und schmiss das Buch zurück auf den Schreibtisch.

Es war Zeit für etwas Schlaf, wenn ich den nächsten

Tag einigermaßen überstehen wollte.

Viel zu früh klingelte der Wecker und ich kämpfte sehr damit, überhaupt ein Auge aufzubekommen. Er piepte bereits auf Stufe drei, als ich das Telefon vor der Couch endlich greifen konnte. Zwar war mein Blick alles andere als klar, aber das sollte sich ändern, als ich die Nachricht las, die ich oder vielmehr mein Dad kurz vor drei Uhr morgens erhalten hatte.

Betty: *Ich soll dich von Mom grüßen … sie liebt Beethoven und ist fast verrückt geworden vor Freude … Familytrack ist voll cool … ES*

An dieser Nachricht war alles merkwürdig. Erstens hatte ich überhaupt kein Interesse daran, Freundlichkeiten mit ihrer Mutter auszutauschen, und was sie mit Beethoven und diesem Familytrack meinte, war mir ein Rätsel. Der Versuch, sie anzurufen, schlug leider wieder fehl, und da ich früh loswollte, maß ich dieser Nachricht keine tiefere Bedeutung bei. Allerdings freute ich mich noch weniger als zuvor auf das Zusammentreffen.

Das Navi führte mich in einen Wald, an dessen Wegesrand ein großes Schild stand: 3 Meilen bis Artfull Village. Der Waldweg wurde durch allerhand Kunstwerke gesäumt. Bunte Holzpfähle mit Gesichtern, Tonsäulen, eine Schaufensterpuppe im Hochzeitskleid auf deren Kopf ein Vogelhaus saß anstelle eines Hutes. Als ich die kreisrunde Siedlung vor mir sah, befürchtete ich, in einer Parallelwelt angekommen zu sein. Zehn kleine Blockhütten standen im Kreis um einen großen Feuerplatz, der bestimmt als Gemeinschaftsküche diente. Ich hupte zweimal, bevor ich ausstieg. Harzige Waldluft stieg mir in die Nase und das Vogelgezwitscher wirkte beruhigend. Seitlich von mir öffnete sich eine quietschende Tür, hinter der ein alter, halbnackter Mann durch den Spalt hervorlugte.

»Ich möchte zu Carmen Sloan.«

Er zeigte auf die gegenüberliegende Hütte und war bereits wieder in seiner eigenen verschwunden, bevor ich mich bedanken konnte.

Zaghaft klopfte ich an der Tür. Ein Rumpeln im Innern verriet mir, dass meine Reise nicht umsonst gewesen war. Die Gardine hinter der Scheibe der Tür wurde zur Seite geschoben und schließlich öffnete mir eine Frau. Alt, klein und schmal, den Kopf in ein geblümtes Tuch gehüllt. Die Augen so müde und trüb, dass man die Überraschung darin kaum erkennen konnte.

»Brandon? Brandon Harper? Was machst du denn hier?«

Und als ich sie sprechen hörte, erkannt ich ihre Stimme. Es war tatsächlich Carmen.

»Hallo Carmen, ich habe gehofft, Elisabeth hier anzutreffen.«

Sie trat zur Seite und machte eine einladende Handbewegung.

»Komm rein und setz dich. Ich habe gerade Tee gemacht.«

Die Hütte ähnelte der meines Großvaters und ich bekam das Puzzle nicht zusammen, warum sie ausgerechnet hier wohnte in solch ärmlichen Verhältnissen, wo ihr die Scheidung doch so viel Geld eingebracht hatte. Carmen folgte beim Einschenken des

Tees meinem Blick durch den Wohnraum.

»Es reicht mir. Mehr brauche ich nicht.«

Diese Aussage überraschte mich noch mehr und ich riss die Augenbrauen nach oben. Sie lachte ein leises Lachen. Wie Elisabeth.

»Brandon, ich habe Betty schon lange nicht mehr gesehen. Wie kommst du darauf, dass sie hier sein könnte?«

So langsam fand ich dieses Spiel nicht mehr lustig.

»Ihre Freundin in Aspen hat mir deine Adresse gegeben und meinte, ich solle lieber mal nachsehen, ob es ihr gut geht. Sie hätte das Gefühl, mit ihr stimmt wohl etwas nicht. Vom Hotelpersonal wurde mir mitgeteilt, dass es einen Vorfall gegeben haben soll, der sie gestern in aller Herrgottsfrühe überstürzt abreisen ließ. Jerry, ein Kollege, mit dem sie regelmäßig auftritt, hat sie gefahren, wohin auch immer. Die Adresse hier war mein einziger Anhaltspunkt. Und jetzt bin ich hier, sie aber ganz offenbar nicht.«

»Nein, tut mir leid, sie war und ist nicht hier. Auch wenn ich es mir sehr wünsche, sie noch ein letztes Mal sehen zu können.«

Sie griff nach der Tasse vor sich und führte sie mit zittriger Hand langsam zum Mund.

»Wie geht es Ron? Kann er sich immer noch nicht von seinen Hotels trennen?«

»Du meinst, die Hotels, die du ihm gelassen hast?«

Das kam mir schneller über die Lippen, als gewollt. Doch Carmen zeigte sich unbeeindruckt.

»Ja, die meine ich.«

»Dad ist tot. Schwerer Herzinfarkt. Vorgestern war die Beerdigung.«

»Oh, das tut mir leid. Was für ein Verlust.«

Auch das darauffolgende verächtliche Schnauben konnte ich mir nicht verkneifen.

»Ich nehme dir nicht übel, dass du mich nie leiden konntest, Brandon. Du hingst sehr an deiner Mutter und ihr plötzlicher Tod, hat dich und auch deinen Vater in ein tiefes Loch gerissen. Weißt du, woran sie gestorben ist?«

»Natürlich, sie hat ein Stoppschild übersehen und wurde von einem Bus tuschiert.«

»Richtig, aber Diane ist nicht am Unfall selbst gestorben. Durch den Aufprall erlitt sie einen Gebärmutterhalsriss, an dem sie schließlich verblutet ist. Sie war schwanger, aber behielt es für sich.«

Ich war mehr als nur geschockt, solche Details über meine Mutter von der Frau zu erfahren, die ich am meisten auf der Welt hasste.

»Warum sollte sie es für sich behalten haben? Das ergibt für mich keinen Sinn. Meine Eltern haben lange versucht, noch ein Kind zu bekommen.«

»Das mag dich jetzt schockieren, aber deine Mutter liebte einen anderen Mann und er war der Vater des Kindes. Nicht Ron.«

Entsetzt sprang ich auf.

»Wie kannst du die beiden so in den Schmutz ziehen, das ist einfach nur widerlich.«

»Du musst mir nicht glauben, aber dein Vater hat es mir selbst erzählt. Kopien der Krankenakte und des Totenscheins liegen im Tresor in seinem Büro in Denver. Irgendwann hättest du es sowieso herausgefunden. Und so bleibt dir wenigstens noch eine Möglichkeit, Antworten auf deine Fragen zu bekommen.«

»Antworten von dir?«

»Ja, Brandon. Antworten von mir, denn kein anderer außer mir wird sie dir noch geben können. Auch meine Tage sind gezählt. Vielleicht habe ich noch einen Sommer, vielleicht ein paar Wochen oder Tage. Kann sein, dass ich morgen schon ins Gras beißen werde. Also, was möchtest du wissen?«

»Du bist doch total durchgeknallt.«

»Nein, eigentlich war ich nie klarer als jetzt.«

Ich nahm wieder Platz und raufte meine Haare. Was hatte ich mir nur dabei gedacht, Chicago zu verlassen. Seither fegte ein Sturm um mich herum, dem ich einfach nichts entgegenhalten konnte.

»Warum habt ihr euch scheiden lassen?«

»Ich habe in einer manischen Phase deinen Dad betrogen. Daraufhin hat er mich vor die Tür gesetzt.«

»Was meinst du mit manische Phase?«

»Ich leide an einer bipolaren Störung. Depressionen und Euphorie wechseln sich in Schüben, die einen dabei heimsuchen, ab. Bei einigen Erkrankten ist das Lustempfinden sehr stark ausgeprägt und man vögelt, was nicht bei drei auf den Bäumen ist. Dein Dad hatte mich schon einmal in dieser Phase erlebt. So lernten wir uns näher kennen, aber ich will dich mit Einzelheiten verschonen. Doch als er mich mit seinem Empfangschef erwischte, wurde es ihm zu viel. Der Einfluss dieser Störung auf unsere Beziehung wurde unerträglich. Aber er versprach mir, dass er dafür sorgen würde, dass es Betty und mir gutgehen würde. Daraufhin verkaufte er zwei kleine Hotels und gab mir das Geld. Dafür versprach ich ihm, kein Wort über den Tod deiner Mutter zu verlieren und keine schmutzige

Schlammschlacht aus der Scheidung zu machen.«

»Was ist mit dem Geld passiert.«

»Die Scheidung warf mich in ein emotionales Loch. Ich ließ die Medikamente weg und schaffte es somit nicht mehr von selbst heraus. Dann zog ich mit Betty nach Vegas und überließ sie sich selbst in einem billigen Motel, während ich das viele Geld verprasste und mich mit Crack und Kokain betäubte.

Es war ein herrlicher Tag in Vegas, als es geschah. Ein Tag, der alles veränderte.«

Sie schien aus dem Fenster zu sehen, doch an ihrer verkrampften Haltung sah ich, dass das, was sie mir gleich beschreiben wollte, bereits vor ihrem inneren Auge vorbeizog.

»Ich hatte in der Nacht zwei Maskottchen aufgegabelt und hielt es für eine gute Idee, die beiden mit ins Motel zu nehmen. Zugedröhnt, schloss ich Betty im Bad ein, während ich mich mit beiden vergnügte. Ich fand es wahnsinnig lustig, dass sie dabei ihre Masken aufbehielten. Und so trieb ich es mit Goofy und einem traurig dreinblickenden Clown. Wir zogen eine Line nach der anderen und schossen uns vollkommen ab. Betty muss mindestens den halben Tag dort eingesperrt gewesen sein. Im Polizeibericht las ich später, was der Clown versucht hatte, ihr anzutun. Sie konnte ihm entkommen und flüchtete zur nächsten Polizeistation. Barfuß. Betty kam daraufhin in eine Pflegefamilie und ich wählte statt des Gefängnisses die Entzugsklinik. Ganze vier Monate brauchte es, bis ich in der Lage war, deinen Vater anzurufen. Der kümmerte sich sofort darum, dass das Kind zu ihm kommen durfte. Doch für Betty war es zu spät.«

»Was meinst du damit? Zu spät?«

Tränen liefen ihr über das Gesicht. Mir wurde schlecht.

»Der Pflegevater war nicht gut zu ihr. Er zwang sie zu widerlichen Dingen.«

Mir stockte der Atem.

»Sie wurde vergewaltigt?«

In mir zog sich alles zusammen.

»Nicht körperlich, aber sie musste Dinge mit ansehen. Doch das ist leider nicht alles. Bipolare Störungen sind keine Erbkrankheit im klassischen Sinne. Man vererbt lediglich die Anlagen und schlimme Erlebnisse können die Störung entfachen. Dein Vater scheute keine Mühen, eine geeignete Klinik für die Einstellung ihrer Medikamente zu finden, die sie gleichzeitig therapieren konnte. Er hatte Betty ihr Leben zurückgegeben. Je geregelter und liebevoller ein Zuhause, desto besser für den Betroffenen. Ich durfte Ron jederzeit anrufen und fragen, wie es ihr geht, dafür versprach ich damals, sie in Ruhe zu lassen.«

»Wow, ich weiß nicht, was ich sagen soll.«

Das zu erfahren, machte zwar vieles klarer, aber ich wurde das Gefühl nicht los, dass Elisabeth meine Hilfe brauchte. Mir fiel ihre Nachricht wieder ein.

»Carmen, ich habe heute Nacht eine seltsame Nachricht von ihr erhalten. Vielleicht kannst du das entziffern.«

Ich zog das Telefon aus der Jackentasche und zeigte ihr den Text.

»Also, das ergibt keinen Sinn. Okay, der erste Teil ist ganz klar eine Lüge. Was habt ihr beide mit Beethoven gemeinsam?«

Sie sah mich auffordernd an.

»Ich weiß es doch auch nicht?«

»Wart ihr zusammen in der Oper oder nutzt den gleichen Klingelton, ein Lieblingsstück?«

»Nein, nichts davon. Wir hatten doch kaum etwas miteinander zu tun. Gestern war das erste Mal, dass wir länger als zwanzig Minuten in einem Raum verbracht haben.«

»Dann denke noch einmal darüber nach, was gestern für Musik gespielt wurde.«

»Jedenfalls nichts Klassisches. Elisabeth hat Imagine von John Lennon gesungen und auch sonst liefen den ganzen Tag über alte Beatles-Songs. Außer …«

»Außer was?«

»Außer am Abend nachdem alle gegangen waren. Jerry spielte am Klavier ›Für Elise‹. Ich musste ihn rausschmeißen, weil er Elisabeth gegenüber aufdringlich geworden war.«

»Und du sagtest, dass Betty trotz dieses Vorfalls mit ihm mitgefahren ist? Klingt nicht plausibel für mich.«

Dank ihrer Zusammenfassung war das alles auch in meinen Augen unschlüssig.

»Okay, nehmen wir an, Beethoven steht für Jerry, wäre es nicht möglich, dass sie meint, ER sei völlig verrückt geworden?«

»Ja, gut möglich.«

»Und dann steht da noch ES. Das könnte man für ihre Initialen halten, wenn man nicht wüsste, dass sie immer noch Harper heißt.«

»An dem Tag als Dad gestorben ist, bin ich im Pub gewesen, in dem sie und Jerry auftreten. Er hat wirres Zeug geredet, an das ich mich nicht mehr erinnere, aber ich nannte sie vor ihm Elisabeth Sloan. Ob er tatsächlich weiß, dass sie Harper heißt, kann ich nicht sagen.«

»Okay, wenn es das nicht ist, was könnte es sein? Es, Es, Es … oh mein Gott, Brandon! Sie meint doch nicht den Clown aus Steven Kings Es? Ein Clown! Verstehst du, was das bedeuten würde? Dass dieser Jerry sie …«

Sie rang nach Atem und fing an zu zittern.

»Das sind alles nur Vermutungen, Carmen. Genaugenommen wissen wir gar nichts und solange sollten wir nicht in Panik verfallen.«

Ich nahm ihr das Handy ab und las die Nachricht erneut.

»Was hat es wohl mit diesem Familytrack auf sich. Wart ihr früher mal wandern?«

»Nein, wir waren nie wandern. Das sagt mir gar nichts.«

Ich gab den Begriff in die Suchmaschine meines Browsers ein und erhielt tatsächlich ein paar Treffer. Unter anderem gab es eine ähnlich klingende GPS-App, die das Aufspüren von Familienmitgliedern ermöglichte. Ich öffnete den Link und musste feststellen, dass die App bereits auf dem Telefon meines Vaters installiert war.

»Carmen! Ich glaube, nun zu wissen, was das alles soll. Du hast Recht. Elisabeth braucht Hilfe und dank dieser App, weiß ich auch, wo ich sie finden kann. Ich drehte das Display zu ihr und sie erschrak, als sie das Bild ihrer Tochter auf der Karte erkannte. Mehr als ein Flüstern brachte sie nicht hervor.«

»Da hat er sie hingebracht?«

Ich stand auf und schnellte Richtung Tür.

»Brandon, du kannst mich doch jetzt nicht einfach

zurücklassen. Ich habe kein Telefon oder sonst irgendetwas, aber ich muss wissen, dass es ihr gut geht. Und wer weiß, ob ich sie noch einmal wiedersehen werde. Nimm mich mit. Bitte!«

»Bist du sicher, dass du diesen langen Weg durchhältst? Ich könnte dich in ein Hotel nach Fort Collins mitnehmen. Dort gibt es wenigstens ein Telefon.«

»Ich werde so lange durchhalten, bis ich Betty wiedersehe. Sterben werde ich so oder so.«

»Dann beeile dich. Wir werden lange unterwegs sein.«

Die Fahrt nach Las Vegas übernahm größtenteils ich. Carmen löste mich für ein Viertel der nicht enden wollenden Strecke ab, damit ich zwischendurch die Augen schließen konnte und weil wir kurz zum Tanken halten mussten. Am Morgen des nächsten Tages standen wir vor dem Motel, zu dem uns die App geführt hatte. Es war nicht dasselbe Motel, in das Carmen damals mit ihrer Tochter abgestiegen war, aber es reichte, um sie neben mir in ein Häufchen Elend zu verwandeln.

»Carmen, du musst dich noch einmal zusammenreißen. Ich möchte nicht riskieren, dass Jerry mich hier auf dem Parkplatz sieht. Dich kennt er nicht. Geh bitte zum Portier und frage, ob hier ein Pärchen eingecheckt hat. An eine schöne Rothaarige sollte man sich wohl erinnern können. Jerry hat mittelblonde, kinnlange Locken und trägt immer ein Jeanshemd mit irgendeiner hässlichen Strickjacke.«

Sie nickte und stieg aus dem Auto. Elisabeth hatte ihre zierliche Figur eindeutig von ihrer Mutter geerbt und wie sich nun herausstellte, leider nicht nur das. Es machte mich fertig, dass sie sich mit dieser bipolaren

Störung rumschlagen musste. Sie war jung, wunderschön und clever. Hatte das ganze Leben noch vor sich und nach allem, was sie durchmachen musste, durfte sie sich nun auch noch mit einem Arschloch wie mir herumschlagen. Ich hoffte nur, dass wir uns alle in Jerry täuschten und ihr Verschwinden einfach zu erklären war.

Die Glastür vom Office schwang auf und Carmen kam schnellen Schrittes zurück.

»Der Typ wollte mir nichts sagen, aber ich habe ihm meinen künstlichen Darmausgang gezeigt und erklärt, dass ich nur noch wenig Zeit habe und mich von meiner Tochter verabschieden will. Ich glaube, er hat sich übergeben, als ich gegangen bin.«

»Das ist nicht witzig. Hast du wenigsten herausbekommen, ob sie hier eingecheckt haben?«

»Und ob, Zimmer 214, aber sie sind nicht mehr da. Heute Nacht wurde Betty von einem Krankenwagen ins Desert Springs Hospital gebracht. Aber mehr wusste er auch nicht.«

»Und das beunruhigt dich kein bisschen?«

»Wenn dieser Jerry ihr etwas antun wollte, hätte er sicher keinen Krankenwagen kommen lassen. Ich kann mir denken, was los ist. Lass uns fahren.«

Ich startete den Motor an und fuhr zur Flamingo Road. In der Notaufnahme ließ sich Carmen zu allererst mit einem neuen Stomabeutel versorgen, während ich mich als Elisabeths Bruder ausgab, um an die notwendigen Informationen zu kommen.

Ich nahm im Wartebereich Platz und hielt Ausschau nach Carmen als auch nach Dr. Oliver, Elisabeths behandelndem Arzt. Ich hoffte, zwischendurch auf

Jerry zu treffen, musste aber davon ausgehen, dass er bei ihr war. Schließlich rief uns eine große Frau mit einem noch gewaltigeren Afro auf.

»Ich habe ihre Schwester behandelt, Mr. Harper. Die kürzlich erfolgte Umstellung ihrer Medikamente und der Stress, der durch den Tod ihres Vaters ausgelöst wurde, haben für einen Schub gesorgt, der nicht ohne war. Sie wurde ruhiggestellt und überschläft die manische Phase. Es wäre sinnvoll, sie die kommenden Tage auch zu Hause zu betreuen. Das bedeutet unbedingte Überwachung der Einnahme ihrer Tabletten, bis sie sich wieder gefangen hat. Ich denke, es spricht nichts dagegen, sie morgen früh zu entlassen.«

»Danke, Dr. Oliver, können wir jetzt zu ihr?«

»Sicher, folgen sie dem Gang. Sie liegt in Zimmer 115.«

Elisabeth lag zusammengerollt in diesem riesigen Bett und schlief tief und fest. Ich ließ Carmen den Vortritt und stieß Jerry an der Schulter an, der im Stuhl neben dem Bett schlief. Er war mehr als irritiert, als er in mein wütendes Gesicht blickte und folgte mir ohne Protest hinaus auf den Gang.

»Wie hast du uns gefunden?«

Als Antwort bekam er einen emotionsgeladenen Kinnhaken von mir. Gern hätte ich noch einmal ausgeholt, doch die Vernunft hielt mich zurück.

»Scheiße Mann, was sollte das denn? Sie hat mich angefleht, sie hierher zu bringen.«

»Und das kam dir überhaupt nicht merkwürdig vor?« »Warum sollte es? Bevor du nach Aspen gekommen bist, war alles in Ordnung. Wir gingen miteinander aus und hatten Spaß.«

»Und es ist dir keineswegs seltsam vorgekommen, dass sie sich gänzlich anders als sonst benommen hat?«

»Klar, aber sie war viel lockerer als sonst. Quatschte ohne Unterbrechung davon, was wir in Vegas alles machen können, Zocken, Bars, Chapel.«

»Willst du mich verarschen? Chapel?«

In meiner Rechten zuckte es.

»Keine Angst Mann, dazu sind wir gar nicht gekommen. Bereits in der Nacht ist sie völlig durchgedreht, da habe ich dann den Krankenwagen kommen lassen. Es ist gar nichts passiert.«

»Das will ich hoffen. Und jetzt hör mir gut zu. Du packst jetzt dein Zeug zusammen und verschwindest. Du hast einen ganzen Tag Vorsprung, wenn ich dich in Aspen noch einmal auf der Straße sehen sollte, kann ich für nichts mehr garantieren.«

»Das ist doch verrückt? Das kannst du nicht machen?«

»Ich kann und ich werde. Also verschwinde!«

»Fick dich, Harper. Ihr seid doch alle verrückt.«

Allen Dämonen zum Trotz

Wir starteten am nächsten Morgen sehr zeitig. Ich hatte mir in der Nähe des Krankenhauses ein Zimmer genommen, doch Carmen war nicht davon zu überzeugen auch nur eine Sekunde von ihrer Tochter zu weichen. Vom Trip nach Vegas war sie geschwächt und sah noch schlechter aus als zuvor in Fort Collins.

Es war gar nicht schwer, die Nachtschwester um ein Zustellbett zu bitten. Kaum, dass ich mich vor den Tresen gestellt hatte, lief das Gesicht der Kleinen rot an. Als ich dann noch das bislang spärlich verwendete Lächeln hervorzauberte, hätte ich vermutlich alles von ihr bekommen. Carmen wurde sogar noch einmal versorgt, bevor die Schwester sich in den Feierabend verabschiedete.

Die beiden Frauen verbannte ich auf den Rücksitz des Chevrolet Tahoe. Die Vorliebe meines Vaters für diese riesigen Autos habe ich nie geteilt, aber heute war ich froh darum. Elisabeth schlief mit dem Kopf auf dem Schoß ihrer Mutter. Die Ärztin hatte uns vorgewarnt, dass dieser nebulöse Zustand noch eine Weile anhalten würde. Ich war mir nicht einmal sicher, dass sie wusste, auf wessen Schoß sie lag. Sie so teilnahmslos zu erleben, setzte mir mehr zu, als ich vermutlich angenommen hätte. Die ganze Situation war so unwirklich, dass ich die Fahrt nach Denver immer wieder in den Rückspiegel sehen musste, um mir klar zu machen, dass hinter mir die zwei Menschen saßen, vor denen ich all die Jahre geflüchtet war. Carmens Erzählungen über meine Familie arbeiteten in mir. Doch irgendetwas sagte mir, dass sie mich nicht anlog. Wenn diese Unterlagen wirklich im Tresor in Denver lagen, würde ich es definitiv wissen.

Noch im Krankenhaus hatte ich Maggie informiert, dass es Elisabeth den Umständen entsprechend gut ging und ich ihr alles erklären würde, wenn wir wieder in Aspen waren. Die Info darüber, dass sie einen neuen Geiger brauchte, ließ sie unkommentiert.

Mr. Brown hielt für mich die Stellung im Hotel und überwachte den Abtransport der alten Möbel. Unser Hausmädchen Anna Warren, die mittlerweile in Denver arbeitete, erklärte sich bereit, Lebensmittel und Carmens medizinisches Equipment aus Fort Collins zu besorgen. Carmen war nicht erbaut davon, dass ich sie nach all den Jahren zurück nach Lakewood bringen wollte. Doch Fort Collins kam für Elisabeth nicht infrage und ins Harpers Inn wollte Carmen verständlicherweise nicht. Da auch Aspen keine Möglichkeit mehr bot, war das Haus in Denver die einzige Option. Was Elisabeth davon hielt, dass ihre Mutter bei ihr war, blieb abzuwarten.

Nach fast zwölf Stunden Autofahrt spürte ich meine Beine kaum noch und meine Augen brannten. Als ich in die Einfahrt fuhr, stand dort einer der weißen Hotel-Lieferwagen und im Haus brannte Licht. Anna hatte den Schlüssel also gefunden. Carmen ging nur widerwillig vor, um mir die Tür aufzuhalten, damit ich Elisabeth hineintragen konnte. Ich brachte sie gleich die Treppe hinauf in ihr Zimmer und Carmen folgte mir.

»Bleib kurz bei ihr. Ich gehe zu Anna in die Küche und gebe Bescheid, wenn sie fort ist. Dann können wir was essen und besprechen, wie es weitergeht.«

Carmen nickte müde und zog sich die graue Strickjacke schützend über die Brust, bevor ihre Augen das Zimmer scannten. Sicher hätte sie nie im Traum daran gedacht, in diesem Leben noch einmal einen Fuß in dieses Haus zu setzen. Dass sie sich unwohl fühlte, war nicht zu übersehen.

Ich lief die Stufen hinab und folgte dem Geschirrklappern. Dort wirbelte Anna durch die Küche, als wäre es ihre eigene. In der knappsitzenden Jeans, dem engen T-Shirt und der wild abstehenden dunklen Lockenpracht, sah sie ganz anders aus, als in dieser braven Hausmädchen-Kostümierung. Gut irgendwie.

»Mr. Harper? Habe ich doch richtig gehört, dass jemand im Haus ist! Ich habe alles bekommen und soll ihnen liebe Grüße aus der Küche ausrichten. Im Kühlschrank sind Gerichte für die Mikrowelle und noch ein paar andere Dinge aus dem Supermarkt. Die Sachen aus Fort Collins habe ich ins Bad geräumt. Sie hätten mich ruhig vorwarnen können, dass mich dort die halbe Besetzung aus Fear the walking dead erwartet.«

Damit brachte sie mich tatsächlich zum Lachen.

»Das hätte ich tun können, aber es war zu befürchten, dass sie dann nicht fahren würden.«

Ihr Lächeln wandelte sich in einen ernsten Gesichtsausdruck.

»Sie wissen doch, dass ich Ihnen nichts abschlagen kann.«

Überrumpelt von dieser Andeutung, fiel mir auf die Schnelle keine Antwort ein.

»Ähm … wie auch immer. Haben Sie viele Dank für Ihre Hilfe. Und nehmen Sie sich morgen frei. Sagen Sie Percy, dass ich das angeordnet habe. Falls er ein Problem damit hat, soll er mich anrufen.«

»Das habe ich wirklich gern gemacht. Rufen Sie mich an, wenn Sie noch Hilfe benötigen. Jederzeit. Meine Nummer habe ich an den Kühlschrank gehängt. Nur für den Fall, dass sie die noch nicht haben.«

Natürlich nicht. Warum auch sollte ich die Nummern der Angestellten haben? Sie zwinkerte mir kess zu und ließ mich in der Küche stehen. Erst als die Tür ins Schloss fiel, kam ich zu Sinnen und kümmerte mich um das Essen. Ich musste unbedingt an meiner Autorität arbeiten. Anna schien nicht ganz klar zu sein, dass ich nun ihr Boss war. In Aspen lief aufgrund der Ereignisse alles lockerer als gewohnt, doch wenn ich Respekt erwartete, musste ich wohl zuerst an meinem Auftreten arbeiten. Ein Gespräch mit ihr blieb mir dabei nicht erspart. Morgen würde ich erst einmal nach Aspen fahren, doch Ende der Woche sollte ich mich definitiv wieder in Denver blicken lassen. Der Mai war fast vorbei und die Umsatzzahlen interessierten mich brennend. Außerdem sollte ich mir angewöhnen, regelmäßig an den Montagsmeetings teilzunehmen. Ende der Schonzeit! Ich musste mich meiner neuen Rolle des Hotelerben stellen.

Spät am Abend kam Carmen noch einmal zu mir

hinunter in die Küche.

»Elisabeth muss ihre Tablette nehmen, Brandon. Sie wird zunehmend wacher und ich habe Angst, sie mit meinem Anblick zu überrumpeln. Ich werde mich mal versorgen und dann auf der Couch hinlegen.«

»Ich kümmere mich um Elisabeth, aber bitte geh ins Schlafzimmer. Du brauchst ein richtiges Bett. Ich würde dir ja mein Zimmer anbieten, aber es ist verschlossen.«

»Ja, ich weiß. Du hast es verschlossen, als du gingst.«

»Nein, ich bin vorgestern gar nicht erst reingekommen. Die Tür wurde zuvor verschlossen.«

»Ich meine ja auch nicht vorgestern, Brandon, sondern den Tag, an dem du damals nach Chicago abgereist bist.«

»Wirklich? Ich kann mich gar nicht erinnern!«

»Überleg noch mal, vielleicht fällt dir ja ein, wo der Schlüssel sein könnte.«

Kurz bevor ich zu Elisabeth ins Zimmer ging, blieb ich vor der Tür meines eigenen stehen und musterte den Knauf in der Hoffnung, dass mich der Gedankenblitz traf. Doch ich konnte mich kaum an diesen Tag erinnern. Mir fiel ein, dass Matt mich zum Bahnhof gefahren hatte. Aber das war es auch schon.

Elisabeth lag wieder eingerollt in ihrem Bett, als ich eintrat.

»Hey, bist du wach? Es ist Zeit für deine Tabletten.«

Ich rüttelte sanft an ihrer Schulter, aber sie schien mich zu ignorieren. Carmen schilderte mir unter anderem, dass Patienten die Einnahme ihrer Medikamente oft verweigerten, und dass ich mich nicht davon beeindruckt zeigen sollte. Also fuhr ich mit beiden Händen unter ihren Körper und hob sie auf meinen Schoß. Sie mied meinen Blick.

»Wenn du deine Tabletten nimmst, dann darfst du dich wieder hinlegen.«

Erst reagierte sie gar nicht, dann öffnete sie die Lippen, sodass ich ihr die Tabletten hineinschieben konnte, und ließ sie einen Schluck dazu trinken. Ich hätte sie gern in den Arm genommen, doch es war allzu offensichtlich, dass sie mich nicht hier haben wollte. Wie versprochen, legte ich sie zurück in ihr Bett und deckte sie zu.

»Ich bin unten im Wohnzimmer, wenn du mich brauchst.«

Sie würde nicht kommen, nicht die nächsten Stunden oder Tage, das wusste ich. Die Infoseiten im Internet verrieten schonungslos, was es mit sich brachte, bipolar zu sein. Es gab sogar für Angehörige Selbsthilfegruppen, um besser mit den extremen Schwankungen im Alltag zurechtzukommen. Mein Vater hatte Carmen damals aufgegeben und die Scheidung verlangt, trotzdem hat er Elisabeth später wieder zu sich geholt. Für mich gab es da immer noch viel zu viel Ungeklärtes. Fakt war jedoch, dass ich ohne Vaters Tod vermutlich niemals irgendetwas von diesem Teil seines Lebens erfahren hätte. Er hatte sicher seine Gründe, dies alles vor mir versteckt zu halten, so wie ich ihm wiederum keine Chance ließ, an meinem Leben teilzuhaben. Eines machte er mir allerdings unmissverständlich an seinem Sterbebett klar, nämlich dass wir uns umeinander kümmern sollten. Nun verstand ich auch den Ernst hinter dieser Bitte. Elisabeth brauchte jemanden in ihrem Leben, der ihr Halt gab. Jedenfalls würde ich sie darin unterstützen können, solange einen Job zu haben, wie es die Hotels gab. Und da ich sie bereits mit Feuereifer erleben durfte, wusste ich, dass sie vielmehr eine Bereicherung war, als eine Last.

Wie geplant brach ich am kommenden Tag nach Aspen auf, um die Übergabe an die Baufirma vorzubereiten. Bis auf das Büro im zweiten Stock war alles leergeräumt. Die Möbel aus meinem ehemaligen Zimmer ließ ich in das Personalzimmer im Keller räumen, um weithin in Aspen übernachten zu können. Der Bauplan sah vor, aus den zwanzig eher kleineren Zimmern zwölf großzügigere Räume und neben diesen vier Suiten im zweiten Stock zu schaffen. Nach reiflicher Überlegung entschied ich mich für das sportlichere und modernere Innenraumkonzept. Die Touristen würden den Einfluss der Berge in diesem Ambiente meiner Meinung nach am besten wiedererkennen. Eine stimmige Verschmelzung von Herberge, Aktivitäten und digitalen Annehmlichkeiten. Im Keller war zudem ein neuer Fitness- und Wellnessbereich geplant, der in einen privaten Park hinter dem Haus übergehen würde. Das war nicht in den Plänen meines Vaters vorgesehen und vielmehr aus einer spontanen Bierlaune heraus bei Maggie entstanden, aber auch nach ein paar Tagen, war ich überzeugt davon, dass dies noch fehlte, um das Angebot abzurunden.

✳✳✳

Seit Vegas waren bereits drei Wochen vergangen und Elisabeth würde das erste Mal wieder nach Aspen kommen. Maggie feierte Geburtstag und hatte uns zu einer privaten Feier im Pub eingeladen. Ich muss zugeben, dass ich etwas nervös war. Elisabeth arbeitete sich bereits seit ein paar Tagen in Denver ein und mit Carmen an deren Beziehung. Ihre Ärztin, Dr. Yung, war der Ansicht, dass diese Aufarbeitung dringend nötig gewesen sei, da Carmens Ende bevorstand und ihr Tod mit all den ungeklärten Fragen hohes Potential für mindestens einen neuen Schub in sich barg. Die beiden trafen sich nun täglich mit einer Therapeutin und nach Elisabeths Aussage, lief es besser als erwartet.

Mit Blumen und einer Flasche Gin lief ich die East Main Street entlang, um noch pünktlich zu Maggies Ansprache zu kommen. Kaum öffnete ich die Tür, bekam ich auch schon den stinkenden Spüllappen entgegengeworfen.

»Harper, du machst mich schwach. Wir warten seit sieben Minuten auf dich. Der Poitín wird schon warm. Nimm Dir 'n Glas, du Mistkerl.«

Maggie stand auf der Bar und hielt in der einen Hand ein Schnapsglas, die andere war an der nicht vorhandenen Taille platziert.

»Freunde! Da der letzte Gast jetzt endlich zu uns gefunden hat, damit ihr mich alle hochleben lassen könnt, wünsche ich uns einen schönen Abend und ehe ich's vergesse, kotzt bitte auf die Straße. Heute Nacht soll es regnen. Cheers.«

Und mit dem Jubel der Gäste setzte das Gedudel von Ed Sheerans Galway Girl ein. Ein Lied, das der gute Ed nur für sie geschrieben hat, wie sie mir mit einem Augenzwinkern irgendwann mal verraten hatte. Ich half ihr zusammen mit Steve, einem anderen Stammgast, hinunter, bevor sie auf dumme Gedanken kam und einen auf Coyote Ugly machte. Dennoch ließ ich es mir nicht nehmen, sie heiß und innig zu umarmen.

»Herzlichen Glückwunsch, Maggie.«

»Brandon, lass mich auf der Stelle los. Meine Freundin ist hier. Ich möchte keinen Stress mit ihr, wo sie mich doch heute um den Verstand lecken will.«

Ich musste ein ziemlich erstauntes Gesicht gemacht haben, denn sie verfiel augenblicklich in ein Gemisch aus Lachen und Grunzen.

»Ich sag doch, du bist 'ne Pussy. Ist das für mich?«

Sie griff nach den Blumen und dem Gin und inspizierte beides, bevor sie sich mit einem warnenden ›Achtung Mädels‹ umdrehte und den Strauß wie eine Braut hinter sich warf.

»Das wollte ich schon immer machen. Hat was.«

Anschließend stellte sie die Flasche auf den Tresen und verschwand in der Menge.

Bevor ich mich auch in die Menge stürzte, nahm ich ein Kilkenny aus der Eiswanne. Plötzlich wurde es dunkel im Lokal und erwartungsvolle Rufe erklangen, nachdem auch die Musik verstummte.

Mein ganzer Körper wurde von einem Schauder überzogen, als ihre Stimme durch das Mikro erklang.

»Das Lied ist für dich Maggie, es heißt Mo Ghille Mear.«

Es war erst nur das Summen ihrer bezaubernden Stimme zu hören. Dann begann sie in einer Sprache zu singen, die ich nicht verstand, umso geheimnisvoller und mystischer kam mir dieser Moment vor. Als schließlich das rhythmische Schlagen einer Trommel einsetzte, war ich nicht mehr Herr meiner Sinne.

Gänsehaut überzog mich und Feuchtigkeit bildete sich in meinen Augen. Froh darum, dass es dunkel war, schloss ich die Augen und ließ mich gehen. Als ich glaubte, dieses Gefühl wäre nicht steigerbar, setzte ein Chor im Hintergrund ein, sodass ich mich auf den Hocker neben mir setzen musste. Ich kam mit dem Wischen gar nicht hinterher, war emotional völlig außer Kontrolle geraten. Einige hielten die Dunkelheit nicht aus und streckten ihre Feuerzeuge in die Höhe. Erst mit dem letzten Höhepunkt des Liedes schaltete jemand den Spot an, dessen Lichtkegel Elisabeth hellleuchtend umhüllte und mir damit den Atem raubte. Anerkennende Pfiffe ertönten und zauberten Elisabeth ein sanftes Lächeln ins Gesicht, während sie die letzten Töne sang. Die Begleitmusik aus den Lautsprechern verstummte und der Laden begann zu toben, als Elisabeth sich verbeugte und ihre Freundin in die Arme schloss. Selbst Maggie sah ziemlich verheult aus und somit kam ich mir gar nicht mehr so weich vor. Das Licht im Pub wurde wieder eingeschaltet und im Hintergrund ertönte leise die Musik.

Elisabeth begrüßte Freunde und Bekannte, während ich sie auf meinem Posten ungestört dabei beobachten konnte. Sie trug ein langes, helles Kleid, das unter der Brust mit einer Schleife gebunden war. Anmutig, wie eine Elfe. Kein Vergleich zum Anblick drei Wochen zuvor. Ich würde sogar behaupten, sie war wieder ganz die Alte. Und als sie mich erreichte und mir in die Augen sah, war es um mich geschehen. Ahnungslos, was ich tun oder sagen sollte, sah ich sie an.

»Brandon? Möchtest du mich nicht begrüßen?«

Peinlich berührt, aber dankbar für diesen Ausweg aus

der pubertären Starre, stieg ich vom Hocker und schloss sie in eine Umarmung, die viel länger dauerte, als es gut für mich war. Aber auch sie umgriff meine Hüfte und genoss diesen Moment offenbar genauso sehr wie ich.

»Danke«, hauchte sie leise an meine Brust.

»Danke, wofür?«

Sie öffnete die Umarmung, ohne mich loszulassen, und blickte mir direkt in die Augen.

»Dafür, dass du nicht weggelaufen bist. Dafür, dass du für mich da warst, obwohl hier so viel zu tun war. Und danke dafür, dass ich mit Carmen reinen Tisch machen konnte. Ohne dich wäre das niemals möglich gewesen.«

»Es ist ja nicht so, als hätte ich das alles geplant, Betty. Aber ich bin froh, wenn es euch geholfen hat und ich bin auch froh, dass es dir wieder gut geht.«

»Brandon?«

»Ja?«

»Du hast Betty gesagt.«

»Ach ja? Tun das nicht alle?«

»Nein, nicht du. Aber bei dir klingt es am schönsten.«

»Na, wenn das so ist … lass uns tanzen, Betty.«

Allein das Lächeln, was sie mir schenkte, war das Opfer wert. Opfer klang wirklich hart, aber diese Distanz hatte ich mit einigen Anstrengungen die ganze Zeit über aufrechterhalten, was für emotionalen Abstand sorgte, den ich nun nicht mehr wollte. Es war nun einmal so, dass ich mich in ihrer Gegenwart besser fühlte und sie vermisste, wenn sie nicht in meiner Nähe war. Und nach diesem Abend würde ich mir Mühe geben, ihr das auch zu zeigen.

»Du tanzt wirklich gut, Mr. Harper. Ich bin überrascht.«

»Ich bin selbst überrascht von mir. Das letzte Mal ist Lichtjahre her.«

»Highschool?«

»Ja, ich war sogar in einem Tanzkurs. Damit tat ich aber nur meiner Patentante einen Gefallen, die diesen nachmittags anbot. Leider waren Jungs dort Mangelware. Doch nachdem ich mitmachte, konnte sie sich vor Anfragen kaum noch retten.«

»Das kann ich mir vorstellen.«

»Ach ja?«

»Tu nicht so. Du warst der Schwarm aller Mädchen. Ich musste einiges …«

»Was musstest du?«

»Nicht so wichtig. Auf jeden Fall wurdest du zum Ballkönig des Anschlussjahres gewählt.«

»Das interessierte mich nicht, und woher weißt du das alles.«

Sie sah mich verstört an.

»Ist das dein Ernst? Ich war auf derselben Schule wie du.«

»Aber warst du nicht noch viel zu jung?«

Betty verdrehte die Augen.

»Ich war dreizehn und in der Junior High. Glaube mir, ich habe mehr mitbekommen, als mir lieb war.«

Ich lachte amüsiert.

»Du Arme.«

»Ja, wenn du wüsstest.«

Sie legte ihren Kopf an mich und atmete tief ein. Ich drückte sie noch ein wenig mehr an meine pochende Brust, was sie zuließ.

Laute Stimmen drangen von draußen ins Lokal und ich konnte durch die Menge hindurch beobachten, dass Jerry sich vor der Tür mit Maggie stritt. Scheinbar war ich im Krankenhaus nicht überzeugend genug gewesen und verspürte den Drang, einschreiten zu müssen.

»Warte hier und bleib bitte auch hier, bis ich wieder reinkomme.«

»Brandon, was ist denn los?«

»Nichts, worüber du dir Gedanken machen musst. Ich bin gleich wieder da.«

Mir war nur eins wichtig, dass Jerry nicht auf Betty traf. Es war möglich, dass sie bei seinem Anblick wieder aus der Bahn geworfen würde. Dr. Yung hatte mir von solchen Triggern erzählt. Das wollte ich auf jeden Fall vermeiden.

»Maggie, was ist hier los?«

»Nichts Brandon, geh wieder rein. Jerry wollte gerade gehen. Nicht wahr Jerry?«

»Sieht aber nicht nach nichts aus. Maggie, lass mich das klären. Ich glaube, die Menge ist jetzt bereit für die nächste Runde Schnaps.«

Sie sah zwischen mir und Jerry prüfend hin und her, während sie die Zigarette austrat.

»Macht keinen Scheiß, Jungs. Ich will heute keine Cops vor der Tür sehen.«

Ich sah ihr nach, wie sie den Pub betrat und die Tür hinter ihr ins Schloss fiel. Als ich den Kopf schließlich zu Jerry drehte, spürte ich bereits seine Faust am Kiefer, gefolgt von einem Hieb in den Magen. Seine Schlagkraft hatte ich völlig unterschätzt und so taumelte ich erst einen Moment umher, bevor ich mich wieder fing. Ein hässliches, betrunkenes Lachen erklang.

»Ooooh, hat das wehgetan? Armer Scheißkerl, aber ich bin noch gar nicht fertig mit dir. Das war nur das Warm-up.«

Kaum hatte er das ausgesprochen, kam er schon auf mich zugerast und lief direkt in meine Faust, die ich reflexartig ausstreckte. Im nächsten Augenblick lag er regungslos auf dem Boden und meine Hand durchzog ein furchtbarer Schmerz.

»Verdammt.«

»Ja, verdammt Mann.«

Maggie und der halbe Laden standen vor dem Pub und starrten auf mich und Jerry. Trotz Schockzustand versuchte ich, die Situation zu erklären.

»Ich habe nichts gemacht, Maggie. Er ist einfach auf mich losgegangen.«

»Ja, ich weiß. Haben wir gesehen. Henry? George? Bringt ihn um die Ecke und ruft den Krankenwagen.«

»Was? … nein, ihr braucht ihn doch nicht gleich um die Ecke bringen.«

»Oh, Harper. Sie sollen ihn doch nur dort ablegen. Andernfalls wäre ein Krankenwagen wohl nicht nötig.«

»Betty? Bring Brandon rein und gib ihm Eis zum Kühlen. In der Schublade unter der Kasse sind Schmerztabletten.«

Betty nickte und sah mich sorgenvoll an.

»Komm mit.«

Aber ich wollte nicht wieder hinein.

»Nein, ich werde rüber gehen und mich schlafen legen. Es ist schon weit nach Mitternacht und mir ist gerade nicht mehr nach Feiern. Geh wieder rein und sing Maggie ein Beruhigungslied.«

»Na schön, ich begleite dich kurz.«

»Nein, das schaffe ich schon, außerdem regnet es und du hast nur das Kleid an.«

»Halt jetzt den Mund und lass uns gehen. Ich bin nicht aus Zucker!«

Ergeben ließ ich mich von ihr durch den Regen führen. Als wir den Hintereingang erreichten, waren wir bereits völlig durchnässt. Mit der schmerzenden Hand kam ich leider nicht an die Schlüssel in meiner Hosentasche.

»Würdest du?«

Betty grinste.

»Ist doch ganz gut, dass ich mitgekommen bin, oder?«

Unter dem dünnen Stoff zeichneten sich ihre steifen Nippel ab und als sie dann auch noch ihre Hände in meine Hosentaschen schob, schloss ich ergeben die Augen. Bitte nicht jetzt. Wieder stellte ich mir Bills hässliches Gesicht vor, aber es half nichts. Ich hatte einen ausgewachsenen Ständer in der Hose. Betty hielt inne. Ich kniff ertappt die Augen noch ein bisschen fester zu. Und riss sie sogleich wieder auf, als zarte Finger durch den dünnen Stoff über meine Erektion strichen. In ihrem Blick lag nichts Angewidertes oder Überraschtes. Sie hielt meinem Blick stand.

»Willst du mich nicht endlich küssen?«

Ich strich mit dem Daumen der unverletzten Hand über ihre vollen Lippen.

»Und ob ich dich küssen möchte.«

Diesen Moment wollte ich auskosten. Es war das erste Mal, dass ich eine Frau küssen würde, zu der ich mich hingezogen fühlte und genaugenommen war das in diesem Fall schlichtweg untertrieben. Behutsam küsste ich ihre regennassen Lippen. Saugte mich immer fester, bis ihre Zunge, begleitet von einem zarten Keuchen, meine berührte. Solch eine Leidenschaft war mir fremd und ich genoss jede Millisekunde dieser Berührung. Betty unterbrach den Moment und lächelte mich an.

»Das war wirklich gut.«

Worte, die mir zeigten, dass dieser Kuss nicht zu Komplikationen zwischen uns führen würde. Sie war vollkommen gelöst und im Reinen mit sich und dem, was gerade passiert war. Meine Antwort war ein sehr erleichtertes Schmunzeln.

»Richtig gut!«

Ich strich ihr eine feuchte Strähne aus dem Gesicht. Ihre natürliche Schönheit war atemberaubend.

»Es ist kalt, Brandon. Lass uns hineingehen, sonst werden wir krank.«

Ich nickte und folgte ihr in den Keller. Auch wenn ich den nächsten Moment mit ihr gemeinsam in meinem Zimmer kaum erwarten konnte, wurde ich im nächsten Augenblick leider eines Besseren belehrt. Sie griff nach ein paar Handtüchern im Wäscheregal auf dem Flur und bog in die Damennasszelle ab. Gern hätte ich diese aufkeimende Leidenschaft zwischen uns vertieft und war ziemlich enttäuscht über die abrupte Wendung. Ergeben nahm auch ich mir ein Handtuch und überlegte, wie ich dem Pochen in meiner Mitte Herr würde. Eine heiße Dusche war wohl genau das Richtige dafür.

Keine zwei Minuten brauchte es, um mich von dem Druck zu erlösen. Allein die Gedanken an unseren Kuss, ihren sinnlichen Mund und diesen wahnsinnig erotischen Augenaufschlag genügten, mich heftig kommen zu lassen. Den Kopf in den Nacken geworfen, spürte ich den Wellen nach und betete, dass ich mich eine Zeitlang im Griff haben würde. Natürlich wünschte ich mir nichts sehnlicher, als endlich in ihr zu sein. Doch gab sie das Tempo vor und das war in Anbetracht ihrer gesundheitlichen Situation auch gut so.

»Ich hoffe, es ist in Ordnung, wenn ich heute hier schlafe?« Betty trug eines meiner T-Shirts und saß mit der aufgeschlagenen Januar-Ausgabe des Men's Health Magazins auf ihren Beinen in meinem Bett.

»Selbstverständlich bleibst du hier!«

Sie ließ meine Worte einen Moment wirken und lächelte dann vergnügt.

»Was ist so amüsant?«

Ich drehte mich mit dem Rücken zu ihr und löste das Handtuch, was kaum hörbar zu Boden fiel. Doch als meine Frage unbeantwortet blieb, sah ich über die Schulter und stellte zufrieden fest, dass sie meinem Hinterteil ihre volle Aufmerksamkeit schenkte.

»Sprachlos?«

Während ich nach meiner Jogginghose griff und diese überstreifte, fing sich Betty wieder.

»Na ja, … der Artikel hier … ist geradezu lächerlich. Da geht's um Micro-Cheating.«

Ich setzte mich zu ihr aufs Bett und musste mich stark zusammenreißen, mein Pokerface zu wahren. Die freie Sicht auf meinen Hintern hatte sie sichtlich aus der Fassung gebracht. Und nach dem sie auch mich bereits mehrfach mit einer Erektion zurückließ, wollte ich diesen Moment solange wie möglich auskosten.

»Hm, hab ich gelesen. Was denkst du darüber?«

»Ganz ehrlich? Ich glaube, das ist nur wieder Futter für die Leute, die kein Selbstvertrauen haben und hiermit einen Grund geliefert bekommen, ihre Ängste auf die Partner zu projizieren. Und dass sich sogenannte Experten in dieser sinnfreien Story positionieren, finde ich äußerst bedenklich.«

»Okay, ich bin deiner Meinung, aber daran war jetzt nichts Amüsantes, oder?«

Sie starrte mich an wie ein Reh im Scheinwerferlicht. Mir war klar, dass sie sich ihren Teil dachte, als ich vom ›Duschen‹ zurückkam und war gespannt, ob sie mich damit aufziehen würde.

»Hör auf mich aufzuziehen! Sag mir lieber, wie es deinen Wunden geht.«

Sie schlug mir lachend das Heft an die Brust, was ich ausnutzte und sie auf mich zog. Überrascht keuchte sie auf.

»Brandon!«

Bevor sie sich wieder lösen konnte, umgriff ich ihren schlanken Körper und rollte mich auf sie.

»Ich würde dich gern küssen, schöne Betty.«

»Schöne Betty?«

»Wie bitte? Ich sage dir, dass ich dich küssen möchte, und störst dich daran, dass ich dich schön finde?«

»Nein, nein, verstehe mich nicht falsch. Es fühlt sich nur alles an wie ein schöner Traum und ich habe Angst aufzuwachen. Kannst du dich noch daran erinnern, wie man mich in der Highschool genannt hat?«

»Nein, sag's mir.«

»Fatty, weil sich das so schön auf Betty gereimt hat.«

»Ich habe dich nicht so genannt.«

»Nein, aber du hast dich ja nicht einmal für mich interessiert. Ich war Luft für dich.«

»Betty, ich bin nicht besonders stolz auf diese Zeit. Und auch in Chicago war ich nicht unbedingt als Prince charming unterwegs. Aber es ist so viel passiert in den letzten Wochen und mir wird immer bewusster, was ich alles falsch gemacht habe. Ich weiß nicht, ob du es mitbekommen hast, aber ich arbeite an mir. Immer noch.«

»Doch Brandon, ich hätte niemals damit gerechnet, dass du mich auch nur ansprichst und erst recht nicht erwartet, mit dir zusammenarbeiten zu dürfen. Aber dass du mir sagst, du findest mich schön und mich sogar geküsst hast, kann ich überhaupt nicht begreifen.«

»Dann sollten wir genau an diesem Punkt noch einmal anknüpfen.«

Kaum, dass sich unsere Münder berührten, setzte mein Hirn aus und das Herz sprang an. Ich hätte es niemals zugegeben, wenn mich jemand gefragt hätte, aber dieses Kribbeln in mir, war wie eine Droge, von der ich nicht genug bekommen konnte. Auch wenn ich meine Jogginghose gern wieder ausgezogen hätte, war es nicht weniger befriedigend, sich einfach nur an sie zu kuscheln und mit ihrem Duft in der Nase einzuschlafen.

Die Trockenbauer waren bis zum Ende der Woche weit vorangekommen, sodass ich zuversichtlich war, dass sie am Freitag auch ohne unsere Aufsicht zurechtkamen.

»Ich würde gern morgen nach Denver fahren. Percy braucht ein paar Unterschriften von mir und außerdem würde ich gern wissen, wie es Carmen geht. Hättest du Lust, mich zu begleiten?«

Sie stellte ihre Kaffeetasse auf die Edelstahlfläche eines der Tische der Restaurantküche.

»Du willst nach Fort Collins fahren?«

»Ja? Warum nicht?«

»Na … na, weil meine Mutter mitbekommen würde, dass zwischen uns etwas läuft. Das wird sicher total komisch.«

Ich umfasste ihren schlanken Körper, hob sie auf das kalte Metall und zwängte mich zwischen ihre Beine, sodass das Etuikleid hochrutschte. Sie keuchte.

»Kalt?«

»Auch.«

Angestachelt von ihrem erregten Zustand, presste ich meine Mitte gegen ihre. Du liebe Güte, ich war schon wieder hart, was bestimmt daran lag, dass wir noch immer nicht miteinander schliefen. Gott weiß, dass ich sie am liebsten hier und auf der Stelle genommen hätte.

»Definiere ›etwas zwischen uns‹«

»Brandon! Warum tust du mir das an?«

»Antworte!«

»Wir knutschen und machen so was hier. Wie …«

»Wie was?«

»Und fragst mich allen Ernstes, warum ich DICH quäle? Weib, du bringst mich um den Verstand! Und wenn ich die Erlaubnis von Carmen dazu brauche, dass du mit mir schläfst, dann soll es so sein.«

Überrascht schrie sie auf.

»Was? Nein, Brandon! Du fragst meine Mutter keinesfalls um Erlaubnis! Eltern sollten in so etwas nicht involviert werden. Niemals!«

Ihre Echauffiertheit war hinreißend.

»Was ist es dann?«

»Es ist kompliziert.«

»Erkläre es mir.«

»Was ist das hier für dich … das zwischen uns, meine ich?«

Bettys kleiner Zeigefinger tanzte zwischen uns hin und her. Und ich verstand, dass es eine dieser Fragen von Frau an Mann war, bei der Mann nur verlieren konnte. Dennoch wollte ich die Challenge eingehen, und das nicht nur, weil der Preis dafür Sex mit ihr bedeutete. Sie war mir wichtig.

»Wo soll ich da anfangen? Das zwischen uns ist überraschend schön. Ich habe das noch nie zuvor erlebt. Und ich möchte nicht, dass es aufhört.«

Mir fiel es schwer, meine Gefühle in Worte zu fassen, und ich hoffte, dass sie verstand, was ich ihr damit zu sagen versuchte. Aber scheinbar traf ich damit nicht das, was sie hören wollte. Ihre Körperspannung gab nach. Die ernstzunehmende Falte an der Nasenwurzel verschwand und wich einem nicht zu deutenden Gesichtsausdruck.

»Was ist Betty? Was ist es denn für dich?«

Sie drückte mich eine Armlänge von sich und stieg vom Küchentisch. Dass sie ihr Kleid sogleich wieder richtete, signalisierte mir das nahende Ende unseres Gespräches.

»Wir haben scheinbar ganz unterschiedliche Vorstellungen von dem, was das hier ist. Ich möchte das jetzt nicht vertiefen. Der Architekt wartet auf meinen Anruf.«

»Was … jetzt musst du telefonieren?«

Als sie ging, lief ich ihr nach.

»Es ist halb acht Uhr morgens? Wer macht denn um diese Zeit Telefontermine? ... Laufe doch nicht weg! Ich würde das Gespräch gern vertiefen. ... Betty!«

Aber sie ließ sich nicht beirren und lief schnurstracks in mein Zimmer, um mir im nächsten Augenblick die Tür vor der Nase zuzuschlagen.

»Im Ernst? Das ist mein Zimmer!«

Der Pub war leider noch geschlossen um diese Uhrzeit. Aber ich wusste, dass Maggie gegen neun Uhr kam, um aufzuräumen und die Abrechnung des Vorabends zu machen, bevor sie kurz vor Mittag öffnete. Also wartete ich.

»Harper? Was machst du schon hier? Was macht die Hand? Du willst mich doch wohl nicht verklagen?«

Ich erhob mich von der Türschwelle, damit Maggie aufschließen konnte.

»Nein, ganz anders. Betty hat mich aus meinem eigenen Zimmer gesperrt.«

»Und ich bin die Einzige hier, zu der du gehen kannst? Oh Mann, steckst du in der Scheiße!«

»Ach hör auf, so ist es doch gar nicht. Ich brauche deinen Rat!«

Sie sah mich mitfühlend an.

»Meinen Rat? In Bezug auf was?«

»In Bezug auf Betty natürlich!«

Sie blieb hinter der Theke stehen und betrachtet mich mit nachdenklichem Blick.

»Worüber reden wir hier eigentlich? Ist es etwa Betty als die Schwester, die du nie akzeptiert hast oder die Frau, die du mit deinen Augen ausziehst, wenn sie vor dir steht?«

»Sie war nie meine Schwester, da gab es nichts zu akzeptieren. Außerdem habe ich mich bereits für die Zeit damals entschuldigt …«

»Ach, hast du das? Hm, ihr Männer habt eine befremdliche Vorstellung von Entschuldigungen.«

»Was soll das Maggie? Du scheinst ja bestens Bescheid zu wissen, was zwischen Betty und mir so läuft.«

Ich hätte es mir denken können, aber genaugenommen war ich ja auch deshalb zu Maggie gegangen.

»Brandon …«

Sie stützte sich mit beiden Fäusten auf das Spülbecken, hielt den Blick gesenkt und schüttelte dabei den ergrauten Kopf.

»… dass es Betty mittlerweile so gut geht, ist nicht selbstverständlich. Der alte Harper, entschuldige, dein Dad und ich haben lange daran gearbeitet, dass es in Bettys Leben wieder so etwas wie Stabilität gibt. Du weißt ja jetzt, mit welchen beschissenen Dämonen sie sich immer wieder rumschlagen muss. Überlege dir also gut, welche Beziehung du mit ihr führen willst. Wenn du mich fragst, ist es einfacher, der Bruder zu sein, meinetwegen auch ihr Boss. Die Erwartungen wären jedenfalls nicht so hoch …«

»… du meinst, nicht so hoch, wie bei einem Partner?«

»Du ziehst das also ernsthaft in Betracht, mit ihr zusammenzukommen?«

»Bei dir klingt das, als sei die Vorstellung völlig absurd.«

»Weißt du was, ich glaube, du hast immer noch nicht begriffen, was es heißt, mit jemandem zusammen zu sein, der bipolar ist. Dein Vater war einer der stärksten und geradlinigsten Menschen, die ich kennengelernt habe und selbst er ist an seine Grenzen geraten. Du, mein Lieber, rennst davon, wenn es schwierig wird. Wenn ich dieses Gespräch mit Betty führen müsste, hätte ich ihr von diesem Leichtsinn abgeraten.«

»Aber sie ist nicht hier, sondern ich! Und ich bin in Vegas nicht weggelaufen. Ich arbeite an mir. Sie ist mir wirklich wichtig!«

»Ja, aber reicht das für ein ganzes Leben. Euch werden viele gemeinsame Tage fehlen, Tage in denen sie tief in ihrer Depression gefangen ist. Die Manie ist zwar bei ihr nicht so stark ausgeprägt, aber auch das wird dir Angst machen. Du wirst dir unendlich große Sorgen machen, wenn sie mehrere Tage hintereinander wie vom Erdboden verschluckt ist. Vielleicht wollt ihr Kinder? Du wirst in dieser Zeit die ganze Last tragen. Vergiss nicht die Verantwortung für die Hotels.«

»Das weiß ich alles, ich bin nur noch in Internetforen unterwegs. Selbst eine Selbsthilfegruppe für Angehörige habe ich schon besucht.«

»Das ist wirklich toll, Brandon, aber darüber zu lesen oder zu hören ist nicht dasselbe, wie es zu erleben. Immer und immer wieder. Oder zu wissen, dass es niemals enden wird …«

»Willst du eigentlich jedem Verehrer ausreden, es mit Betty zu versuchen?«

Sie presste ergeben die Luft aus ihren Lungen.

»Was ich will, ist, dass Betty ein stabiles Umfeld hat und jemanden findet, der sie so sehr liebt, dass das alles zu ertragen ist.«

»Und ich nehme an, dass du mich nicht für so jemanden hältst?«

»Nach den wenigen Wochen, in denen ihr euch nähergekommen seid, ist das schwer zu sagen. Beweise ihr, dass du es ernst meinst und die Stellung hältst, wenn es schwer wird. Und glaube mir, das wird es.«

Ich nickte verständnisvoll und Maggie fuhr fort.

»Betty hat es verdient, glücklich zu werden. Ich wünsche ihr nichts sehnlicher. Als ich sie das erste Mal sah, hat sie kaum ein Wort hervorgebracht. Es war Teil der Therapie, eine Aufgabe zu übernehmen, die sie am normalen Leben teilhaben lässt. Dein Dad kam abends ab und zu rüber auf ein Bier und fragte mich irgendwann, ob ich ihm helfen könnte. Erst war ich skeptisch, aber als ich die roten Haare gesehen hatte, war mir alles andere egal. Die erinnerte mich an Irland, an meine rothaarige Sippschaft. Wenn sie ausfiel, stellte dein Dad ein Hausmädchen ab, was ihren Platz einnahm, damit ich ja niemanden einstellte. Jedes zweite Wochenende und in den Ferien war sie hier und arbeitete für mich. Irgendwann begann sie beim Spülen der Gläser zu singen, was mich auf die Idee brachte, dass sie vor Publikum auftreten könnte. Auch das war ein langer, langer Prozess. Und jetzt ist sie nicht mehr von der Bühne zu bekommen. Sie ist selbstbewusst und hat einen festen Platz im Leben gefunden. Also, sei dir bitte zu tausend Prozent sicher, dass du es ernst meinst, wenn du den nächsten Schritt machst.«

Maggie hatte mir mehr verraten, als ich mir hätte träumen lassen. Sie erinnerte mich daran, dass eine Beziehung mit Betty nicht mit einer normalen zu vergleichen war. Vielleicht bin ich das Ganze doch zu blauäugig angegangen und sollte Maggies Rat befolgen, um mir klarzuwerden, ob ich das mit allen Konsequenzen wollte.

Wir redeten zwar nicht viel und ein Austausch von Zärtlichkeiten war praktisch nicht vorhanden, aber wenigstens begleitete Betty mich nach Denver. Wie zuvor verabredet, setzte sie mich vor dem Harpers Inn ab und fuhr dann weiter zu Carmen, mit der sie das Wochenende allein in Fort Collins verbringen wollte. Damit konnte ich mich ohne Rücksicht in die Arbeit stürzen. Percy hatte allerhand vorbereitet und mir diverse Entscheidungen über Marketingaktionen, Wechsel eines Großhändlers und Neuverhandlung mit dem Wäschedienst abgerungen. Das Personelle hob er sich wie immer bis zum Schluss auf. Das Geschäft lief gut, was wiederum mehr Personaleinsatz forderte. Außerdem war seine Assistentin in der Babypause und er benötigte für drei Monate Ersatz. Ich staunte nicht schlecht, als er mir seinen Vorschlag für letztere Stelle vorlegte?

»Anna Warren? Unser Hausmädchen?«

Percy lachte auf.

»Und ich dachte, dass Sie mit ihr die wenigsten Probleme haben. Anna ist bereits die letzten zwei Tage eingesprungen und stellt sich gar nicht so dumm an. Als sie meinte, sie hätte bereits für sie Aufgaben einer Assistentin übernommen, hielt ich es für eine gute Zwischenlösung. Aber wenn sie anderer Meinung sind …«

»Nein, nein, schon gut. Es ist ja nicht für lange und wenn sie zufrieden mit ihrer Leistung sind, habe ich nichts dagegen.«

Ich konnte ihm ja schlecht sagen, dass sie mir lediglich einen privaten Gefallen getan hat. Blieb zu hoffen, dass auch sie es für sich behielt. Tratsch konnte ich nicht gebrauchen und Betty schon gar nicht.

Für Annas Vertretung und zwei weitere Stellen schlug er Leiharbeiter einer namhaften Firma vor. Wir hofften zwar, dass das Auslastungshoch anhielt, wollten uns jedoch nicht frühzeitig an zusätzliche Personalkosten binden. Mein Vater war sehr sozial gegenüber dem Personal gewesen. Er zahlte eine Krankenversicherung, gewährte jedem Mitarbeiter Zugang zum Fitnessbereich und band sich mit einer Kündigungsfrist von acht Wochen an seine Untergebenen, was diesen mehr Sicherheit gab. Zu Weihnachten ließ er es sich nicht nehmen, eine Feier auszurichten. Das Personal war für ihn ein entscheidendes Marketinginstrument, denn wenn sich die Kollegen wohlfühlten, leisteten sie bessere Arbeit.

Am Abend trieb es mich in die City. Beim Lunch las ich in der Denver Post, dass die Colorado Rockies gegen die Arizona Diamonds antreten würden. Ich hatte das letzte Mal vor mindestens fünfzehn Jahren mit Dad ein Baseballspiel in der Coors Fields Arena gesehen. Es wurde also höchste Zeit, den Sportsgeist in mir wiederzubeleben. Die Stimmung im Stadion war der Wahnsinn und ich fragte mich beim Aufstieg zu meinem Platz, was mich so lange davon abgehalten hatte, auszugehen und Spaß zu haben.

»Harper? Brandon Harper? Bist du's wirklich?«

Jemand stieß mich an die Schulter und ich erschrak für einen kurzen Moment. Doch als ich die Stimme in meinem Kopf zusammenpuzzelte, stieg Freude in mir auf.

»Matt! Das darf doch nicht wahr sein. Ich bin den

ersten Abend in Denver unterwegs und treffe dich hier unter Tausenden?«

»Das ist Schicksal, Bro!«

Mein bester Freund Matt grinste genauso blöd wie ich. Er besuchte mich anfangs ab und zu in Chicago, aber mit der Geburt seiner Zwillingsmädchen vor zwei Jahren war das leider eingeschlafen.

Wir setzten uns auf die freien Plätze, neben denen wir stehen geblieben waren.

»Hey, wie geht's deiner Familie? Alles klar bei euch?«

»Ja, Mann, alles cool. Heute hat Maureen Kinderdienst und ich Ausgang. Seit die Kids bei der Tagesmutter sind, läuft es wieder entspannter bei uns. Maureen arbeitet wieder und ich bin immer noch im Drilling Service tätig. Alle drei Wochen auf dem verdreckten Bohrloch. Letztens ist uns tatsächlich mal ein Gestänge um die Ohren geflogen. Einen Kollegen hat's entschärft. Ich darf mich noch zwei Wochen vom Schock erholen, bis sie mich wieder hinschicken.«

»Schon mal daran gedacht, was anderes zu machen?«

»Ich denke an nichts anderes, Mann. Leider bezahlt dir keiner so viel Kohle. Hab schon mal daran gedacht, mich selbständig zu machen, aber Maureen ist das zu heiß. Wenn meine eigene Frau nicht mal hinter mir steht, kann ich's auch gleich sein lassen. Was ist bei dir so los? Was treibt dich her?«

»Ich habe die Zelte in Chicago abgebrochen und kümmere mich um die Hotels.«

»Ach Scheiße, ja Mann. Sorry, wegen deines Dads. Ich habe davon gehört. Maureen hat mir den Nachruf gezeigt. Ich lag in der Zeit im Krankenhaus. Sorry, dass ich mich nicht gemeldet habe. Er war ein feiner Kerl.«

»Kein Ding, die Beerdigung war ohnehin in Aspen. Er wollte zu Großvater in die Gruft.«

Ich grinste, dabei war daran gar nichts lustig. Übersprunghandlung hätte es Betty vermutlich genannt. Das Spiel begann und ich war tatsächlich froh, meine Angespanntheit in fanatisches Gebrüll verwandeln zu können.

Matt brachte mich nach Lakewood und trank noch ein Bier mit mir auf unserer Terrasse. Das Schöne an dieser Freundschaft war, dass wir unsere Gegenwart auch in völliger Schweigsamkeit genießen konnten.

»Hey Mann, das war ein echt cooler Abend. Wäre schön, wenn wir uns wieder öfter sehen könnten. Wenn ich Maureen erzähle, dass du wieder zurück bist, wird sie ausflippen.«

Das wollte ich mir gar nicht erst vorstellen. Maureen war die schrecklichste Frau auf dem Planeten. Schon auf der Highschool war sie kaum zu ertragen. Überall, wo Matt und ich aufkreuzten, war sie bereits und stellte ihren Körper zur Schau. Mich widerte das nur an. Matt war einfach nur scharf auf sie. Keine Ahnung warum. Unheimlich wurde es, als sie auf einmal mein Lieblingsshirt trug und überall verbreitete, dass sie es von mir nach einer heißen Nacht bekommen hatte. Ich war tierisch sauer, weil alles daran gelogen war. Bis heute war mir schleierhaft, wie sie da drangekommen war. Es war mir ein inneres Fest, als ich zum Abschlussballkönig gewählt wurde und gegen alle Erwartungen nicht mit ihr, der Ballkönigin, hinging. Ich ging überhaupt nicht hin und überließ meinen Platz Matt. Wohin ihn das gebracht hatte, sah ich ja nun. Irgendwie tat er mir leid, denn besonders glücklich sah er nicht aus.

»Lieber nicht. Lass uns die Zweisamkeit noch ein wenig genießen.«

»Wenn sie das rausbekommt, dass wir uns heimlich treffen, werden wir uns nie wiedersehen. Auch wenn sich das nicht so anfühlt, es ist gesünder für uns, wenn ich sie einweihe.«

»Matt, du machst mir Angst.«

Sein Blick wurde furchterregend ernst.

»Du weißt nicht, was Angst ist!«

Entsetzt über diesen Stimmungseinbruch blieb ich starr und stumm. Dann brach er in schallendes Gelächter aus und hielt sich nach vorn gebeugt den Bauch.

»Du hättest dein Gesicht sehen sollen, Bro. Maureen wird dich zum Essen sehen wollen. Stell dich schon einmal drauf ein.«

Und mit dieser besorgniserregenden Information ließ er mich allein und verschwand in die Dunkelheit.

Auf dem Weg nach oben ins Bett, fiel mir wieder ein, dass mein Zimmer ja immer noch verschlossen war. In der Hoffnung auf einen Geistesblitz starrte ich erneut auf das Türblatt und ließ schließlich ergeben Schultern und Kopf sinken. An diesem Abend war ich zu müde, doch gleich am nächsten Morgen nach dem Joggen würde ich mich darum kümmern. In der Garage war Werkzeug, mit dem ich diesen Beschlag schon abbekommen würde.

Bettys Bett war winzig, duftete aber unglaublich gut nach ihr. Auch wenn sie sich gerade Abstand von mir wünschte, wusste ich von Carmen, die mich auf dem Laufenden hielt, dass es ihr gut ging. Und statt Sonntag wollten sie nun doch einen Tag früher zurückkommen.

Mit Bettys Gesicht vor Augen driftete ich tatsächlich in einen erholsamen Schlaf.

Auszuschlafen wäre einfach zu schön gewesen. Stattdessen klingelte jemand Sturm, und zwar kurz nach acht Uhr morgens. Selbst das Kissen, mit dem ich mir die Ohren zuhielt, konnte diesen Lärm nicht dämpfen.

Mit zusammengekniffenen Augen taumelte ich die Treppenstufen hinunter und riss wütend die Tür auf.

»Was soll …«

Heilige Scheiße! Vor mir stand eine groteske Mischung aus Britney Spears, Pamela Anderson und dieser komischen Katzenfrau. An der Frau vor mir war nichts mehr echt.

»Maureen? Was soll das? Weißt du eigentlich, wie spät es ist?«

»Wenn man Kinder hat, beginnt der Tag früh, Brandon! Auch schön dich wiederzusehen. Unser letztes Treffen ist schon viel zu lange her, darum habe ich mir gedacht, dass wir heute ein BBQ bei dir machen sollten. Gegen drei beenden die Kinder ihren Mittagsschlaf, dann kommen wir. Und da du jetzt wach bist, hast du ausreichend Zeit für die Vorbereitung.«

Egal, was ich davon hielt, ich bekam keine Möglichkeit meine Meinung zu äußern. Sie zog mich an ihre riesigen, prallen Brüste und pflanzte einen Kuss auf meine Lippen. Nicht auf die Wange, sondern direkt auf meinen Mund. Selbst eine Umarmung wäre zu viel gewesen, aber DAS war echt ekelhaft.

»Bis später, Darling. Schön, dass wir uns jetzt wieder häufiger sehen.«

Nein, daran war überhaupt nichts schön. Und aus

dieser BBQ-Nummer kam ich auch nicht mehr raus, außer ich flüchtete. Aber Carmen und Betty wollten zurückkommen und auch Matt würde ihren Zorn auf sich ziehen. Er hatte es zwar nie zugegeben, aber das Veilchen, was er irgendwann mal trug, war sicher von ihr. Den Morgenlauf und die anschließende Entspannungsdusche ließ ich mir trotzdem nicht nehmen.

Im Supermarkt um die Ecke kam ich mir dann doch etwas verloren vor und kaufte einfach alles ein, was nach BBQ aussah und eine Packung dieser Hershey-Riegel, die Betty so liebte. Der Gedanke, dass sie bald wieder bei mir war, überdeckte den Ärger, den Maureen mit ihrer Übergriffigkeit ausgelöst hatte. Diese Frau war nicht zu ertragen und Matt war wirklich nicht zu beneiden. Jetzt, wo ich sie vor mir stehen sah, verstand ich auch seine Andeutung, dass sie seine Idee in die Selbständigkeit zu gehen, nicht wollte. Die ganzen Schönheits-OPs und Klamotten mussten schließlich finanziert werden und als Nail-Artist, wie sie ihren Beruf bezeichnete, verdiente sie vergleichsweise ein Taschengeld. Mir kam der Gedanke, dass beide die Abwesenheit des Anderen mehr schätzten, als es einer normalen Beziehung guttat. Matt und ich vermieden dieses Thema, seit er mit ihr zusammengekommen war, grundsätzlich. Als sein bester Freund fiel es mir aber zunehmend schwer, ihn ungebremst ins Unglück laufen zu sehen. Warum er den Bohrturm seinem Zuhause vorzog, war nachvollziehbar, aber was Maureen in dieser Zeit trieb, konnte selbst Matt nicht beantworten. Es war ihm egal.

Zu meiner Freude stand bereits der schwarze Tahoe

in der Einfahrt und die Haustür war offen, als ich zurückkam. Betty und Carmen schienen gerade eingetroffen zu sein. Mein Herz klopfte augenblicklich schneller.

Betty sah mich als Erste und kam mir entgegen. Sie sah eher traurig als erfreut aus und ich stellte mich darauf ein, dass sie immer noch sauer auf mich war. Ich konnte ihr in Aspen nicht das antworten, was sie erwartet hatte, hoffte aber, dass sie mit mir darüber sprechen würde. Maggie hatte mir viel Material zum Nachdenken mitgegeben, was teilweise wirklich an dem Wunsch, mit Betty zusammen zu sein, kratzte. Dass ich sie so sehr vermisste, wenn sie nicht in meiner Nähe war, zeigte mir jedoch, dass meine Gefühle ihr gegenüber mehr waren, als nur Verantwortung für sie übernehmen zu wollen und damit dem Wunsch meines Vaters nachzukommen, auf sie achtzugeben.

Statt vor mir zu stoppen, umarmte sie mich.

»Tut mir leid, dass ich so doof war.«

Mit den Taschen in der Hand konnte ich meine Arme leider nicht um sie schlingen, gab ihr aber einen Kuss auf ihr Haar.

»Schon gut. Ich bin froh, dass du wieder da bist.«

Sie sah zu mir auf und lächelte.

»Dein Herz klopft ganz schnell.«

»Ach ja? Na, ich bin ja auch den ganzen Weg mit den schweren Tüten vom Supermarkt zurückgelaufen …«

Ein Grinsen konnte ich mir nicht verkneifen und erntete einen halbherzigen Schlag auf die Brust.

»Was hast du denn da überhaupt alles eingekauft. Das reicht ja für die nächsten zwei Wochen. Ich habe angenommen, dass wir Mitte der Woche wieder nach

Aspen fahren?«

Ich setzte an, ins Haus zu gehen, und Betty folgte mir.

»Ich war gestern beim Baseballspiel und rate mal, wen ich getroffen habe?«

»Keine Ahnung.«

Sie hob dabei die Achseln, zog die Packung Hershey's aus der Tüte und riss sie gierig auf.

»Hey, nicht alle auf einmal … es gibt gleich was Richtiges zu essen.«

Sie steckte sich den Riegel in den Mund und schloss genussvoll die Augen. Die zerlaufene Schokolade an ihrem Mundwinkel ließ hingegen mich genussvoll stöhnen. Sie öffnete die Augen und sah mich verheißungsvoll an. Ohne eine nächste Reaktion abzuwarten, zog ich sie an mich und presste meinen Mund auf ihre Lippen. Im nächsten Moment kreiste ihre Schokozunge um meine und ich hob sie auf meine Hüften. Ihre Beine umschlossen mich und sie presste ihre Mitte gegen meine.

»Brandon! Ich will …«

»Störe ich?«

Verdammt! Carmen stand in der Küchentür und sah uns mit hochgezogenen Augenbrauen an. Niemals zuvor war ich so schnell wieder so schlaff. Es gibt wohl nichts Unerotischeres, als von seinen Eltern beim Rummachen erwischt zu werden. Betty löste sich aus meinem Griff und sank peinlich berührt zurück auf ihre Füße.

»Also, wie lange geht das schon mit euch?«

»Mom! Das geht dich nichts an.«

»Ach nicht? Kind, ich sterbe bald, lass mich so lange bitte an deinem Liebesleben teilhaben. Endlich passiert mal was Interessantes.«

»Es ist doch gar nicht so. Ein Kuss ist noch kein Liebesleben!«

Bettys Antwort ließ nun meine Augenbraue nach oben schnellen.

»Es war nicht nur EIN Kuss und außerdem küsse ich niemanden einfach nur so!«

Betty warf mir einen missbilligenden Blick zu.

»Meinst du nicht, dass wir zwei das erst einmal besprechen sollten, Brandon?«

Beschwichtigend hielt ich die Hände nach oben.

»Das sollten wir unbedingt, aber nicht jetzt. Die Gäste kommen bald und ich muss den Grill noch reinigen. Würdet ihr euch bitte hier in der Küche nützlich machen?«

»Oh, ein BBQ? Wer kommt denn?«

Carmen sah interessiert in die Tüten auf der Küchen-insel.

»Mein Freund Matt und seine Familie. Macht euch auf einen anstrengenden Nachmittag gefasst.«

Kurz vor dem Eintreffen der Brodys war der Ter-rassentisch im Garten gedeckt. Carmen ruhte sich auf einer der Gartenliegen aus und Betty pflückte noch ein paar Blumen für den Tisch. Ab und zu schenkte sie mir ihr bezauberndes Lächeln, blieb sonst aber wortkarg.

Plötzlich ertönte Kindergekreische und Stimmen-gewirr aus dem Haus. Da ich es gar nicht klingeln gehört hatte, sah ich verwirrt in Richtung Terrassentür. Zuerst fegten die zwei Mädchen hindurch, gefolgt von ihrer Mutter, die für ein BBQ eher unpassend gekleidet war. Vor den mit Strass übersäten Riesenmöpsen trug sie eine große Schüssel, gefolgt von Matt, der wild auf sie einredete.

»… können doch nicht einfach ins Haus gehen, wie es uns passt.«

»Krieg dich wieder ein, Matt. Ihr seid wie Brüder, also gehören wir zur Familie und Familienangehörige klingeln nicht.«

Sie trat über die Schwelle nach draußen und juchzte überdreht auf. Innerlich schüttelte ich den Kopf.

»Brandon, wow. Das hast du aber schön dekoriert.«

Sie stellte die Schüssel auf den Tisch und kam geradewegs zu mir, um mit mir dieses dreifache Küsschengedöns abzuziehen. Ich hielt bereits drei Schritte vor ihrem Aufprall die Luft an, um ihren aufdringlichen Parfümduft nicht inhalieren zu müssen.

»Hi Maureen, ich hatte Hilfe bei der Deko und in der Küche.«

Das künstliche Lachen erstarb und sie blickte suchend um sich.

»Ach ja? Von wem?«

Ich nickte in Bettys Richtung, die noch mit den Rosen beschäftigt war.

»Von Betty und ihrer Mom. Ihr kennt euch vielleicht von früher.«

Maureens Mundwinkel sanken nach unten. Doch bevor sie etwas dazu sagen konnte, kam mir Matt zu Hilfe.

»Hey Bro, danke, dass wir so spontan kommen durften. Ich habe ein Sixpack Coors mitgebracht. Trinkst du eins mit?«

Alkohol war zwar keine Lösung, aber es trug dazu bei, den Nachmittag durchstehen zu können.

»Ja, ich nehme auch ein Bier. Bringst du bitte gleich die Glasschale mit dem Fleisch mit raus?«

Matt nickte und ging ins Haus. Maureen öffnete indes ihre Schüssel und kämpfte mit den Kindern, die die Deko aus Servietten und Kräutern innerhalb von Sekunden vom Tisch auf den Boden verteilten.

Mein Blick blieb an Betty hängen, die gedankenversunken über den Rasen schlenderte. Im Sonnenschein leuchtete ihr Haar in den schönsten Nuancen und was mein Herz gleich ein wenig schneller schlagen ließ. Sie ging zu Carmen, deren Liege abseits im Garten stand und beide kamen schließlich lachend zu uns. Sie zwinkerte mir zu, um dann im nächsten Augenblick aschfahl zu werden. Maureens Anblick schien sie zu schockieren.

»Fatty Betty. Wer hätte das gedacht. Na ja, so fett bist du ja nicht mehr, da muss ich mir wohl einen neuen Spitznamen ausdenken.«

Carmen wollte gerade etwas sagen, als Matt ihr zuvorkam.

»Kein Wort mehr Maureen oder wir gehen.«

Seine Frau schnaubte verächtlich.

»Was denn? Versteht hier niemand einen kleinen Spaß?«

»Maureen! Es reicht!«

Matt sah sie finster an, bis sie sich tatsächlich setzte und für einen Moment die Klappe hielt. Dann begrüßte er Betty und Carmen.

»Betty schön, dich wiederzusehen. Ist lange her. Und Ma'am, danke für Ihre Mühe mit dem Tisch. Wir arbeiten noch an einem angemessenen Benehmen.«

Er blickte zu den Kindern und dann zu Maureen, als

diese nicht hinsah. Das brachte uns zum Schmunzeln und lockerte die Stimmung wieder etwas auf.

»Schön, dich wiederzusehen, Matt. Entschuldigt mich kurz, ich hole Wasser für die Blumen.«

Das erste Fleisch brutzelte bereits auf der zweiten Seite, doch Betty war immer noch nicht zurück. Ich bat Matt, den Grill zu übernehmen, um nach ihr zu sehen.

Die Blumen lagen auf dem Küchentisch, doch von Betty war nichts zu sehen. So sprintete ich die Treppe hinauf und fand sie in ihrem Zimmer. Sie saß auf ihrem Bett und hielt das kleine Notizbuch in der Hand, in dem ich bereits heimlich gelesen hatte. Ich setzte mich zu ihr und streichelte ihre Wange.

»Hey, ich habe wohl nicht zu viel versprochen, als ich sagte, es wird anstrengend, hm?«

»Du hättest mich vorwarnen können.«

»Vorwarnen? Wieso? Was hast du mit Maureen zu tun? Woher kennt ihr euch eigentlich?«

»Du hast wirklich keine Ahnung, oder?«

»Nein, sonst würde ich wohl nicht fragen! Erzähle es mir bitte.«

Von ihren Erinnerungen übermannt, fuhr sie sich mit ihren Händen in die Haare und stöhnte.

»Es ist so viel passiert, Brandon. Dass du von alledem nichts mitbekommen hast, ist kaum zu glauben. … Ich kenne sie von der Highschool.«

»Aber sie war doch in meiner Jahrgangsstufe, wie kann das sein?«

»Ich war gerade mit Mom bei euch eingezogen und auf die Junior High gewechselt. Du hast mir am ersten Schultag alles gezeigt, und Maureen und ihre Clique haben das mitbekommen und mich auf dem Heimweg abgefangen. Maureen war total scharf auf dich und ich wurde auserkoren, um an dich ranzukommen.«

»Aber ich hatte nie etwas mit ihr.«

»Ja, ich weiß.«

Diese Unterhaltung konnten wir leider nicht fortführen, weil Matt von unten rief, dass das Essen fertig war. Jedoch ahnte ich, dass es für Betty nicht von Vorteil war, dass Maureen damals nicht das bekam, was sie wollte. Ich zog Betty auf meinen Schoß und umarmte sie. Dafür schenkte sie mir einen zärtlichen Kuss.

»Davon hätte ich später gern mehr.«

»Mal sehen … lass uns gehen.«

Familie Brody und Carmen saßen am Tisch und reichten sich die Salatschüssel, als wir zurückkamen. Betty stellte die Blumen auf den Tisch und folgte mir mit ihrem Teller zum Grill.

»Würstchen oder Steak?«

Sie schüttelte den Kopf.

»Hühnchen bitte.«

»Hätte ich mir denken können.«

»Ich muss schließlich auf meine Figur achten.«

»… und verschlingst Unmengen Hershey's?«

Sie grinste gelöst, was mich in diesem Moment sehr glücklich machte.

»Klingt für mich nach Bulimie.«

Matt verschluckte sich an seinem Bissen und alle Übrigen schauten Maureen ungläubig an.

»Was denn, Leute? Sie war als Kind fett und ist jetzt spindeldürr. Und wenn ich höre, dass sie sich mit Schokoriegel vollstopft, schrillen bei mir alle Alarmglocken. Carmen, ist Ihnen das noch nie aufgefallen? Also, ich merke bei meinen Töchtern ja sofort, wenn etwas nicht stimmt.«

Carmen legte vermutlich vorsorglich ihr Besteck beiseite und sammelte sich, während Maureen diesen Bullshit von sich gab.

»Maureen, wenn Sie mich fragen, sind Sie die einzige Person in dieser Runde, die ein gestörtes Verhältnis zu ihrem Körper hat. Meine Tochter kann sich glücklich schätzen, meinen Stoffwechsel geerbt zu haben. Während Sie sich irgendwann der x-ten Folge-OP unterziehen müssen, um diese Unfälle da in ihrem Gesicht und an ihrem Körper zu retten, liegt meine Betty straff, knackig und gertenschlank auf dieser Liege da hinten und genießt ihre Schokolade. Das Leben kann verflucht ungerecht sein, nicht wahr, Maureen?«

Ich sah zu Matt, der auf seinen Teller sah und sich mächtig zusammenreißen musste, nicht loszulachen. Carmen war echt in Ordnung, das wurde mir jeden Tag mehr bewusst. Während Maureen sprachlos Carmens Worte verdaute, griff ich nach Bettys Hand.

»Möchtest du Schokosoße zu deinem Huhn?«

Das ließ dann Matt die Fassung verlieren und Maureen wütend aufstehen und gehen.

»Ich glaube … so hat sie sich das heute … nicht vorgestellt.«

Matt prustete los und bekam sich gar nicht wieder ein. Schließlich hob er seine Flasche und stand auf.

»Lasst uns alle auf die mutige Carmen anstoßen und auf einen Maureen-freien Nachmittag.«

»Auf Carmen.«

Gegen sechs Uhr abends rief Maureen an und zitierte

Matt mit den Kindern nach Hause. Er war nicht scharf drauf und hoffte inständig, dass sie ihn rauswarf, damit er wieder herkommen konnte. Aber er kam nicht.

Betty und ich kuschelten auf einer Liege, während Carmen es sich auf der anderen neben uns gemütlich machte. Sie erzählte uns von ihrer Zeit im Harpers Inn, bevor sie mit Dad zusammengekommen war. Vom Hausmädchen hatte sie sich zur Hausdame hochgearbeitet und zuletzt die VIPs unter den Hotelgästen betreut. Einer davon war Bettys Dad. Betty rollte mit den Augen, weil sie sich die Geschichte wohl schon oft hat anhören müssen. Aber mich interessierte durchaus, woher die andere Hälfte von Bettys Genen stammte.

»Er hieß Mael Kavanagh und war Sänger einer damals sehr angesagten irischen Rockband. Hat sich leider zu Tode gekokst. Sie tourten damals durch die USA und gaben in Denver ihr Abschlusskonzert. Das rote dicke Haar hat Betty von ihrem Vater geerbt und auch die grünen Augen.«

»Und die Liebe zur Musik«, fügte ich hinzu. »Hast du deiner Mutter eigentlich schon das Lied vorgesungen, das du Maggie zum Geburtstag gesungen hast?«

»Nein, natürlich nicht. Es war für Maggie.«

»Ach, und ich darf es nicht hören?«

»Mom!«

Sie riss sich aus meiner Umarmung und sah mich verärgert an.

»Ich werde hier sicher nicht inmitten der ganzen Häuser um uns herum ein irisches Lied singen. Außerdem käme es akustisch gar nicht richtig zur Geltung. Am besten funktioniert sowas in einer Kirche.«

Carmen und ich sahen uns an und nickten uns zu.

Das sollte sich machen lassen.

Zur Schlafenszeit stand ich erneut vor meiner verschlossenen Tür und erinnerte mich an mein Vorhaben, die Blende abschrauben zu wollen. Zähne putzend stellte sich Betty neben mich und sah zwischen Tür und mir hin und her.

»Meinscht du, mit Telepathie klappsch bescher?«

»Du solltest die Zahnbürste aus dem Mund nehmen, bevor du sprichst.«

Dafür stieß sie mir ihren Ellenbogen in die Rippen. »Autsch, lass das! Verrate mir lieber, wo ich den Schlüssel versteckt haben könnte.«

Sie hob unwissend die Achseln und antwortete erneut trotz Schaum im Mund.

»Warum fragsch du nisch Matt?«

Die Idee war gar nicht so schlecht. Schließlich hatte ich ihm damals alles anvertraut. Warum also nicht auch meinen Schlüssel? Ich schrieb Matt eine kurze Nachricht, dass ich mich freute, wenn er nach dem Wochenende im Hotel vorbeikommen würde. Danach kuschelte ich mich zu Betty ins winzig kleine Bett.

Den Sonntag verbrachten wir in Denvers Botanischem Garten und ich ließ mich von den Außenanlagen inspirieren. Besonders der felsige Alpengarten hatte es mir angetan. Eine ähnliche Umsetzung konnte ich mir in dem kleinen Park, der hinter dem Hotel entstehen sollte, gut vorstellen. Die kleinen schroffen Felsblöcke im Zusammenspiel mit zartblühenden Pflanzen, feinen Gräsern und verschiedensten Bodendeckern spiegelten Aspens Umgebung wider.

Zwischendurch musste sich Carmen ausruhen und

ließ Betty und mir etwas Zeit füreinander. Mir gefiel der Gedanke, dass uns Außenstehende für ein Paar hielten. Betty war gelöst und wandelte angetan durch die Gärten. Ich wiederum suchte Körperkontakt, wann immer sie es zuließ. Es war ihr sichtlich unangenehm, in Gegenwart ihrer Mutter Zärtlichkeiten mit mir auszutauschen. Mich hingegen forderte dieses gespielt keusche Verhalten besonders dann, wenn sie mich, versteckt hinter den Pflanzen, mit ihren Küssen in den Wahnsinn trieb.

Den Abgrund vor Augen

Die beiden Frauen blieben am Montag in Lakewood und ich fuhr allein ins Hotel. Lange genug schob ich es vor mir her, doch nun war es Zeit, Dads Büro aufzuräumen.

Gegen Mittag lagen unzählige Papierstapel auf dem Boden und ich hatte vollkommen den Überblick verloren. Genervt vom nicht enden wollenden Telefonklingeln nahm ich das Gespräch an.

»Anna, ich habe doch gesagt, dass ich nicht gestört werden will. Was ist denn?«

»Sorry Sir, Mr. Brody ist hier unten und will raufkommen. Ich habe schon gesagt, dass das nicht geht …«

Matt hatte ich ganz vergessen. Mist.

»Schicken sie ihn rauf. Er kennt sich hier aus.«

»Okay Sir, wenn sie meinen.«

»Ja, meine ich, Anna. Jetzt machen Sie schon.«

Im nächsten Augenblick tat es mir leid, dass ich sie so angefahren hatte. Papierkram zu ordnen, war einfach nicht mein Ding. Genaugenommen war es mir zuwider. Ich war froh, dass Percy, Betty und Mr. Sutton in letzter Zeit so viel übernahmen. Aber das hier würde ich wohl alleine sortieren müssen.

Freudestrahlend riss Matt die Bürotür so schwung-voll auf, dass meine mühevoll geordneten Stapel vom Luftzug durcheinandergerieten.

Ich schmiss den restlichen Stapel in meiner Hand auf das Chaos und atmete tief ein.

»Hey Alter … oh, das war dann wohl ich.«

Ich sah Matt müde an.

»Einfach nicht mein Tag heute. Ich habe sowieso irgendwann zwischen dem Rechtsstapel und dem Personalstapel die Kontrolle verloren. Hattest du schon Lunch?«

»Nope. Ich habe gehofft, bei dir diesen tollen Mega-Burger mit Speck und Zwiebelringen zu bekommen.«

»Das ist die beste Idee des Tages.«

Der Ronalo Burger schmeckte wie vor zwanzig Jahren. Dad war Namensgeber dieses Giganten, einer Zusammensetzung aus seinem Vornamen Ronald und Buffalo, dem Büffelfleisch, das zur Hälfte dem Rind-fleisch beigemischt wurde. Der unverkennbare Geschmack der selbstgebackenen Brötchen aus Dinkelvollkornmehl, den eigenkreierten Saucen und dem frischen Gemüse machten diesen Burger über Denver hinaus bekannt. Das Rezept lagerte in Dads Tresor und musste vom jeweiligen Küchenchef aus-wendig gelernt werden.

»Was wolltest du eigentlich von mir?«

»Sag mal, kannst du dich daran erinnern, dass ich dir meinen Zimmerschlüssel von Lakewood gegeben habe?«

»Na klar, kann ich mich daran erinnern. Du etwa

nicht? Er hängt in meinem Schuppen bei den Angel-sachen. Wieso?«

»Na, weil ich gern in mein Zimmer möchte.«

Matt brüllte wieder los.

»Was Mann? Die Tür ist immer noch zu? Hat dein Dad das Schloss niemals ausgewechselt?«

»Ich denke nicht, aber das lässt sich ja herausfinden.«

»Weißt du noch, warum ich abgeschlossen habe?«

»Was ist eigentlich mit dir los? Hast du einen Unfall gehabt und so was wie 'ne Amnesie? Sicher weiß ich das noch. Von dir tauchten persönliche Sachen in der Highschool auf. Zum Beispiel das Shirt, was Maureen plötzlich trug, eine deiner getragenen Unterhosen, die im Unterricht umging. Und ganz komisch wurde es, als ein Damenslip und ein Brief unter deinem Kissen lagen. Du hast dann ziemlich schnell jemanden ver-dächtigt.«

Er brauchte den Namen nicht aussprechen, plötzlich war alles wieder da. Die Demütigungen in der Schule, das Gefühl, sich im eigenen Haus nicht mehr sicher zu sein, sich nicht wohl fühlen zu können. Mal ganz davon abgesehen, dass es sich bei diesem Brief um einen Drohbrief gehandelt hatte, in dem stand, dass man von mir ein Video zeigen würde, wie ich mir in meinem Zimmer einen runterhole, wenn ich nicht mit der Köni-gin des Abschlussballs gehen würde. Der ganze Ärger begann, als Betty auf unsere Schule kam. Da lag es nahe, sie zu verdächtigen. Eine schlimme Zeit. Ich fühlte mich verfolgt und vertraute nur noch Matt, bei dem ich während dieser Zeit oft schlief.

»Wie es aussieht, ist ja wieder alles gut bei euch? Hat sie dir erzählt, warum sie das gemacht hat?«

125

Ich schüttelte den Kopf. Keine Ahnung, warum ich ihm das dann erzählte, aber plötzlich waren die Worte raus, bevor ich sie aufhalten konnte.

»Sie hat eine bipolare Störung.«

»Dein Ernst? Das erklärt einiges.«

»Du weißt, was das ist?«

»Für wie blöd hältst du mich eigentlich, Mann? Natürlich weiß ich, was das ist. Kannst du dich noch an die verrückte Tante auf Dannys zwölftem Geburtstag erinnern? Alle dachten, sie wäre auf Droge, bis sie eine Woche später total depri ins Krankenhaus eingeliefert worden ist. Danny hat mir erzählt, dass bei seiner Tante eine bipolare Störung festgestellt wurde.«

Ich nickte.

Matt sah mich nachdenklich an.

»Das würde natürlich erklären, warum die vielen seltsamen Dinge passiert sind.«

»Ich weiß nicht, Matt. Irgendwas stimmt daran nicht.«

Denn eigentlich erklärte es das nicht wirklich.

Meine Stimmung war durch das, was Matt in mir zutage gefördert hatte, nicht besser geworden. So saß ich ewig in meinem Büro und starte Löcher in die Decke. Erst ein zaghaftes Klopfen riss mich aus meiner Trance.

»Sir? Haben Sie eine Minute?«

»Anna, kommen Sie doch rein. Achten Sie gar nicht auf das Chaos.«

»Okay. Ich wollte mich nur für vorhin entschuldigen, Sir. Es tut mir wirklich leid, wenn ich Sie verärgert habe. Ich möchte mich als Assistentin bewähren und mir ist klar, dass ich noch viel lernen muss …«

»Nicht doch. Ich habe mich bei Ihnen zu entschuldigen. Dieser ganze Papierkram dort macht mich noch wahnsinnig und ich habe Sie zu Unrecht angefahren. Es tut mir leid.«

»Schon gut, am besten wir vergessen den Vorfall.«

»Gute Idee, Anna.«

»Darf ich fragen, wie es der Patientin geht?«

Ich starrte sie perplex an, da ich nicht wusste, wie viel sie mitbekommen hatte, als sie mir nach der Sache in Vegas half.

»Fort Collins. Das ganze medizinische Zeug, das ich für Sie geholt habe.«

»Ach ja, genau. Alles bestens, danke der Nachfrage. Und es wäre mir wirklich wichtig, dass das unter uns bleibt. Ich möchte im Sinne der Patientin kein unnötiges Gerede.«

»Selbstverständlich nicht. Sie können mir vertrauen. Könnte es sein, dass Sie hierbei etwas Unterstützung gebrauchen könnten?«

Ich sah auf diesen riesigen Haufen Mist vor mir und war eigentlich ziemlich froh über ihr Angebot.

»Was würde Percy dazu sagen?«

»Nichts. Erstens, weil er nicht da und zweitens sein Auftrag für heute schon erledigt ist.«

»Dann legen wir am besten gleich los.«

»Was halten Sie davon, wenn ich mir einen Überblick verschaffe und Sie bei Fragen um Hilfe bitte. Ich bin vermutlich schneller, wenn ich nach meinem System arbeite.«

»Ja, sehr gern. Mein System kann ich jedenfalls nicht empfehlen. Vermutlich, weil es gar keins ist.«

Ich nutzte die Zeit, um die E-Mails in meinem Postfach zu sichten und zu beantworten. Innerlich trat ich gegen Anna an, bei der ich mit der Beantwortung der E-Mails früher fertig sein wollte, als sie mit dem Sortieren der Papiere.

Nach zwei Stunden war die Hälfte meiner Mails bearbeitet. Doch war ich mehr als überrascht, dass Anna bereits die letzten Blätter auf die Stapel sortierte. Es waren auch nur fünf Haufen, um genau zu sein und nicht zwanzig, wie zuvor bei mir. Sie hockte vor mir und wackelte dabei mit ihrem Hinterteil. Erst sah ich beschämt zum Monitor zurück, konnte meine Augen aber immer schwerer davon abhalten, diesen Rundungen zu folgen. Unter ihrer weißen Stoffhose konnte ich die Spitze ihres Slips deutlich erkennen. Der Stoff saß so eng, dass er sich zwischen den Beinen in ihre Spalte zog. Fasziniert folgte ich dieser Linie mit den Augen und stellt mit Erschrecken fest, dass mein Schwanz die Anzughose in ein Zelt verwandelte. Ich hatte eindeutig zu wenig Sex für einen Mann Anfang dreißig. Anna sah wirklich heiß aus, aber ich würde ganz sicher nichts mit einer Angestellten anfangen und außerdem war da noch Betty. Aber was war das eigentlich mit ihr? Wenn ich an ihr Verhalten auf der Highschool zurückdachte, war ich alles andere als angetan von ihr. Andererseits hielt sie mich seit Tagen auf Abstand. Vielleicht meinte sie es gar nicht so ernst und hinter ihrem Verhalten steckte ein neuer Plan? Die Mutmaßungen und all die alten Gefühle brachten mich völlig durcheinander. Ich musste dringend mit Betty sprechen. Sie sollte mir ihre Version erzählen.

»So, Mr. Harper, ich denke, ich bin fertig. Soll ich die Stapel gleich abheften?«

128

Irritiert sah ich sie an.

»Na, die Ordner hinter Ihnen. Ich habe mir die Aufschriften angesehen und danach chronologisch sortiert. Sie müssen nur noch abgeheftet werden.«

Ich blickte über die Schulter und verstand, was sie meinte.

»Sicher. Aber danach machen Sie bitte Feierabend. Ich habe Sie genug eingespannt.«

»Keine Sorge. Mich erwartet niemand. Ich bin froh, etwas Gesellschaft zu haben. Ich werde nachher zu Mr. Chu gehen und mir wie jeden Abend eine Nudelsuppe holen, um mich dann gelangweilt vor das furchtbare Kabelfernsehen zu setzen.«

»Sie haben noch keinen Anschluss in Denver gefunden?«

»Nein, ich bin nicht sehr kontaktfreudig und hoffe, dass ich wieder nach Aspen kommen darf, wenn das Hotel wiedereröffnet wird. Meine Familie und Freunde sind dort.«

»Verstehe, da lässt sich bestimmt was machen. Sobald ich die Einsatzplanung mache, werde ich es Sie wissen lassen. Dennoch ist Denver eine tolle Erfahrung. Kaum sind Sie hergewechselt, machen Sie bereits den Job der Chefassistenz und außerdem haben wir hier wesentlich mehr Zimmer und Gäste. Es ist eine Überlegung wert.«

»Was meinen Sie, wo Sie lieber wären?«

»Die Frage stellt sich, glaube ich, gar nicht, aber ich werde wohl in Aspen keinen Geschäftsführer einsetzen und deshalb anfangs vermehrt dort sein. Percy kommt hier ja gut zurecht.«

Sie kam um den Tisch und blieb neben meinem Stuhl stehen. Ihre Brustwarzen, zeichneten sich durch die hellblaue Bluse ab, und zwar direkt vor meinen Augen. Ich musste schwer schlucken. Warum, in Gottes Namen, trug sie keinen BH?

»Mr. Harper? Ich komme nicht an die Ordner hinter Ihnen.«

Ohne nachzudenken, reagierte ich, rollte mit dem Stuhl Richtung Fenster und damit aus dem Sichtschutz der Tischplatte.

Annas Blick schnellte zu dieser riesigen Beule in meiner Hose. Viel zu schnell überwand sie den kleinen Abstand zwischen uns, beugte sich vor und stützte ihre Hände auf meinen Armlehnen ab.

»Sie wissen, was ich für Sie empfinde, Mr. Harper? Ich habe sehr wohl mitbekommen, wie Sie vorhin auf meinen Hintern gestarrt haben. Das hat mich furchtbar erregt.«

Sie öffnete die Knöpfe ihrer Bluse und entblößte ihre Brüste. Runde, feste Brüste mit himbeerfarbenen Nippeln. Sie nahm meine Hand und führte sie an diese unglaublichen Rundungen.

»Ich mag es gern fester«, raunte sie und drückte meine Hand mit ihrer zusammen.

Diesem Schauspiel länger standzuhalten war unmöglich. In meiner Hose wartete mein Schwanz darauf, endlich in Aktion zu treten, der nach all der Zurückhaltung in letzter Zeit nur noch schmerzte. Ich zog Anna auf meinen Schoß und saugte fest an ihren Brüsten, knabberte und leckte sie. Ihre erregten Aufschreie feuerten mich und meine Leidenschaft an. Anna rieb sich lustvoll an mir, während ich es kaum noch aufhalten konnte und kurz vor der Explosion stand.

Ich schob sie von mir und öffnete den Knopf ihrer

Hose, die sie mit samt des Spitzenhöschens abstreifte. Vornübergebeugt drückte ich sie auf den Schreibtisch, um mich endlich in ihrer feuchten Spalte zu versenken. Es war ein schneller, harter Akt. Nichts daran war sinnlich. Das Einzige, was ich dabei im Sinne hatte, war Befriedigung. Je fester ich zustieß, desto schneller stöhnte Anna dabei. Sie trieb mich an, trieb mich immer weiter hinauf, bis zu jenem Punkt, der mich schließlich erlöste. Dieser wunderbare Moment endete jedoch mit der letzten Welle, die mich durchströmte. Schwer atmend sank ich auf meinen Stuhl zurück und konnte nicht fassen, was da gerade passiert war. Irritiert drehte sich Anna zu mir um.

»War es so schlecht?«

»Darum geht es nicht. Das hätte nicht passieren dürfen. Ich bin Ihr Boss.«

»Ich verstehe. Es wird kein weiteres Mal geben?«

»Nein, das wird es nicht. Das war nicht richtig und es fühlt sich auch nicht richtig an.«

Sie nickte und zog sich an.

»Machen Sie sich keinen Kopf. Ich bin zu weit gegangen. Ich dachte, zwischen uns ist etwas, aber ich habe mich wohl geirrt. Das passiert, wenn man einsam ist. Man benutzt Menschen oder sieht mehr, als zu sehen ist.«

Sie ging aus der Tür und warf mir einen mitleidigen Blick zu.

»Ich bin nicht einsam!«

Ihr Mundwinkel zuckte, bevor sie die Tür hinter sich schloss.

… und Menschen benutze ich auch nicht. Eigentlich. Okay, Anna hatte ich benutzt. Zweimal bereits.

Verdammt!

Das lief alles in eine ganz falsche Richtung.

Nach der erschütternden Nachricht, dass die Metastasen überall im Körper von Carmen gestreut hatten und der Arzt von jeder weiteren Chemotherapie abriet, überredete Betty ihre Mutter, ihre Sachen aus Fort Collins nach Lakewood zu bringen. Carmen war es wichtig, die verbleibende Zeit mit Betty zu verbringen, anstatt im Krankenhaus. Hoffnung gab es keine mehr. Es blieben nur noch wenige gemeinsame Wochen, vielleicht Monate.

Ich machte mich rar in Lakewood und schob die Arbeit vor. Anna schickte ich für eine Woche in den bezahlten Urlaub, um mir über den nächsten Schritt in Ruhe Gedanken machen zu können. Dass ich sie nicht länger um mich haben konnte, war notwendig, wenn auch feige. Aber wie ich das anstellen sollte, ohne mich dabei wie der letzte Arsch zu fühlen, wusste ich nicht.

Freitag verabredete ich mich mit Matt zum Baseball und freute mich auf ein simples, stressfreies Männerding. Als mich Matt vom Hotel abholte, war sein Gesichtsausdruck mürrisch und er selbst ungewöhnlich stumm. Kein ›hey Bro‹ oder ›Steig ein, Mann‹ kam aus seinem Mund.

»Matt? Alles okay mit dir?«

»Will nicht drüber reden!«

Der richtige Einstieg für ein stressfreies Männerding also? Eher nicht. Aber so schnell wollte ich mich nicht geschlagen geben. Ein Bier lang gab ich ihm Gelegenheit, von selbst darüber zu sprechen, bevor ich nachhaken wollte.

»Verdammt, was machen die heute da unten? Ich verlange gleich das Geld fürs Ticket zurück.«

»Hey Matt, setz dich wieder hin. Was ist denn heute los mit dir?«

»Schlechte Nachrichten von der Rigside!«

»Sprich nicht in Rätseln! Was sind das für Nachrichten? Darfst du Montag doch noch nicht wieder los?«

»Brandon Mann, ich kann da nicht drüber sprechen.«

»Na gut, ich mach dir ein Angebot. Ich erzähle dir etwas, was mir die Woche passiert ist und du schüttest mir dein Herz aus. Nichts davon verlässt das Stadion. Deal?«

Matt sah mich eindringlich an und überlegte angestrengt. Wenn er das tat, wechselte sein Blick immer rasant zwischen meinen Augen hin und her, dass mir schwindelig dabei wurde.

»Okay, nichts verlässt das Stadion!«

»Pinky swear!«

Matt grinste und hielt mir zur Besiegelung unseres Schwurs den kleinen Finger entgegen. Ich hakte ein und wir ließen sie schnippen. Eine Geste aus unserer Kindheit, die schöne Erinnerungen freisetzte.

»In meinem Team gibt es genau eine Frau. Penny Allen. Und genau sie macht mir gerade Sorgen. … Wir sind seit über einem Jahr ein Paar.«

»Wie bitte? Ihr seid ein Paar? Was ist mit Maureen?«

»Penny hat mich total umgehauen. Als sie als neue Bohrspülingenieurin zu mir ins Team kam, brauchte es genau einen Satz und ich war verliebt bis über beide Ohren. Kurze Zeit später ist sie in mein Motelzimmer gezogen. Sie weiß von Maureen und den Kindern. Andersrum ist es natürlich nicht der Fall. Seither suche ich nach einer Möglichkeit, Maureen loszuwerden, ohne dass ich mein ganzes Leben Unterhalt für sie zahlen muss. Das wäre mein Ruin. Nichts bliebe für einen Neuanfang mit Penny. Wenn sie rausbekommt, was da läuft, bin ich im Arsch, Mann.«

»Verstehe.«

»Echt jetzt? Du verstehst mich? Kein Vortrag über Treuebruch und so?«

»Ehrlich gesagt, bin ich froh, dass du Maureen loswerden willst. Ich habe schon an deinem Geschmack gezweifelt.«

Er lachte auf und stieß mich spielerisch gegen meine Schulter.

»Maureen ist eine Hexe!«

»Da kann ich dir nicht widersprechen. Aber was sind das für schlechte Nachrichten?«

»Penny ist ziemlich gut in ihrem Job, deshalb wurde sie von der Konzernzentrale auf eine neue Anlage im Süden von Texas geordert. Sonntag reißt sie ab und ich erst Montag an. Keine Chance, dass wir uns vorher noch einmal sehen. Die Zeit, die ich hier nach dem Unfall ohne sie verbringen musste, war schon hart genug. Aber jetzt haben wir gar keine Möglichkeit mehr, uns regelmäßig zu sehen. Es sei denn, ich mach mit Maureen Schluss.«

»Was hält dich noch zurück?«

»Ich kann nicht glauben, dass du diese Frage stellst! Du kennst doch Maureen. Sie würde mich fertigmachen. Vielleicht bin ich tot, bevor ich das Haus verlassen kann? Und die Twins würde ich mit Sicherheit nie wiedersehen.«

»Ja, damit könntest du leider recht haben. Tut mir

leid.«

Er sah zum Spiel und zuckte resigniert mit den Schultern. Wir saßen eine Weile still nebeneinander und jeder verdaute noch einmal unser Gesprächsthema für sich. So gern ich ihm helfen wollte, es fiel mir nichts ein.

»Was ist mit dir, Brandon? Du wolltest mir auch was erzählen!«

»Ja, wollte ich. Also … ich habe richtig Mist gebaut. Kannst du dich noch an die Kleine mit den schwarzen Locken erinnern, die dich nicht in mein Büro lassen wollte?«

»Ja Mann, heißer Feger!«

Ich nickte bestätigend.

»Oh nein warte, du hast sie doch nicht etwa …?«

»Doch! Leider. Noch am selben Abend auf Dads Schreibtisch.«

»Fuck, Harper, du alter Schwerenöter. War's denn wenigstens gut?«

»Matt, darum geht's doch nicht. Sie ist meine Angestellte. Das hätte ich nicht tun dürfen. Und nein, es war nicht gut. Ich war dermaßen unterversorgt, dass das Ganze nur eine Millisekunde gedauert hat. Und kaum war ich fertig, habe ich es auch schon bereut. Rein. Raus. Ende.«

»Du hast sie benutzt!«

»Streu nicht noch Salz in die Wunde, Mann. Ich fühle mich schon schlecht genug.«

»Hast du klein Brandon wenigsten vorher eingetütet?«

Ich starrte ihn entsetzt an. An Verhütung hatte ich in diesem schwachen Moment überhaupt nicht gedacht. Es war noch viel schlimmer als angenommen. Matt hielt mir auffordernd seine Flasche entgegen.

»Tja Mann, ich glaube, wir sind beide am Arsch. Stoßen wir darauf an.«

Nach dem Spiel fuhren wir zu mir nach Lakewood, um endlich mein Zimmer zu entern. Matt hatte den Schlüssel mitgebracht und wir waren mehr als gespannt, was uns nach all den Jahren erwarten würde.

Ich drehte den Knauf und die Tür öffnete sich wie erhofft. Abgestandene Luft schlug uns entgegen. Und ich lief durch das dunkle Zimmer, um das Fenster aufzureißen.

»Ungefähr so stelle ich mir den Gestank in einem Pyramidengrab vor. Alter, hast du deinen Müll vergessen rauszubringen?«

»Wer weiß, ob das mein Mief ist. Schließlich hattest du den Schlüssel die ganzen Jahre. Vielleicht finde ich ja eine deiner Boxershorts unterm Bett.«

Ich schaltete die alte Schreibtischlampe an, die Dinge und Erinnerungen sichtbar machte, die völlig aus meinem Gedächtnis verschwunden waren.

»Brandon, das ist ein verdammtes Museum.«

»Ja, irgendwie unheimlich. Als wären wir in die Vergangenheit gereist.«

Ich griff nach einer Kassette, die mit Stickern beklebt war. Ich konnte mich sogar noch daran erinnern, wie ich die Musik aufgenommen hatte. Stundenlang saß ich mit dem Kassettenrecorder am Schreibtisch und drückte immer dann auf Aufnahme, wenn einer meiner Lieblingssongs angesagt wurde. Von Radiohead oder Creed zum Beispiel. An der Pinnwand über meinem Schreibtisch hing noch eine vergilbte Konzertkarte von

Guns N'Roses und Metallica. Der 19. September 1992 kam mir so unendlich weit weg vor. Es war Moms Ticket. Sie war damals auf diesem legendären Konzert im Mile High Stadium mit ihrer Freundin und hat mir die Karte danach geschenkt. Wenn Dad nicht da war, kramten wir immer die Luftgitarren hervor und ließen die Haare zu Slashs wilden Gitarrensolos fliegen. Damals trug ich schulterlange Haare, die Mom so liebte. Am Tag der Beerdigung rasierte ich sie mir ab und warf alles in ihr Grab. Das ließ meinen Vater völlig zusammenbrechen.

Matt hatte inzwischen meinen Kleiderschrank geöffnet und schwelgte ebenso in Erinnerungen.

»Weißt du, was hier noch hängt? Deine alte Leder-jacke. Wahnsinn! Was habe ich dich darum beneidet.«

Er zog sie aus dem Schrank und fing an zu lachen.

»Guck mal, wie klein die ist. Die passt einem Zwerg.«

Tatsächlich kam die Jacke auch mir klein vor, obwohl ich sie bis zum letzten Tag der Highschool getragen hatte.

»Das liegt daran, dass wir uns in den letzten Jahren jede Menge Muskeln antrainiert haben.«

Demonstrativ ließ ich den Bizeps am Oberarm spie-len.

»Ja, du vielleicht! Du siehst aus wie Jon Hamm in seinen besten Jahren.«

»Danke für das Kompliment. Du siehst dir immer noch Mad Men an?«

»Nein, nicht mehr. Aber hey, du hättest antworten müssen ›und du siehst aus wie Kevin Costner.‹«

»Ich will dich nicht enttäuschen, aber da ich ihn erst kürzlich in Aspen gesehen habe, muss ich dir leider sagen, dass er sich deutlich besser gehalten hat als du.«

Er sah betroffen an sich hinab und wackelte mit beiden Händen an seinem Bauchansatz.

»Ich schätze, du hast Recht. Ich sehe vielmehr aus wie Kevin James.«

Über den Vergleich mit dem Schauspieler der Serie ›The King of Queens‹ musste ich lachen.

»Keine Sorge, Matt. So schlimm ist es noch nicht.«

»Was machst du jetzt mit all diesen Sachen?«

»Weiß nicht. Eigentlich wollte ich endlich mal in einem richtigen Bett schlafen, aber hier ist überall Staub. Ich werde mich am Wochenende darum kümmern.«

»Warum schläfst du nicht im großen Schlafzimmer?«

»Carmen zieht jetzt ganz hier ein und bekommt das Zimmer. Außerdem will ich nicht in Dads Bett schlafen. Das ist irgendwie seltsam.«

»Hast du nichts dagegen, dass sie hier ist? Sicher hat sich dein Dad nicht ohne Grund von ihr getrennt.«

»Sie hat nicht mehr lange. Darmkrebs. Anfang der Woche hat sie die Nachricht bekommen, dass der Krebs gestreut hat. Betty ist gerade mit ihr in Fort Collins, um ihre Sachen zu holen. Morgen kommen sie wieder, um die letzten Wochen gemeinsam zu verbringen.«

»Das tut mir leid für die zwei.«

»Ja, mir auch. Carmen ist gar nicht so verkehrt, wie ich mir immer eingeredet habe. Und Betty …«

»… und Betty was?«

»Wenn ich das wüsste.«

»Brandon! Du willst mir doch nicht erzählen, dass du was mit einer Irren anfängst?«

Diese oberflächliche Bemerkung versetzte mir einen Stich ins Herz. Ja, sie litt an einer psychischen Störung, war ansonsten aber weit entfernt davon, irre zu sein. Das war unfair.

»Und wenn schon. Es geht dich nichts an.«

»Mensch, erinnere dich daran, was sie auf der Highschool alles für schräge Sachen abgezogen hat. Sie hat dich beim Wichsen gefilmt.«

»Woher weißt du das? Hast du das Video gesehen?«

»Nein, niemand hat das Ding gesehen. Du hast mir selbst davon erzählt ... in Chicago irgendwann mal. Wie auch immer. Mach keinen Scheiß, Bro. Es gibt so viele tolle Frauen auf dieser Welt. Lass die Finger von Betty. Sie hat dich schon einmal fertig gemacht. Sie wird es wieder tun.«

Nach einer schlaflosen Nacht joggte ich mir den Kopf frei und machte mich nach dem Duschen daran, mein Zimmer zu entrümpeln. Meine Erinnerungen mussten in einen einzigen Karton passen, den Rest wollte ich entsorgen. Gegen Mittag war ich überraschend weit gekommen und machte mich daran, das schmale Bett auseinanderzunehmen. Die Bettwäsche stopfte ich in den schwarzen Müllsack und die Matratze zwängte ich durchs Fenster, um mir den Weg durchs Haus zu sparen. Gerade wollte ich mich um das Bettgestell kümmern, als mir ein zusammengefalteter Zettel auffiel. Ich wusste sofort, dass es dieser Erpresserbrief sein musste. Dass ich ihn aufbewahrt hatte, wusste ich gar nicht mehr. Die Schrift kam mir seltsamerweise bekannt vor. Damals war ich vollkommen ahnungslos, woher der Brief hätte kommen können und Jahre später sollte sich das geändert haben? Angestrengt überlegte ich, was ich in letzter Zeit gelesen hatte, und ging intuitiv ins Nebenzimmer. Dort stach mir gleich Bettys kleines Notizbuch auf ihrem Kissen ins Auge. Mein Herz pochte vor Anspannung. Wenn wirklich sie es gewesen war, die mich dazu gebracht hatte, mich all die Jahre von meinem Dad, Matt und meinem Zuhause zu entfernen, würde mich das fertig machen. Ich würde SIE fertig machen.

»Was machst du da?«

Betty, die offensichtlich zurückgekommen war, stand mit ihrem Gepäck in der Hand an der Zimmertür und lächelte. Doch ihr Lächeln erstarb, als sie den Zettel und ihr Notizbuch in meinen Händen erkannte. Aufgewühlt stürmte sie auf mich zu und griff nach den Sachen. Doch das würde ich nun ein für alle Mal klären wollen. Noch war ich ganz ruhig, doch es brodelte in mir.

»Matt hat mir gestern die Schlüssel für mein Zimmer gebracht. Wusstest du, warum ich es abgeschlossen hatte?«

Sie sah mich an und Tränen sammelten sich in ihren Augen.

»Brandon, können wir das nicht in Ruhe klären. Es ist so viel passiert … bitte.«

»Nein Betty, wir klären das auf der Stelle. Also, warst du damals in meinem Zimmer?«

Ihr Blick senkte sich, wobei sich dicke Tränen lösten und an ihren Wangen entlangliefen.

»Ja, ich war in deinem Zimmer und ich habe das T-Shirt aus dem Schrank genommen und den Slip in deinem Bett versteckt. Das war alles ich.«

Endlich war es raus, doch fühlte ich mich dadurch keinen Deut besser.

»Weißt du eigentlich, was du mir damit angetan hast? Ich habe hier alles aufgegeben, nur um so weit weg wie möglich von dem ganzen Irrsinn zu sein. Ich habe so viele Jahre mit meinem Dad verpasst, wegen all der Scheiße hier. Warum hast du das getan? Und wie konntest du zulassen, dass ich mich in dich verliebe, ohne je daran zu denken, mir die Wahrheit zu sagen.«

»Was hast du gesagt? Du hast dich in mich verliebt?«

»Das ist das Einzige, was dir dazu einfällt? Ich muss dich leider enttäuschen. Mit dieser Nummer hast du das letzte Bisschen Zuversicht in mir zerstört. Der Zug ist abgefahren und ich komme mir vor wie ein riesen Idiot, der diesen ganzen perfiden Plan nicht gecheckt hat.«

»Das war kein Plan, Brandon. Ich wollte dir alles erzählen, so oft schon.«

»Aber du hast es nicht. Jetzt ist es zu spät.«

»Nein, Brandon! Sag das nicht. Ich kann alles erklären. Bitte gehe nicht weg. Lass mich nicht wieder allein.«

Ich ließ sie stehen und lief die Treppe hinunter. Betty rannte völlig aufgelöst hinter mir her und hing sich an meinen Arm, um mich am Gehen zu hindern.

»Betty, du kannst das Haus behalten. Aber verlange nicht von mir, dich weiter in den Hotels beschäftigen zu müssen. Unsere Beziehung oder was immer das war, endet genau jetzt.«

Das erste Mal fühlte sich das Harpers Inn mehr nach Segen als nach Fluch an. Ich gönnte mir eines der obersten Zimmer mit Blick über das Stadtzentrum, bemüht, mich mit der plötzlichen Gewissheit zu arrangieren. Nach der Wut, die ich beim Verlassen des Hauses in Lakewood verspürte, folgte schließlich unendliche Enttäuschung darüber, dass tatsächlich Betty hinter allem steckte. Bis zum Schluss hatte ich gehofft, dass es dafür eine andere Erklärung hätte geben können. Eine ungeheure Leere breitete sich in mir aus, dass es kaum auszuhalten war.

Im Büro machte ich mich über Dads Scotch her und versuchte, den Kopf freizubekommen. Kurz vor Küchenschluss ließ ich mir noch einen Burger kommen, um ausreichend Grundlage für die zweite Hälfte der Flasche zu haben.

Der Burger erinnerte mich an die Rezepte im Tresor, in den ich bislang noch gar nicht gesehen hatte. Von Mr. Sutton bekam ich den Code in einem verschlossenen Umschlag überreicht. Es war der Geburtstag meiner Mutter. Ich staunte nicht schlecht, was dieser Schrank alles offenbarte. Neben einer weiteren Flasche Scotch, fand ich Unmengen an Bargeld, eine Glock 26 und diverse gelbe Mappen. Natürlich fragte ich mich, warum Dad eine Waffe besaß, von der ich nichts wusste. Mehr noch interessierte mich aber der Inhalt der Mappen. In der ersten fand ich die Rezepte für den Ronalo Burger und andere Speisen. In der zweiten waren wichtige Vertragsunterlagen für die Hotels. In der Dritten lag der Ehevertrag zwischen Carmen und Dad. Interessiert blätterte ich darin und musste feststellen, dass er ihn mit der Scheidung zurückgehalten hatte. Der Vertrag war nämlich eigentlich eine Verzichtserklärung. Carmen hätte demnach überhaupt nichts von meinem Vater erhalten. Die Antwort darauf, warum er jene zwei Hotels dann doch verkaufte und das Geld Carmen gab, fand ich jedoch nicht darin. Aber eigentlich kannte ich die Antwort, er war einfach ein guter Mensch und wer weiß, ob nicht sogar Carmen selbst auf diesen Vertrag bestanden hat.

Die vierte und vorletzte Mappe offenbarte schließlich das, was Carmen bereits berichtete. Wenigstens war sie ehrlich mir gegenüber. Es handelte sich um eine Sammlung an Zeitungsartikeln, medizinischen Berichten und Fotos meiner toten Mutter, die ich so nie hätte sehen wollen. Mein Magen krampfte sich schmerzhaft zusammen und schon landete alles, was ich am Abend zu mir genommen hatte, im Mülleimer unter dem Schreibtisch. Erst als ich sicher war, dass ich ohne Zwischenfall mein Zimmer erreichen konnte, verließ ich das Büro.

Keine Ahnung, wie ich es ins Bett geschafft hatte. Schemenhaft konnte ich mich an Szenen der Nacht oder des Morgens erinnern. Immer wieder bin ich wach geworden. Kämpfte gegen Übelkeit und Kopfschmerzen, fror oder schwitze. Sonnenstrahlen weckten mich mehrfach, doch die Erschöpfung ließ mich immer wieder in einen ruhelosen Schlaf triften.

Dann setzte der Verstand wieder ein, der einen schmerzhaften Blitz durch meinen Körper jagte. Der Tresor! Ich hatte den Tresor nicht verschlossen. In Windeseile sprang ich aus dem Bett und rannte die Flure entlang. Kaum, dass ich die Tür aufgerissen hatte, traf mich der nächste Schlag. Auf meinem Schreibtisch saß Maureen mit überschlagenen Beinen und betrachtete gelangweilt ihre roten Fingernägel.

»Und ich dachte schon, du kommst nie her, Darling.«

Entsetzt sah ich zu den Papieren, die auf dem Teppich verstreut lagen. Der Tresor stand sperrangelweit offen und sowohl der Scotch als auch die Waffe waren verschwunden.

»Was soll das Maureen? Wie bist du überhaupt in mein Büro gekommen?«

Ich war kurz vorm Durchdrehen und atmete schwer.

»Oh, das war einfacher als gedacht. Du solltest dir zuverlässigeres Personal suchen. Eigentlich bin ich hergekommen, um dich um einen Gefallen zu bitten. Doch das Universum scheint es heute gut mit mir zu meinen, denn jetzt bitte ich dich nicht nur, sondern verlange es einfach.«

Sie nahm ihr Smartphone und sah auf die Papiere und Fotos, die auf dem Boden lagen.

»Wusstest du eigentlich von der Untreue deiner Mutter? Also, ich fand das höchst interessant. Mit Sicherheit ist es dem einen oder anderen Reporter ein hübsches Sümmchen wert.«

Mit jedem Wort, das diese Schlange hervorwürgte, hasste ich sie mehr. Es war nichts falsch zu verstehen an diesem Erpressungsversuch. Wie konnte ich nur so fahrlässig sein?

»Was willst du?«

»Nett, dass du fragst, Brandon. Weißt du, was Matt mir gestern verraten hat? Hm? Keine Ahnung? Dann erzähle ich es dir. Mein Ehemann vögelt seit über einem Jahr eine Kollegin und jetzt hat er die Nase voll von seiner Familie und möchte mit dieser Schlampe ein neues Leben beginnen. Ist das nicht herzallerliebst? Er will sich scheiden lassen. Nur leider gibt es keine

Beweise für seinen Fehltritt, den ich zu meinen Gunsten dem Richter vorlegen kann. Und ich werde mich nicht um seine Bälger kümmern und mich mit einem Taschengeld abspeisen lassen. Schließlich habe ich viel in diesen Körper investiert und muss sichergehen, dass ich auch in Zukunft perfekt aussehe. Und da kommst du ins Spiel, liebster Brandon. Du sorgst dafür, dass er vor dem Scheidungsrichter alles zugibt und dafür zeige ich mich erkenntlich und werde diese Informationen, die du mir hier so offen präsentiert hast, zurückhalten.«

»Selbst, wenn ich es in Erwägung ziehe, dir dabei zu helfen, wie kann ich sicher sein, dass diese Infos nicht danach an die Öffentlichkeit geraten.«

»Stimmt, kannst du nicht. Sieht ganz schön schlecht für dich aus. Aber ich mache dir einen Vorschlag. Sobald ich geschieden bin, machst du mich wieder zu einer ehrbaren Frau und ich gebe dir alles, was zu möchtest. Klingt wie das Märchen von Cinderella, nicht wahr? Ich kann mein Glück kaum fassen.«

»Du bist eine abscheuliche, widerwärtige Hexe. Nichts davon werde ich tun. Ich werde auf der Stelle die Polizei rufen …«

Sie ließ mich nicht einmal aussprechen, da zielte sie bereits mit der Waffe auf mich.

»Nichts wirst du. Nicht heute. Nicht morgen. Niemals. Der Vormittag war lang genug, um mich nach allen Seiten absichern zu können. Der obligatorische Anruf aus der Zelle würde reichen und alles wird veröffentlicht. Ich habe schon mal gegen dich verloren, das passiert mir kein zweites Mal. Es läuft so, wie ich gesagt habe oder …«

Sie betrachtete die Waffe und grinste höhnisch.

»… oder ich werde ein paar Schießübungen machen. Eine Sache, die ich wirklich gut beherrsche. Und jetzt setz dich auf deinen Stuhl, damit ich mich verabschieden kann.«

Die Tür fiel hinter ihr ins Schloss. Schnell griff ich nach dem Telefonhörer, um ihn dann unverrichteter Dinge wieder zurückfallen zu lassen. Es musste doch eine Lösung geben, um aus diesem Schlamassel wieder herauszukommen.

Ich schob das ganze Papier in die Mappe zurück und verstaute alles im Tresorschrank. Danach entsorgte ich die Kotze im Mülleimer und lüftete das Büro. Dabei ging ich immer wieder ihre Worte durch. Für mich war klar, dass ich weder meinen Freund verraten, noch mit dieser Frau etwas Verbindliches eingehen würde. Sie würde nicht nur Matt aussaugen, sondern anschließend auch mich. Da ich nicht wusste, wie viel Zeit mir blieb, bis sie wiederkommen würde, beschloss ich, in die Offensive zu gehen.

Matt war bereits auf dem Weg zu Penny, drehte auf halber Strecke jedoch um, als ich ihm sagte, dass ich ihn niemals davon abhalten würde, wenn es nicht wichtig wäre. Schonungslos erzählte ich ihm von dem ganzen Drama, was sich zuvor im Büro abgespielt hatte. Anschließend war Matt leichenblass und zitterte am ganzen Körper.

»Dass sie dich da reinzieht, wollte ich nicht, Brandon. Ich kann es nicht glauben, dass sie zu so etwas fähig ist. Klar, sie ist eine Hexe, aber Erpressung?«

»… und Diebstahl, unerlaubter Waffenbesitz und Bedrohung, um es zu vervollständigen.«

»Fuck, wie ist sie überhaupt hier hinaufgekommen. Das letzte Mal habe ich zehn Minuten gegen eine Wand geredet und Maureen wird einfach durchgelassen?«

»Mann, das ist es! Warte, das haben wir gleich.«

Ich rief die Rezeption an und ließ Anna hinaufschicken, die nur wenig später eintraf.

»Ja, Sir?«

»Anna, heute Vormittag war eine blonde Frau hier in meinem Büro. Haben Sie davon etwas mitbekommen?«

Ihr aschfahles Gesicht errötete in Sekundenschnelle.

»Ja Sir, das muss Ihre Verlobte gewesen sein. Sie plant eine Überraschung für Sie, zum Geburtstag. Alles Gute auch von mir, Sir.«

Dass vor wenigen Tagen noch mein Schwanz in ihr steckte, machte das Gespräch nicht angenehmer, aber ich musste leider noch einmal nachhaken.

»Danke. Und Sie haben ihr einfach geglaubt, dass sie meine Verlobte ist?«

»Sie zeigte mir ein Foto, auf dem sie sich küssen. Bei Ihnen zu Hause an der Tür. Das machte einen glaubwürdigen Eindruck auf mich. War das nicht in Ordnung, Sir?«

Ich raufte mir die Haare. Das konnte doch alles nicht wahr sein.

»Anna, tun Sie mir nur einen Gefallen. Ab sofort wird niemand mehr hinaufgelassen. Ohne Ausnahme! Bitte schreiben Sie jetzt sofort eine Hausmitteilung an alle.«

»Okay ... bin ich entlassen?«

»Nein, sind Sie nicht. Halten Sie sich einfach an die Regeln.«

Kaum war die Tür zu, platze es aus Matt heraus.

»Alter, du hast Maureen geküsst?«

Ich verdrehte die Augen.

»Was denkst du denn? Natürlich nicht. Das war an dem Tag, als sie euch bei mir zum BBQ eingeladen hat. Erst klingelte sie mich aus dem Bett und ich war viel zu verpeilt, um irgendetwas zu checken. Und dann überrumpelte sie mich auch noch mit dem Kuss.«

Matt atmete erleichtert aus.

»Moment mal. Weshalb bist du jetzt erleichtert? Dachtest du ernsthaft, ich bin an deiner Frau interessiert?«

»Nein Mann, ich bin froh, dass ich mich nicht in dir getäuscht habe.«

»Hast du nicht. Nicht, was mich betrifft. Aber ich habe mich getäuscht oder vielmehr täuschen lassen.«

»Wie meinst du das?«

»Erstens existiert ein Foto von mir und ihr, auf dem wir uns küssen. Irgendjemand muss es ja gemacht haben. Zweitens hat Maureen etwas gesagt, was ich absolut nicht verstehen kann. Sie meinte, sie hätte mich schon einmal verloren. Aber sie und ich, da war nie etwas. Kannst du dir da einen Reim drauf machen?«

»Nein Mann, aber ich glaube, wir kennen jemanden, der es wissen könnte.«

Auf der Fahrt nach Lakewood musste ich Matt fahren lassen. Mein Puls raste und mein Hirn spann die wildesten Intrigen zusammen.

Als Betty die Haustür öffnete, hätte ich sie am liebsten gepackt und gegen die Wand geschleudert, doch Matt hielt mich wohlwissend zurück.

»Brandon? Matt? Was macht ihr denn hier?«

Matt übernahm das Wort.

»Wir müssen dringend mit dir sprechen. Heute ist etwas passiert und …«

Betty riss erschrocken die Augen auf.

»Oh mein Gott, ist mit euch alles in Ordnung?«

Wenn sie diese Reaktion vortäuschte, machte sie das verdammt gut. Ich nahm ihr ihre Sorge fast ab.

»Es ist niemand verletzt worden, noch nicht jedenfalls, aber wir müssen reden. Können wir reinkommen?«

»Selbstverständlich.«

Sie machte einen Schritt beiseite und folgte uns in die Küche.

»Wie gut kennst du Maureen, Betty?«

»Du meinst deine Frau?«

Matt nickte und Betty setzte an, ihm zu antworten.

»Nicht sehr gut, aber …«

Ich sah rot und brüllte los.

»Hör doch endlich auf zu lügen, du hast doch bereits zugegeben, mit ihr gemeinsame Sachen gemacht zu haben.«

Plötzlich änderte sich ihr Gesichtsausdruck. Ihre Augen formten sich zu wütenden Schlitzen und die Falte an der Nasenwurzel warf einen tiefen Schatten.

»Jetzt ist es aber mal gut, Brandon Harper! Du lässt mich jetzt endlich mal ausreden. Die ganze Zeit wollte ich dir schon davon erzählen, aber du bist ja besessen davon, dass ich dir dein Leben weggenommen habe. Nicht ich bin das Problem, sondern Maureen. Maureen hat mich euer ganzes letztes Highschooljahr erpresst. Ich musste schlimme Dinge tun, weil ich mich so gefürchtet habe. Sie war besessen von der Vorstellung, dass ihr ein Paar werdet. Wenn ich nicht tat, was sie verlangte, wurde ich gedemütigt oder verprügelt. Sie hat mich bestohlen und mich wie ihre Sklavin gehalten. Und das vor allen Schülern und Lehrern und niemandem ist jemals in den Sinn gekommen, sie aufzuhalten.«

»Warum hast du nie etwas gesagt?«

»Anfangs habe ich es mehrfach versucht. Aber für dich war ich wir ein Pickel auf der Stirn. Du hast mich nicht einmal ansehen können. Hast die Straßenseite gewechselt, wenn du mich gesehen hast. Bist nicht einmal mit mir in einem Auto oder Bus gefahren. Du hast mich gehasst. Und später steckte ich schon viel zu tief in der Sache drin. Niemand hätte mir geglaubt, dass ich das nicht gewollt habe. Außerdem drohte sie damit, dass sie dir davon erzählen würde, was ich alles getan habe.«

»Was war mit dem Video? Und diesem Erpresserbrief?«

»Das war meine letzte Chance mich zu bewähren. Sie wollte unbedingt mit dir auf den Abschlussball gehen. Ich habe sie und ihre Freundin aber zufällig belauschen können. Sie war irgendwie an eine Sexdroge gekommen und wollten dich auf ein Hotelzimmer schleppen. Der Plan war, von dir schwanger zu werden und in das Hotelimperium einzuheiraten. Nicht einen Tag wollte sie arbeiten, meinte sie. Maureen jagte mir solche Angst ein, dass ich dabei mitgemacht habe. Sie zwang mich diesen Brief zu schreiben und dich mit dieser Lüge, dass ich dich beim, du weißt schon, gefilmt habe, zu erpressen. Aber du bist einfach nicht hingegangen, was gut war, aber für mich den Todesstoß bedeutete. Aber es kam nichts. Wochenlang irrte ich umher wir ein

Geist und traute mich nicht mehr, aus dem Haus zu gehen. Doch irgendwas brachte sie damals von mir ab und ich weiß bis heute nicht was.«

Matt meldete sich zu Wort.

»Ich kann dir sagen, was sie abgehalten hat. Oder vielmehr wer. An diesem Abend des Abschlussballs bin ich mit Corinne Meyers hingegangen. Wir waren damals bereits einige Monate ein Paar und ich nahm mir vor, sie an diesem Abend zur Frau zu machen, wenn ihr wisst, was ich meine. Wir tanzten, hatten Spaß und dann ging sie auf Toilette. Als sie wiederkam, schrie sie mich entsetzt an, dass sie wüsste, was ich von ihr wollte. Sie machte mit mir Schluss und ging. Dabei hatte ich überhaupt gar kein Geheimnis daraus gemacht, dass ich mehr wollte. Ich bin davon ausgegangen, dass sie kalte Füße bekommen hat. Corinne war kaum aus der Tür raus, da kam Maureen zu mir und bezirzte mich. Ihre Zunge steckte mir im Hals, bevor unser erster Tanz vorbei war. Die Nacht mit ihr war der absolute Wahnsinn und wir blieben danach einfach zusammen.«

»Du meinst, du hast Brandon quasi ersetzt?«

Matt machte ein pikiertes Gesicht.

»Sieht ganz so aus.«

Betty sah verstohlen zu mir rüber und sofort wieder zu Boden, als sich unsere Blicke trafen. Ein furchtbar schlechtes Gewissen überkam mich, weil ich ihr so viel Böswilligkeit zugetraut hatte. Hätte mir Maureen nicht selbst solch eine Angst eingejagt, würde ich vermutlich immer noch glauben, dass Betty einfach nur die Wahrheit sagen sollte. Dabei musste ich mir bereits eingestehen, dass es äußerst schwierig sein konnte, seine Mitmenschen über gewisse Dinge in Kenntnis zu setzen. Und das lag nicht immer nur am mangelnden Vertrauen.

»Was ist denn heute eigentlich passiert?«

Matt und ich tauschten vielsagende Blicke aus, bevor ich Betty auf Stand brachte.

Noch in der Nacht packten wir die nötigsten Sachen von Carmen und Betty zusammen und wurden von Matt ins Hotel gebracht. Keinem war mehr wohl bei dem Gedanken, die zwei Frauen hier allein im Haus zu lassen. Matt schlief ein paar Stunden bei mir, bis er sich am kommenden Morgen auf den Weg zum Bohrfeld machte. Zuerst wollte er gar nicht fahren, aber Betty hatte gewiss Recht mit ihrer Annahme, dass Maureen sofort merken würde, wenn etwas anders verlief, als sie erwartete. Für sie hatte Matt am Sonntag die Stadt verlassen, also sollte er auch dort sein, wo sie ihn vermutete. Leider verpasste er Penny durch die Verzögerung, war aber zuversichtlich, dass sie sich bald wiedersehen konnten. Betty erzählte Carmen, dass ein Gasleck entdeckt worden war und alle evakuiert werden mussten. Die Arme hatte so viel Schmerz- und Schlafmittel in sich, dass sie nichts davon infrage stellte und alles überschlief.

Nach dem Daily am nächsten Morgen im Hotel, fühlte ich mich etwas sicherer. Ich verpackte meine Panik in eine allgemeine Bitte gegenüber des Personals zur Achtsamkeit und verwies auf Annas Hausmitteilung. An den Fahrstühlen stellte ich einen Pagen auf, um die Gäste sicher in ihre Stockwerke zu begleiten. Da ich mich im Büro nicht mehr wohlfühlte, verabredete ich mich mit Betty in meinem Zimmer.

»Hast du was von Matt gehört?«

»Ja, er ist gut gelandet und wurde von seinem Team gleich mit einem Eimer Öl begrüßt.«

»Das freut mich … also, nicht das mit dem Öl.«

»Schon gut, ich weiß, was du meinst.«

»Ich beneide dich um Matt, weißt du das? Mir fehlte immer eine gute Freundin oder ein guter Freund. Es muss schön sein, jemanden zu haben, dem man alles anvertrauen kann, egal wie schlimm es ist und erst recht die schönen Dinge im Leben. Nach Rons Tod war ich doch recht einsam. Mit ihm konnte ich vieles besprechen und er auch mit mir. Mit Mom ist es ähnlich, aber nicht mehr lange …«

»Ihr geht es schlechter, oder?«

Sie nickte schwach und begrub ihr Gesicht in ihren kleinen Händen. Ihre Schultern bebten. Und da kam es wieder hoch, das Gefühl, diese zierliche Frau vor allem Übel in der Welt beschützen zu wollen. Meine Arme umschlangen sie, doch ihr Körper versteifte sich vor Schreck. Eine Reaktion, die mir signalisierte, einiges zwischen uns klarstellen zu müssen.

»Es tut mir leid, dass ich dir nicht zugehört habe, Betty. Es tut mir leid, dass ich damals nicht gemerkt habe, wie schlecht es dir ging. Und es tut mir verdammt leid, dass ich dich dafür verantwortlich gemacht habe, nach Chicago gegangen zu sein und alle Zelte in Denver abgebrochen zu haben. Das war meine Entscheidung und ich muss mit den Konsequenzen leben. Für mich bedeutete das unter anderem, dass ich mich um den verbleibenden Teil meiner Familie kümmern werde.«

Betty sah mich fragend an, denn sie wusste, dass ich damit nur sie meinen konnte, denn meine Eltern und Großeltern waren alle verstorben.

»Du hast mich in Aspen mal gefragt, was das zwischen uns ist.«

Sie stimmte mir mit einem Kopfnicken zu.

»Ich kann es dir immer noch nicht beantworten, aber ich möchte es herausfinden … wenn du es auch willst, versteht sich.«

»Aber du hast doch erst kürzlich gesagt, du möchtest mich nie wiedersehen? Und ich habe all die furchtbaren Dinge getan. Wie kannst du dir sicher sein, dass du mir je wieder vertrauen kannst? Meinst du nicht, es würde bei jedem Streit nicht wieder alles hochkommen? Jetzt, wo endlich alles gesagt ist, möchte ich ein für alle Mal damit abschließen.«

»Das verstehe ich und wenn die Sache mit Maureen vom Tisch ist, was hoffentlich in Kürze der Fall sein wird, möchte ich in Aspen ganz neu durchstarten. Gemeinsam mit dir. Und ich möchte nie wieder an all den Mist denken. Und wenn mir doch mal aus Versehen etwas rausrutschen sollte, dann darfst du mich gern bestrafen.«

»Bestrafen? Wirklich?«

Ich lächelte bestätigend.

»Ich darf mir etwas ausdenken?«

»Was dir in den Sinn kommt.«

»Du hast gesagt, dass du in mich verliebt bist.«

»Ja, daran kann ich mich erinnern.«

»Zeigst du mir, wie sehr?«

Fast verlor ich mich in ihrem fragilen Blick, dass man

es als Zögern missverstehen hätte können. Dabei kam ich nur allzu gern der Beantwortung dieser süßen Frage nach. All meine Gefühle legte ich in diesen Kuss. Betty war die erste und letzte Frau, die ich auf diese Weise küssen würde, und dass ich in sie verliebt war, glich einer gnadenlosen Untertreibung. Ihre bloße Anwesenheit setzte Unmengen an Glückshormonen in mir frei. Der Klang ihrer Stimme traf mich mitten ins Herz, und wenn sie mich küsste, glich das dem Moment, wenn sich Meer und Sonne berührten. Es wäre unsinnig gewesen, länger dagegen anzukämpfen, zumal es Vaters Wunsch gewesen war, dass wir aufeinander aufpassen. Doch dafür sah ich nur zwei Möglichkeiten: Ganz oder gar nicht. Mit allen Konsequenzen.

»Brandon?«

Mich von ihr zu lösen, fiel mir schwer.

»Hm.«

»Wir müssen damit jetzt aufhören. Es gibt viel zu besprechen.«

Ein ärgerliches Stöhnen formte sich in meiner Kehle. Ich konnte Maureen noch nie leiden, doch mit dieser perfiden Nummer und alle den Dingen, die sie uns bereits als Jugendliche angetan hatte, stand sie ganz weit oben auf der Liste der abscheulichsten Personen, die ich kannte. Wer sich das Leid anderer Menschen zunutze machte, um seine Gier zu stillen, und dafür gegen Regeln und Gesetze verstieß, gehörte bestraft.

»Wann kommen sie?«

»Sie sind bereits da. Ich habe Percy gerade eingeweiht, aber der Rest weiß von nichts. Alle denken, dass eine neue Sicherheitsanlage installiert wird. Sobald in der Empfangshalle alles vorbereitet ist, kommen sie hinauf.«

Dass es in diesem Moment an der Tür klopfte, ließ mich vor Schreck zusammenfahren. Betty schloss ihre Hände um mein Gesicht und gab mir einen Kuss.

»Das sind Profis. Alles wird gut, Brandon.«

Ich nickte, verschwieg jedoch, dass ich die Hosen voll hatte, bevor es überhaupt losging. Sie ging zur Tür und ließ das vermeidliche Paar in mein Zimmer.

»Mr. Harper, ich bin Detective Johnson und das ist meine Partnerin Officer Harly.«

Wir begrüßten uns und ich wusste, dass es nun kein Zurück mehr gab.

»Nachdem sie heute Nacht auf dem Revier angerufen hatten und von der gestohlenen Waffe erzählten, hielten wir es für das Beste, nicht zu viel Zeit verstreichen zu lassen. Mrs Brody scheint den Ausführungen von Ms. Harper nach, ein stark gewalttätiges Potential zu besitzen. Ich bin erleichtert, dass sie für uns den Köder spielen werden, dann können wir heute Nachmittag wieder gemütlich unseren Kaffee genießen und alles ist vergessen. Machen Sie sich keine Sorgen, wir sind direkt nebenan, und unten im Salon, werden nur Polizisten in Zivil sein. Ihre Gäste werden zu keiner Zeit in Gefahr sein. Jetzt sichern wir sie noch und dann wird es Zeit für den Anruf.«

Mir war schlecht und die Anspannung ließ mich am ganzen Körper schwitzen. Über die schusssichere Weste musste ich ein dunkles Hemd und ein dünnes Jackett ziehen, damit man nichts erkennen konnte. Das ließ mich noch mehr schwitzen.

»So, Mr. Harper, Kameras und Mikro sind installiert und sie bestens ausgestattet. So bald etwas auch nur annähernd nicht nach Plan verläuft, schreiten wir ein. Sie können sich auf uns verlassen. Ich habe noch nie jemanden verloren und ich möchte an dieser hervorragenden Statistik nichts ändern.«

Er klopfte mir zuversichtlich auf die Schulter und nickte mir zu. Als die zwei und ihr Team zur Tür hinaus waren, zog ich Betty an mich.

»Wenn das endlich alles vorbei ist, planen wir unser neues Leben.«

»Das klingt wunderbar. Und jetzt lass es uns beenden. Ich bin nebenan.«

Die Stille im Zimmer war kaum zu ertragen. Ich suchte den Kontakt in meinem Smartphone heraus, den Matt mir nachts geschickt hatte und atmete noch einmal tief durch, ehe ich mit zittrigem Finger auf den Anrufbutton drückte. Mit jedem weiteren Tuten verspannte ich mich mehr.

»Brody.«

»Hi Maureen, hier ist Brandon.«

»Brandon! Was für eine Überraschung!«

»Ach wirklich? Gib zu, eigentlich hast du meinen Anruf doch erwartet.«

»Ja, du hast Recht, Darling. Ich nehme an, du möchtest über mein Angebot sprechen?«

»Genau, aber nicht am Telefon. Das sind viel zu wichtige Dinge, die viel verändern werden. Ich möchte das gern persönlich mit dir besprechen.«

»Du meinst, ich soll zu dir ins Büro kommen?«

»Nein, nein. Das ist mir zu unpersönlich, zu geschäftlich. Komm bitte auf mein Zimmer. Die Karte bekommst du am Empfang.«

»Brandon! Ich kann es kaum erwarten. Gib mir eine Stunde.«

Erleichtert darüber, dass sie darauf eingegangen war, noch einmal ins Hotel zu kommen, ließ ich mich aufs Bett fallen. Eigentlich war es doch ganz einfach. Sie wollte mich und jede Menge Geld. Sie war besessen von der Vorstellung, ein Leben mit mir zu führen. Dabei war es meine Aufgabe sie davon zu überzeugen, dass das nur auf Augenhöhe funktionieren konnte. Johnson nutzte die Zeit, um die Fragetaktik mit mir durchzugehen, machte mich aber nur noch verrückter, sodass ich ihn wieder fortschickte.

Nach der längsten Stunde meines Lebens vernahm ich zuallererst gedämpfte Schritte auf dem Flur, die vor der Tür stoppten und mich aus der verkrampften Lauerstellung heraus aufspringen ließen. Trotz Karte klopfte sie, sodass ich ihr die Tür öffnen musste. Es fiel mir schwer, auf ihr freudestrahlendes Lächeln angemessen zu reagieren. So bat ich sie zu allererst hinein, um mich kurz sammeln zu können.

»Also, hier bin ich.«

»Ja … danke, dass du gekommen bist, Maureen. Das hier ist mir wirklich wichtig und ich bin etwas nervös. Sieh es mir bitte nach.«

»Darling, für mich ist das auch nicht einfach. Ich verstehe dich besser, als du denkst, glaube mir.«

Sie schloss die Distanz zwischen uns und war im Begriff, ihre Hand auf meine Brust legen. Gerade noch rechtzeitig gelang es mir, nach ihr zu greifen, und weil mir in der Not nichts Besseres einfiel, presste ich meine Lippen auf ihren wulstigen Mund. Hätte ich mir nicht die ganze Zeit vorgebetet, dass es für einen guten

Zweck war, hätte ich vermutlich würgen müssen. Atemlos und sehr überrascht trat Maureen einen Schritt zurück.

»Du meinst es wirklich ernst?«

»Natürlich, Maureen. Ich weiß noch genau, wie heiß du damals in meinem T-Shirt ausgesehen hast. Ich hätte um dich kämpfen müssen, stattdessen habe ich Matt den Vortritt gelassen. Aber jetzt weiß ich, dass es zwischen euch keine Zukunft mehr gibt und ich kein schlechtes Gewissen deswegen haben muss.«

»Ich bin etwas verwirrt. Gestern hat sich das alles aber ganz anders angehört.«

»Maureen! Hast du gesehen, wie mein Büro ausgesehen hat? Die Kotze im Mülleimer? Mir ging es wirklich dreckig und als du mir dann noch Dads Waffe ins Gesicht gehalten hast, ist mir einfach der Kragen geplatzt. Nimm es bitte nicht persönlich. Ich hätte sogar meine Mutter in diesem Moment angebrüllt.«

»Was ist mit den Fotos, die ich gemacht habe?«

»Du wirst sie nicht verwenden!«

»Was macht dich da so sicher?«

»Das ist einfach zu erklären. Du liebst mich und wirst mir nicht wehtun wollen. Außerdem wird es dem Geschäft schaden und damit unsere Finanzen schwächen. Das wirst du als zukünftige Frau an meiner Seite auf jeden Fall verhindern müssen. Eine simple Gleichung, geht es der Firma gut, geht es uns gut.«

»Das klingt alles viel zu schön, um wahr zu sein.«

Ihr Blick blieb die ganze Zeit über skeptisch und mir gingen langsam die Argumente aus. Wenn ich sie mit Worten nicht überzeugen konnte, dann musste ich zu anderen Mitteln greifen. Ich hoffte nur, dass mir das

Betty verzeihen würde.

»Es gibt ein paar Bedingungen, Maureen. Wir gehen eine saubere Beziehung ein. Das heißt, du kümmerst dich darum, dass das Bildmaterial gelöscht wird und die Waffe, wieder dahin verschwindet, wo du sie hergeholt hast. Außerdem wirst du Matt in Ruhe lassen. Er ist und bleibt mein bester Freund und ich will, dass er glücklich ist, so wie er mir grünes Licht für unsere Beziehung gegeben hat. Entweder es läuft zukünftig harmonisch im Hause Harper ab oder wir lassen das Ganze hier sein.«

»Du hast ja Recht. Ich bin vielleicht etwas über die Stränge geschlagen. Lass mich kurz die Sache mit den Bildern klären.«

Sie griff zu ihrem Telefon in der Handtasche, in der auch die Pistole aufblitzte und mich automatisch versteifen ließ.

»Hallo Marcy, Schätzchen. Kannst du mir einen Gefallen tun? Die Mail, die ich dir gestern geschickt habe, lösche doch bitte alles. … Ja, ich bin wirklich sicher. Ich komme nachher gleich nach Lakewood und erzähle dir alles. Es gibt nämlich etwas zu feiern.«

Die Euphorie in ihrer kratzigen Stimme ekelte mich an. Am liebsten hätte ich sie geknebelt, aber das musste ich jetzt zu Ende führen.

»Das wäre erledigt.«

Sie setzte sich aufs Bett und klopfte einladend auf den freien Platz neben ihr.

»Nicht so schnell. Ich muss sichergehen, dass ich dir vertrauen kann. Du hast die Fotos von der Unfallakte meiner Mutter wirklich nur an diese Marcy geschickt und nicht noch irgendwo ein Backup?«

»Natürlich kannst du mir vertrauen. Ich habe die Fotos nur an sie geschickt. Aber was ist mit dir?«

»Wie meinst du das?«

»Was läuft da zwischen dir und Fatty Betty? Ihr wohnt wieder zusammen!«

»Dafür kann ich nichts. Dad hat ihr die Hälfte des Hauses vererbt. Ich werde sie nicht los.«

»Dann seid ihr kein Paar?«

»Nein! Wegen ihr bin ich schließlich nach Chicago gegangen.«

»Wegen ihr? Sie war der Grund, warum du mich verlassen hast? Aber warum hast du dich mir damals nicht anvertraut? Ich hätte sie fertiggemacht. Dabei war ich doch so kurz davor ... Sie sollte uns näher zusammenbringen, doch bestimmt hat sie die ganze Zeit das Gegenteil getan. Hast du beim Grillen nicht gesehen, wie verliebt sie dich angesehen hat. Beinahe gekotzt hätte ich.«

»Ist mir egal. Aber wie hättest du sie fertigmachen wollen? Ganz allein?«

»Wie immer, nur dieses Mal wäre sie mindestens im Krankenhaus gelandet. Doch das lässt sich ja nun nachholen. Und allein war ich nie. Meine Freundinnen, Marcy und Kim, haben mir immer geholfen. Tun sie heute noch.«

Mit einem diabolischen Grinsen im Gesicht zog sie mich zu sich auf die Bettkante.

»Und jetzt zeig mir, wie ernst du es meinst, Brandon. Ich will dich überall auf meinem Körper spüren.«

Sie unterstrich ihre Worte, indem sie mit der Hand einladend über ihre Flanke strich. Eigentlich hätte ich jeden Moment auf den Einsatz der Polizei gewartet.

Maureen hatte uns jede Menge Material geliefert und auch wer Marcy und Kim waren, ließe sich bestimmt herausfinden. Ahnungslos, worauf das Ganze hinauslaufen sollte, folgte ich Maureens Angebot, auch deshalb, um nicht aufzufliegen. Immerhin schlummerte in ihrer Tasche die Pistole … DAS musste der Grund sein, warum niemand von nebenan eingriff. Sie wussten nicht, wo die Waffe war. Gerade als ich ansetzte das Gespräch noch einmal auf die Pistole zu lenken, ging die Tür auf und Maureen legte in diesem Moment ihre Hand auf meine Brust, direkt auf die Weste. Entsetzt starrte ich zur Tür, in der Carmen stand, die versuchte, das verstörende Bild, was Maureen und ich abgaben, zu verstehen. Der Druck durch Maureens Hand auf der Brust ließ meinen Kopf wieder rumreißen, doch griff sie da bereits nach der Waffe in ihrer Tasche. Alles ging furchtbar schnell. Maureens verrückte Schreie vermischten sich mit Bettys, die sich auf ihre Mutter stürzte, und dem Gebrüll von Detective Johnson. Ein ohrenbetäubender Knall. Und schließlich hörte ich gar nichts mehr. Ein monotoner Piepton überlagerte das Geschehen, in dem Betty und Carmen zu Boden gingen. Mein Mund formte ein tonloses ›Nein!‹.

Upgrade für Fortgeschrittene

Die Kirche war bis auf den letzten Platz besetzt. Freunde, ehemalige Kollegen und natürlich ihre Familie, zu der auch ich mich zählte, nahmen Abschied. Überdies kam ein Teil des Einsatzteams von Detective Johnson, um ihr die letzte Ehre zu erweisen. Obwohl es bereits vier Wochen her war, saß der Schock noch immer tief. Albträume suchten mich heim und bei jedem Knall, der sich nach einem Schuss anhörte, zuckte ich zusammen. Sicher ging es den anderen Beteiligten ähnlich.

Die Beweisaufnahme und der Pathologe beanspruchten ihre Zeit. Nun aber konnten wir uns endlich verabschieden und um Vergebung bitten.

Was an diesem Tag vier Wochen zuvor geschehen war, konnte ich erst nach und nach begreifen. Im Krankenhaus und auch auf der Polizeistation, gingen wir diesen Moment zig Mal durch. Auch den Mitschnitt ließ ich mir zeigen. Es hätte ebenso gut eine Szene aus einem Actionfilm sein können. Besonders den Augenblick, in dem unser tollkühner Plan eskaliert war, verdrängte ich.

»Hey Bro, meinst du, du schaffst das heute?«

»Danke, Matt. Das ist das Mindeste, was ich jetzt

noch für sie tun kann. Zusammenbrechen kann ich später.«

»Brandon, du kannst überhaupt nichts dafür. Niemand hätte ahnen können, dass das passiert. Du hast Maureens Aussage gehört. Sie dachte, die Pistole wäre nicht geladen. Dass im Lauf noch eine Patrone steckte, war ein tragischer Umstand.«

»Ein tragischer Umstand, der ein Menschenleben gekostet hat.«

Matt rang um Fassung und sah auf seine unruhigen Finger.

»Sie wird ihre gerechte Strafe bekommen, aber denke bitte daran, dass meine Kinder am allerwenigsten dafürkönnen, nun aber ohne ihre Mutter groß werden müssen.«

Ich war kurz davor zu antworten, dass er darüber eigentlich froh sein sollte und Maureen kein gutes Vorbild für sie war, doch schluckte ich diese fiese Bemerkung hinunter. Im nächsten Augenblick setzte der Gospel Chor ein und der Anfang vom Abschied begann.

Percy hielt im Namen der Belegschaft eine wundervoll berührende Rede und auch Reverend Gordon brachte das, was wir besprochen hatten, einfühlsam und respektvoll, zum Ausdruck.

Ich musste mich stark zusammenreißen, um nicht erneut in Tränen auszubrechen, als Bettys Stimme erklang. Das irische Volkslied, das sie für ihre Mutter sang, erinnerte mich an den Abend im Garten, als Betty das Lied nicht singen wollte, weil es sich in einer Kirche viel besser machte. Dass sie es Carmen wenig später auf deren Beerdigung vorsang, war an Tragik nicht mehr zu überbieten.

Was Betty anging, stand ich in engem Austausch mit ihrer Ärztin. Der emotionale Stress hätte zu einem Schub führen können, der bislang ausgeblieben war. Vielleicht war Betty doch stärker, als alle dachten. Dr. Yung vermutete außerdem, dass unsere Beziehung ihr die notwendige Sicherheit und ebenso Halt und Stabilität gab. So schuldig ich mich auch für den Tod ihrer Mutter fühlte, so sehr wollte ich Betty durch diese schwere Zeit helfen.

An Arbeit war in den vergangenen Wochen nicht zu denken. Beim Zusammenpacken von Carmens wenigen Habseligkeiten beschlossen wir, das komplette Haus zu räumen. Die Ablenkung tat uns beiden gut und glich gewissermaßen einer Beschäftigungstherapie. Bevor uns die Nachricht über die Freigabe des Leichnams erreichte, begannen wir das Haus in Lakewood zu entrümpeln. Der dritte und letzte Container war bereits gefüllt und abgeholt. Alles, was an Erinnerungen blieb, passte in den Tahoe und wartete vor der Kirche darauf, mit uns nach Aspen zu fahren. Carmen hatte ihrer Tochter gegenüber erwähnt, dass sie neben ihrer Schwester und ihren Eltern in Boulder begraben werden wollte. Reverend Gordon tat sein Möglichstes, Carmen diesen letzten Wunsch in der Kürze der Zeit zu erfüllen.

Gefasst stieg Betty von der Kirchenbühne und nahm neben mir Platz. Ihre Finger mit den meinen verschränkt zu sehen, ließ mein Herz zur Ruhe kommen. Auch wenn aufgrund der jüngsten Ereignisse nicht daran zu denken war, an unserem Liebesleben zu arbeiten, wussten wir, dass wir uns in schweren Momenten aufeinander verlassen konnten.

Da die meisten Gäste aus Denver kamen, hatten wir das Angebot angenommen, den Leichenschmaus im Gemeindesaal stattfinden zu lassen. Die Organisation übernahm zufällig eine alte Schulfreundin von Carmen, die in Boulder ein Bistro führte. Umso liebevoller war das Buffet angerichtet, welches uns erwartete. Während ich immer mehr den Drang verspürte, das Ganze endlich hinter mir zu lassen, saugte Betty interessiert alle Geschichten der Schulfreundin ihrer Mutter auf.

Irgendwann zog mich schließlich Matt zur Seite, um sich zu verabschieden.

»Hey Mann, ich muss los, Penny von den Twins erlösen. Es war eine schöne Beerdigung, wenn man das so sagen kann.«

»Ja, das fand ich auch. Kommt Penny denn zurecht damit, dass ihr plötzlich zu viert seid?«

»Gott sei Dank hat sie eine große Familie und ist halbwegs daran gewöhnt. Aber bald hätte es ohnehin Kindergeschrei im Haus gegeben.«

Es brauchte ein paar Windungen, ehe ich checkte, was er mir damit sagen wollte. Er strahle übers ganz Gesicht und ich konnte nicht anders, als mich mit ihm zu freuen.

»Wie lange schon?«

»Ach, noch nicht lange. Es ist quasi gerade erst passiert. Aber da sie unter einem Gerinnungsdefekt leidet, hat sie unseren Fortpflanzungsversuch ärztlich begleiten lassen. Wir wissen es also seit Tag acht. Und das Timing könnte nicht besser sein. In drei Monaten darf ich vor den Scheidungsrichter. Und dann werde ich

Penny zu meiner Frau machen.«

Er rieb sich erfreut die Hände.

»Du denkst hoffentlich daran, uns einzuladen!«

Wir beide sahen zu Betty, die tief im Gespräch mit Reverend Gordon steckte und einfach hinreißend aussah.

»Du machst wohl Scherze. Wenn du nicht kommst, habe ich keinen Trauzeugen.«

»Echt jetzt? Du willst mich als Trauzeugen?«

»Sicher Mann! Ich habe dich doch schließlich schon einmal gefragt.«

»Schon, aber ich habe abgelehnt.«

»Ja, aber wegen Maureen und nicht wegen mir … hoffe ich doch.«

»Blödmann, natürlich wegen dir.«

Wir umarmten uns und ich verabschiedet ihn auch im Namen von Betty.

Johnson war zu meiner Überraschung noch da und nutzte die Gelegenheit, mich allein anzutreffen.

»Mr. Harper, ich wollte mich bei Ihnen für die Einladung bedanken. Nach allem, was passiert ist, hätte ich damit nicht gerechnet. Es war eine wirklich schöne Trauerfeier.«

»Danke, aber das haben sie Bettys Großmütigkeit zu verdanken. Ich wäre dazu noch nicht bereit gewesen. Dennoch bin ich froh, dass sie gekommen sind. Wie ich hörte, kämpfen auch sie mit den Nachwehen des Einsatzes.«

»In der Tat. Man hat mich während der Aufklärung des Falls freigestellt. Hätte man es darauf angelegt, wäre sicher mein Kopf gerollt. Das hätte sich als Verfahrensfehler auf das Strafmaß der Angeklagten niedergeschlagen und schlechtesten Falls für einen Freispruch gesorgt. Ich habe die Schuld an der Sache auf mich genommen und bin versetzt worden. Meine jahrelange, tadellose Arbeit bei der Kriminalpolizei ist mir dabei zugutegekommen und hat mir den Arsch gerettet.«

»Darf ich fragen, was sie jetzt machen?«

»Sicher, ich werde mich in Zukunft um die ungelösten Fälle der letzten dreißig Jahre in Denver kümmern. Dabei bringe ich jedenfalls niemanden mehr in Gefahr.«

Seine Aussage zeigte mir, dass Carmens Tod ihm schwer zusetzte. Durch Officer Harly wusste ich bereits, wie sehr er darum gekämpft hatte, dass der Fall dem Richter vorgelegt wurde.

»Seien Sie nicht so hart zu sich, Detective. Wir können nicht mehr rückgängig machen, was geschehen ist. Aber wir können das Beste daraus machen.«

»Das kann ich nur zurückgeben, denn am wenigsten Schuld an alledem habe Sie, Mr. Harper. Ich werde jetzt gehen. Alles Gute für Sie und Ms. Harper.«

***

»Kaum zu glauben, dass morgen schon die Möbel kommen. Die Tapeten sehen so viel schöner aus und schau dir den Empfangstresen an. Hast du mal darübergestrichen? Glatt wie ein Babypopo.«

Betty schwebte durch den Salon, der in den neuen Farben viel größer wirkte. Der Innenarchitekt riet uns zu einer Spachteltechnik, welche die Wände glänzen ließ. Ich war froh, dass mich Betty bei dieser Entscheidung überstimmt hatte. Wir spielten mit der Grundfarbe Weiß, die mit dunkelgrauen und goldfarbenen Akzenten aufgepeppt worden war. Das warme Licht der Kronleuchter und Wandlampen spiegelte sich in den Goldtönen der Mosaikfelder, die sich überall im Raum wiederfanden. Der edle Walnussboden und passende Wandelemente harmonierten perfekt mit dem Rest. Auch der Empfangstresen, auf dem sich Betty entzückend rekelte, war am Fuß aus Walnussholz gezimmert und wechselte nach oben hin von Weiß zu Gold. In die Platten der Tische, die am nächsten Tag geliefert werden sollten, und auch im Zentrum des Salonbodens sollten goldene Mosaikfliesen eingearbeitet werden. Auflockerndes Grün berücksichtigten wir durch Aufhängen unzähliger Blumenampeln über dem Loungebereich.

Seit der Rückkehr nach Aspen vor gut zwei Monaten waren wir nicht mehr in Denver gewesen, um uns voll und ganz der Neueröffnung des Hotels zu widmen. In die Dailys schaltete ich mich via Skype und verließ mich ansonsten auf Percy.

Vor vier Wochen hatte ich schließlich mit der Einsatzplanung begonnen. Das Hauspersonal stand für das erste halbe Jahr fest und am nächsten Abend würden wir uns mit einem jungen Restaurantchef aus Aspen treffen, um hoffentlich die Zusammenarbeit für vorerst zwei Jahre zu besiegeln.

Betty kam auf mich zu und legte ihre Arme um meinen Nacken.

»Was grübelst du schon wieder?«

»Wenn das mit Aaron nichts wird, können wir kein Frühstück anbieten. Das Haus ist mit Eröffnungstermin wochenlang ausgebucht, und zwar MIT einem

Frühstücksangebot. Es soll alles perfekt werden und …«

»Schluss jetzt! Hör auf, dich verrückt zu machen. Ich habe dir schon gesagt, dass Maggie und ich das übernehmen würden, bis wir jemanden gefunden haben. Und jetzt wird es Zeit, dass wir aufbrechen, sonst wird es zu spät.«

Sie war schon den ganzen Tag aufgekratzt wegen dieser Überraschung, die sie für mich geplant hatte. Leider wollte sie mir keinen Hinweis geben, und so war auch ich mehr als gespannt darauf. Wären wir mit einem Rucksack losgezogen, hätte ich sofort geahnt, wohin sie wollte. Stattdessen tarnte sie es als nicht enden wollenden Spaziergang. Da Betty einen anderen Weg nahm, als den, den ich kannte, kam ich ihr auch erst auf die Schliche, als ich sie zwischen den Espenstämmen wiedererkannte. Die Hütte. Hier trafen wir uns das erste Mal unter eher unschönen Voraussetzungen und nun schloss sich der Kreis. Da es bereits dämmerte, als wir die Hütte erreichten, war das lodernde Feuer im Kamin gut zu erkennen. Verblüfft sah ich in ihr schmunzelndes Gesicht.

»Wie …?«

»… ich hatte Hilfe. Lass uns hineingehen, bevor wir gefressen werden.«

Unglaublich, was uns in der Hütte erwartete. Dass wir dort übernachten mussten, war mir bereits beim Einsatz der Dämmerung klar gewesen. Doch mit einer Kissenlandschaft vor dem offenen Kamin und einem Tisch aus alten Holzkisten, auf dem unser Abendbrot angerichtet war, hatte ich nicht gerechnet.

»Wow, Betty! Die Überraschung ist dir gelungen.«

Sie schloss die knarrende Tür hinter uns und griff nach meinen Händen.

»Du hast gesagt, du möchtest einen Neustart, Brandon. Was wir die letzten Wochen gemeinsam alles auf die Beine gestellt haben, ist unglaublich. Dass wir zwei so gut zusammenarbeiten, hätte ich niemals für möglich gehalten. Vor einem halben Jahr haben wir uns hier oben getroffen und daran habe ich keine schöne Erinnerung. Deshalb möchte ich, bevor uns das Hotel fest im Griff hat, diesen Abend nutzen, um uns eine neue, schönere Erinnerung zu schaffen.«

Während sie mir ihre Beweggründe dahinter offenbarte, ärgerte ich mich, dass ich nicht selbst darauf gekommen war. Dafür war es jetzt genau so, wie sie es sich vorstellte.

»Das ist eine ganz wundervolle Idee.«

Sie lächelte und ging zur Küchenzeile. Dort stand mein altes Kassettenradio, welches sie anschaltete und schon füllte Whitney Houstens Stimme den kleinen Raum. Ertappt grinste ich.

»Eigentlich hatte ich das alles in den Container geschmissen.«

Wir begannen ein kleines Schaukeln zu der sanften Melodie.

»Ja, genau dort habe ich diesen Schatz gefunden. Wusstest du, dass man diese großen Batterien dafür noch kaufen kann?«

»Ich wusste ehrlich gesagt gar nicht, dass man das Radio auch ohne Netzstecker benutzen kann.«

»Und ich wusste bis dahin noch gar nicht, wie romantisch du sein kannst.«

Fragend sah ich sie an.

»Na, ich meine diese Kassette, die wir hören. Die habe ich zwischen der ganzen Rockmusik gefunden.«

»Keine Ahnung, woher die kommt. Gehörte bestimmt Matt.«

Wir lachten, weil das noch weniger vorstellbar war. Es war sogar ziemlich wahrscheinlich, dass es meine Kassette war. Aber dieses Geheimnis würde ich mit ins Grab nehmen, um meinem Ego nicht zu schaden.

»Was hältst du davon, wenn wir uns gemütlich vor das Feuer setzen und etwas essen?«

Ohne meine Reaktion abzuwarten, zog sie mich schon auf die Kissen neben uns. Betty griff nach einer Schale, die am Kamin stand und tauchte eine Erdbeere hinein, um sie mir in den Mund zu stecken. Zuerst schmeckte ich nur die Süße der geschmolzenen Schokolade gefolgt von der Frische der Erdbeere. Und als Betty schließlich zu lächeln begann, war mir klar, dass sie auf eine Reaktion von mir wartete. Ein leichtes Prickeln breitete sich auf meiner Zunge aus und verwandelte sich in eine angenehm brennende Wärme.

»Ist da Chili drin?«

»Mhm.«

»Passt sehr gut zusammen. Jetzt du!«

Dieses Mal führte ich eine Erdbeere zwischen ihre Lippen. Ein Schokoladentropfen schaffte es nicht in ihren Mund und blieb an ihrer Unterlippe hängen. Ein Umstand, den ich ausnutzten musste, um meinen Mund auf ihren zu pressen. Sie schloss die Augen und genoss meine Liebkosung.

»Warte, noch nicht.«

Dennoch keuchte sie.

»Schade.«

Sie griff nach einem frittierten Bällchen und tunkte dieses in ein rotes Gelee. Die Säure der dunklen Beeren prickelte auf der Zungenspitze. Zusammen mit dem Muskat-Kartoffel-Bällchen ergab das eine Geschmacksexplosion in meinem Mund.

»Oh mein Gott, das ist genial. Wer hat das alles gemacht. Du etwa?«

»Sssscht. Nicht reden. Nur genießen.«

»Jawohl, Ma'am.«

Sie schloss die Augen beim Kauen und führte mir vor, wie man sich diesem Genuss richtig hingab. Am liebsten wäre ich über sie hergefallen, überließ ihr aber weiterhin die Regie für diesen Abend. Betty öffnete ihre wunderschönen Augen, in denen sich die Flammen vom Kamin spiegelten.

»Du hast recht. Es ist besser als erwartet.«

Gerade wollte ich mich darüber echauffieren, dass sie reden durfte, aber ich still sein sollte, da fühlte ich ihren Finger auch schon auf den Lippen.

Betty beugte sich noch einmal zum Kamin und zauberte eine helle, kleine Kugel hervor, schnitt diese in der Mitte auf und klappte die dampfenden Hälften auseinander. Mit dem Messer entnahm sie aus einer kleinen Schale etwas und strich es auf die Halbkugeln. Eine Hälfte schob sie mir in den Mund, die andere sich selbst. Göttlich! Die Trüffelbutter zerschmolz mit dem weichen warmen Brötchen auf meiner Zunge und formte sich zu einer geschmacklichen Sinfonie. Betty griff nach einer Flasche, die in einem Eimer hinter uns steckte und drückte den Schnappverschluss mit beim Daumen auf und ließ den Druck mit leisem Zischen entweichen. Die hellgelbe Flüssigkeit schäumte beim

Eingießen in die Gläser über und hinterließ kleine Flecken auf dem rotkarierten Tuch.

»Ich möchte mit dir anstoßen, Brandon.«

»Worauf stoßen wir an?«

»Auf die besonderen Momente in unserem Leben, die auf diesen heute Abend noch folgen werden. Ich weiß nun, dass ich mit dir gemeinsam alles schaffen kann. Dass ich meine Dämonen in Schach halten kann. Dass ich die schrecklichsten und traurigsten Momente durchstehen kann. Und vor allem weiß ich, dass ein Leben auf mich wartet, das lohnenswert ist, zu leben, weil ich es mit dir leben kann.«

Mit jedem ihrer Worte schnürte es mir mehr die Kehle zu. Diese kleine, zarte Frau brachte mich dazu, vor Glück zu weinen und gleichzeitig die größte Wärme tief im Herzen zu spüren. Und sie brachte mich dazu, jenes offen heraus zu sagen, was ich ohnehin die ganze Zeit über schon wusste.

»Ich liebe dich, Elisabeth Harper. Und daran wird sich niemals etwas ändern.«

Wir nippten einen Schluck der süßen Holunderbrause. Ich nahm ihr das Glas ab und stellte es mit meinem zusammen auf den Holzkisten ab. In diesem Moment lag all der Schmerz der letzten Monate, aber auch das Versprechen auf eine bessere Zukunft, die wir gemeinsam gestalten würden.

Mit dem Daumen wischte ich ihre Tränen von den Wangen und zog sie für einen sanften Kuss an mich. Doch dieses Mal blieb es nicht nur bei einem Kuss. Sie drückte mich in die Kissen und setzte sich auf meinen Schoß. Ihre Küsse wurden fordernder, genau wie ihre Hüften, die auf mir zu kreisen begannen und Blut in meine Mitte strömen ließen. Betty unterbrach unser Zungenspiel und setzte sich auf, um die Knopfleiste ihrer Bluse zu öffnen. Spätestens da wurde mir klar, was sie im Schilde führte. Angeregt sah ich ihr zu, wie sie ihre Bluse abstreifte und den BH löste. Allein der Anblick hätte beinahe genügt, um mich kommen zu lassen. So viele Gelegenheiten gab es seither zwischen uns, bei denen ich mich danach gesehnt hatte, mehr zu dürfen, als nur zu küssen und zu kuscheln. Nun war es soweit. Der Moment war perfekt. Mit den Fingerspitzen glitt ich an ihren Armen empor, am Schlüsselbein entlang und kreiste zärtlich über ihre Brüste. Der Anblick, wie sich ihre Brustwarzen unter meinen Berührungen aufstellten, ließ mich aufstöhnen. Betty warf ihren Kopf in den Nacken und keuchte erregt. Sie umfasste meine Hände und dirigierte die Bewegungen. Rhythmisch zur Massage ihrer prallen Rundungen massierte sie mit ihrem Schoß meine Erektion. Ich setzte mich auf und kostete von ihrem hellrosa Fleisch. Ließ meine Zunge um ihre Knospen kreisen und saugte mal sanfter, mal fester. Berauscht von dem Gefühl in mir packte ich sie und tauschte mit ihr den Platz, sodass sie unter mir lag. Schnell zog ich mein Hemd aus und widmete mich wieder ihren sinnlichen Lippen, ihrer Zunge, ihrer zarten Haut an Hals und Schlüsselbein. Küsste ihren Busen und wanderte langsam hinunter, überwand dabei den Bauchnabel, bis hin zum empfindlichen Teil darunter. Sie hob ihren Po an und signalisierte mir, sie von ihrem Rock zu befreien. Als ich dabei aus Versehen auch ihr Höschen erwischte, juchzte sie erschrocken auf.

»War doch sowieso nur eine Frage der Zeit.«

Betty lächelte und ich setzte meine Liebkosungen fort. Eine heiße Spur auf Hüften und Oberschenkeln hinterlassend, wagte ich mich weiter vor. Doch hielt sie mich dieses Mal nicht auf, sondern rekelte sich angetan unter mir. Selbst ich, der in Dingen wie Körpersprache nicht besonders bewandert war, deutete das als ein unmissverständliches Angebot, fortzufahren. Bereits der erste heiße Atemstoß auf ihrer Scham, ließ sie aufbäumen. Sie war unmittelbar davor zu kommen, sodass es nur weniger Küsse und Zungenschläge bedurfte, um ihr einen intensiven Höhepunkt zu bescheren. Sie dieses erste Mal so gelöst zu erleben, werde ich niemals vergessen. Ihre Lustschreie hallten in meinen Ohren wider, und ihr Geschmack auf meiner Zunge war die vierte, grandiose Zutat nach Chili, Muskat und Trüffel. Fasziniert zog ich mit den Augen jede Linie ihres porzellanfarbenen Körpers nach. Verfolgte das Heben und Senken des Brustkorbs, das sich nach und nach verlangsamte. Bevor sie ihre Lider öffnete, zog sie mich an sich.

»Jetzt erst verstehe ich es. Das war so, so …«

»… unglaublich sexy.«

»… unerwartet suchterregend.«

»Das will ich doch hoffen. Wir haben ein langes Leben vor uns, was mit vielen Orgasmen gefüllt werden will.«

»Wenn alle so sind wie dieser, dann kann ich kaum den nächsten erwarten.«

»Das hört sich ja so an, als ob die anderen nicht so befriedigend waren.«

»Welche anderen?«

Überrascht setzte ich mich auf.

»Du meinst, du hattest noch keinen einzigen Höhepunkt zuvor?«

»Nein, wie auch? Du bist der erste …«

Sie stockte und mir wurde bewusst, dass sie sich deshalb die ganze Zeit so zurückhaltend verhalten hatte. Sie war noch nie mit einem Mann zusammen, und vermutlich wollte sie sich ganz sicher sein, bevor sie … Ich lachte gelöst.

»Oh, meine kluge, wunderschöne Betty. Womit habe ich dich nur verdient?«

Der folgende Kuss war wesentlich inniger, leidenschaftlicher, ungestümer als die Küsse zuvor. Diese Frau machte mich so unendlich glücklich, indem sie mir ihren Körper anvertraute, mir ihre Liebe schenkte.

Ich führte ihre Hand zu meiner Körpermitte.

»Der gehört jetzt dir, Baby.«

Beim Öffnen und Ausziehen der Jeans kam ich ihr zu Hilfe und schloss die Augen, als sich ihre Hand das erste Mal um den Schaft legte.

Ich keuchte.

»Oh mein Gott, davon habe ich so oft geträumt.«

»Ich komme tatsächlich in deinen Träumen vor … und mache so etwas?«

»Ja, oft sogar und wir haben noch ganz andere Dinge getan.«

»Zeig es mir.«

Mehr brauchte es nicht. Ich legte mich auf sie und genoss das Spiel unserer Zungenspitzen, während ich langsam und behutsam in sie eindrang. An dem kleinen Widerstand, den ich überwinden musste, sog sie scharf die Luft ein. Ich gab ihr einen Moment den Schmerz weg zu atmen. Schließlich drückte sie mit ihren Fersen leicht gegen meinen Po, mein Zeichen, die Bewegung fortzusetzen, bis sie mich endlich in voller Länge aufnahm. Für mich bedeutet das höchste Konzentration, um nicht vor ihr zu kommen. Unser erstes Mal sollte uns schließlich gemeinsam zum Orgasmus führen.

Sie überraschte mich ein weiteres Mal, als sie nach einem Positionswechsel verlangte, sodass sie auf mir saß und besser zu ihrem eigenen Rhythmus finden konnte. Je lauter sie stöhnte, umso fester stieß ich in sie. Bis er da war, der heißersehnte Höhepunkt, der ihre Muskeln um mich krampfen ließ und somit auch mir Erlösung schenkte. Eine wunderschöne erste Erinnerung in unserer Sammlung gemeinsamer Höhepunkte, nicht nur sexueller Natur, so hoffte ich.

Das Restaurant war ausgebucht wie an jedem Samstagabend. Aaron zelebrierte sein Open Kitchen Event. Dazu öffnete er die Wand zwischen Gästeraum und Großküche und zeigte seinen Gästen, wie er all ihre Speisen zubereitete. Für neunundneunzig Dollar überraschte er mit einem Dreigängemenü und den passenden Getränken. Obwohl das der stärkste Abend der Woche war, lud er uns in sein Reich ein, um das Geschäftliche zu besprechen. Wie ich Betty bereits sagte, vermutete ich genau aus diesem Grund eine Absage, und dass das Essen nur dazu dienen sollte, sein schlechtes Gewissen zu erleichtern.

Wir wurden von einer freundlichen Bedienung an einen Tisch geführt, der für drei Personen eingedeckt war. Zu unserer Überraschung war der dritte Gast bereits da und grinste uns freudestrahlend an.

»Hey Freunde, herzlich willkommen in der Halfpipe.

Ich habe mich schon sehr auf unser gemeinsames Essen gefreut. Nehmt bitte Platz.«

Er schenkte uns von seinem besten Champagner ein und erhob das Glas.

»Auf einen erfolgreichen Abend.«

Wir taten es ihm gleich, hatten dabei aber ungefähr tausend Fragezeichen auf der Stirn stehen.

»Musst du heute nicht in die Küche?«

»Das will ich nicht hoffen. Lasst uns den ersten Gang abwarten. Aber, was mich wirklich interessiert … erzählt mir von eurem Picknick. Wie hat es euch geschmeckt und hat es seine Wirkung gezeigt?«

Ich sah zu Betty, deren Gesichtsfarbe an Kontrast gewann und verfolgte argwöhnisch den Blick, den sie mit Aaron austauschte.

»Also, was läuft hier? Will mich mal jemand einweihen?«

Betty lächelte, als wäre meine Reaktion vollkommen absurd.

»Brandon, ich habe mich letzte Woche mit Aaron getroffen und er hat mir ein paar Sachen gezeigt.«

Ach, wirklich? Aaron grinste hinter vorgehaltener Hand.

»Interessant, erzähl nur weiter.«

»Jetzt schau nicht so ernst. Es war rein geschäftlich. Du weißt doch, dass ich im Hauptfach Marketing hatte. Mein Wunsch ist es, unseren Gästen Ausgewöhnliches anzubieten. Vor Monaten habe ich bereits begonnen, Zwei- und Drei-Tages-Touren durch die Berge zu planen, wie die Back to the Roots Tour, die du buchen wolltest. Ich habe neben der Hütte deines Großvaters noch eine weitere erstanden, sodass wir gesicherte

Schlafmöglichkeiten für zwei bis drei Gäste haben. Die Romance Tour haben wir sozusagen gestern live erlebt. Das Essen dazu hat Aaron zubereitet. Aber es war nicht nur irgendein Essen.«

Aaron fiel ihr zustimmend ins Wort.

»Das Zauberwort heißt Aphrodisiaka.«

Mir war sofort klar, worauf das hinauslief und spielte mit.

»Du hast mich also benutzt, Elisabeth Harper? Das war alles nur Show gestern? Und ich dachte, du meinst es ernst mit mir.«

Ihr Enthusiasmus verwandelte sich in ein Schreckgesicht.

»Oh nein, so war das doch nicht. Ich wollte es nur selbst ausprobieren, bevor ich es anbiete.«

Jetzt musste ich laut loslachen.

»Schon gut, Süße. Ich habe nur Spaß gemacht. Die Idee ist prima. Wirklich. Das Essen war fantastisch, Aaron.«

Betty schlug mir ihre Serviette an den Oberarm und kniff wütend die Augen zusammen, während Aaron zufrieden mit dem Daumen nach oben zeigte.

Die Vorspeise wurde serviert und ließ uns alle wieder runterkommen.

»Gurken-Mango Cocktail an Garnelen«

Die Bedienung stellte jedem von uns ein imposantes Glas auf den Teller.

»An der Namensgebung müssen wir noch arbeiten, aber optisch ist das nicht schlecht.«

Aaron beäugte seine Speise sorgfältig, bevor er kostete. Währenddessen war meine Portion bereits zur Hälfte verputzt, obwohl ich hätte genießen sollen.

»Probiert ihr etwas Neues aus?«

»Ja, sowas in der Art.«

Aber dann aß er es doch auf. Und auch die Haupt-speise, war mehr als gelungen. Es gab ein Arrangement aus Köstlichkeiten. Angefangen mit einem Türmchen aus verschieden farbigen Rübchenscheiben gekrönt mit einer Wirsingkohlblüte, gefolgt von einer Lachspastete und einem Salatbouquet aus Wildkräutern und Blüten. Doch das Beste an diesem Abend war das Dessert. Heiße Zabaione an hausgemachtem Vanille-Eis mit Marshmallow-Meersalz-Schaum und Rhabarbersouffl-é. Das ließ uns alle genussvoll stöhnen.

Der Abend war fast vorbei und Aaron hatte sich immer noch nicht dazu geäußert, ob er unser Restau-rant übernehmen würde. Unerwartet erhob er sein Glas, um erneut mit uns anzustoßen.

»Auf Dimitri.«

Er lachte auf und die Anspannung des Abends fiel sichtlich von ihm. Wir hingegen warteten auf eine Erklärung.

»Dimitri ist mein neuer Küchenchef und das heute war seine Feuertaufe. Das bedeutet, unserer Verbin-dung steht nichts mehr im Weg.«

Mehr brauchte ich nicht zu hören und auch mir wurde eine ungeheure Last von den Schultern genommen.

Die meisten Möbel waren geliefert und deren Montage in absehbarer Zeit abgeschlossen. Unsere Gäste konn-ten sich auf ein tolles Frühstück freuen, was nicht nur aus Eiern, Bohnen und Würstchen bestand. Zudem würde es ein exzellentes Kaffeeangebot geben. Betty hatte die Angebote an hausexklusiven Ausflügen erweitert und sicher noch viele Ideen im Kopf, von denen ich noch gar nichts wusste. Auch der Fitnessbereich und die Sauna waren betriebsbereit. Für Wellnessanwendungen konnten wir eine hiesige Kosmetikerin und Masseurin gewinnen, die nach Bedarf zu uns kam. Das Personal arbeitete sich bereits in das neue Computersystem ein. Allein Annas Wunsch, zurück nach Aspen zu kommen, konnte ich nicht erfüllen. Nach all den Geschehnissen war sie froh, in Denver bleiben zu können. Da sie nach der Assistentenstelle nur widerwillig in ihren alten Job als Hausmädchen zurück wechselte, ging ich davon aus, dass sie bald kündigen würde.

Nun fehlte nur noch eine Sache zu einem perfekten Neustart.

***

Das Haus in Lakewood zu verkaufen, beanspruchte doch mehr Zeit als angenommen. Es war alt, relativ klein für aktuelle Verhältnisse und verfügte nicht wie andere Häuser über einen Pool. Wir ließen es schätzen und wollten nun einmal den Preis dafür haben, den es wert war. Das dauerte, aber Gott sei Dank standen wir dahingehend nicht unter Druck. In beiden Hotels bewohnten wir ein Privatzimmer, und unser weniges Hab und Gut lagerte in Aspen im Hotelkeller.

Unter dem Vorwand, dringend in Denver gebraucht zu werden, fuhr ich zur Maklerin, um den Verkauf des Hauses abzuschließen. Aber etwas Geld fehlte noch, für den Kauf eines Hauses in Aspen, das ich im Auge hatte. Die Grundstücke waren im Vergleich zu denen in

Denver um ein Vielfaches teurer.

Ich verstaute gerade die Geldbündel aus Dads Tresor in meiner Reisetasche, als es an der Tür klopfte. Es war Anna.

»Sir, ich habe gehört, dass sie im Haus sind und würde gern mit ihnen sprechen.«

»Sicher, kommen Sie rein.«

»Mr. Harper, das ist nicht leicht für mich.«

»Keine Angst. Ich kann mir denken, worum es geht.«

»Wirklich? Ich habe gehofft, dass man es mir noch nicht ansieht.«

Sie sah an sich hinunter und strich über ihren Bauch. Und da machte es auch bei mir klick. Sie wollte gar nicht kündigen.

»Sie wollen mir mitteilen, dass sie schwanger sind? Ja, dann herzlichen Glückwunsch.«

»Da wäre noch etwas.«

Sie sah mich eindringlich an, als könnte ich dadurch besser in ihren Kopf sehen, um ihre Gedanken zu lesen.

»Was denn, Anna?«

»Es ist unser Baby.«

Plötzlich fielen mir Matts Worte wieder ein, als er meinte, dass ich wegen der fehlenden Verhütung im Arsch sei. Tja, jetzt schien es so gekommen zu sein. Mir wurde augenblicklich speiübel.

»Und Sie sind sich ganz sicher, dass dieses einzige kurze Mal dazu geführt hat?«

Ich zeigte auf die kleine Wölbung und sie nickte.

»Und es kommt niemand anderes infrage?«

»Nein, Sir.«

Sie sah zu Boden und führte ihre Finger an die Lippen.

»Verstehen Sie mich nicht falsch, Anna. Aber bevor ich in Aktionismus verfalle, möchte ich einen Vaterschaftstest von Ihnen vorgelegt haben. Ich werde mich nicht aus der Verantwortung stehlen, wenn es so sein sollte. Aber mehr als Unterhaltszahlungen werden sie von mir nicht erwarten können. Das sollte Ihnen klar sein. Und bevor das nicht alles geklärt ist, setzen Sie keine Gerüchte in die Welt!«

»Nein, Sir. Ich verstehe.«

Sie ging.

Die Tür fiel schwer ins Schloss und ich in den Schreibtischstuhl. Was plante das Schicksal eigentlich noch alles für mich? Durfte ich nicht einen momentlang glücklich sein? Jetzt, wo zwischen Betty und mir alles so gut lief und wir uns eine gemeinsame Zukunft aufbauen wollten, musste da so eine Hiobsbotschaft wieder alles zunichtemachen? Zwar war das vor unserer Zeit geschehen, aber mit einer anderen Frau ein Kind zu haben, war für jede Beziehung eine Belastung. Und so sensibel, wie Betty war, würde sie es nicht so leicht wegstecken. Nachdem sie mir ihre Jungfräulichkeit geschenkt hatte, weil sie an uns glaubte, könnte das in einem Schub münden. Auch deshalb sollte ich das Ergebnis des Vaterschaftstests abwarten.

Bevor ich nach Aspen fuhr, zahlte ich das Geld auf unser Konto ein. Bei meinem Glück würde ich ausgeraubt oder es verlieren, bevor ich zurück war. Das neue Haus musste erst einmal warten, bis alles verdaut war.

Den Abend verbrachte ich bei Maggie und überließ Betty ihrem Buch. Es fiel mir schwer, ihr gegenüberzutreten, ihr nicht einfach alles erzählen zu können. Sie war so glücklich und frei. Ihre Dämonen schienen weit

184

entfernt und lauerten doch hinter jeder Ecke, um bei der nächstbesten Gelegenheit auszubrechen und ihren Körper für Wochen zu besetzen.

Ich hielt mich an meinem Bier fest und ignorierte die lockeren Feierabendgespräche um mich herum.

»Na Harper, bist ja so still heute? Alles in Ordnung bei euch gegenüber?«

»Ja, ja. Alles gut.«

»Klingt total überzeugend, wenn du mich fragst. Na ja, wenn du reden willst … weißt ja, wo du mich findest.«

Ich nickte, ohne aufzusehen. Doch sie konnte mir in diesem Fall nicht helfen. Das musste ich mit mir allein ausmachen.

Die kommenden Tage zeigten, dass ich alles nur noch verschlimmerte. Um Betty keine Möglichkeit zu bieten, es mir an der Nasenspitze anzusehen, ging ich ihr aus dem Weg. Wir hatten seit dieser Nachricht nicht einmal mehr miteinander geschlafen. Es konnte nicht mehr lange dauern und sie würde mein Verhalten hinterfragen. Und dann kurz vor meinem Geburtstag passierte es doch.

»Schatz, rate mal, wen ich gerade beim Friseur getroffen habe?«

Sie war vollkommen aufgewühlt und seltsam aufgedreht. Ahnungslos hob ich die Achseln. Und während sie Unmengen von neuen Kleidungsstücken aus ihren Einkaufstüten aufs Bett schüttete, sprudelte es aus ihr heraus.

»Anna Warrens Mutter. Wusstest du, dass sie

schwanger ist?«

Großer Gott, mein Herz pochte so laut, dass ich befürchtete, dass man es hören konnte.

»Ihre Mutter?«

»Nein, nicht ihre Mutter. Die ist doch schon jenseits der Sechzig. Ich rede von Anna. Und weißt du, wer der Vater ist?«

Ich spürte, wie mir das Blut in die Füße sackte. Betty stemmte wütend die Hände in die Hüften.

»Jerry, dieser Mistkerl! Ist das zu fassen? Die ganze Zeit versucht er mich rumzubekommen und ist währenddessen mit unserer Anna zusammen. Wie abgebrüht muss man eigentlich sein?«

»Wie … ich meine … bist du dir ganz sicher?«

»Natürlich, Annas Mutter ist todunglücklich über diesen Schmarotzer. Seither wohnt er mit Anna bei den Warrens. Außerdem hat er sich immer noch keinen Job gesucht, seit er bei Maggie rausgeflogen ist.«

»Das ist ja ein dickes Ding!«

»Das kannst du laut sagen. So ein Arschgesicht.«

Mir war gar nicht bewusst, wie eloquent Betty sein konnte. Vor Verblüffung wurden mir die Augen ganz weit. Allerdings fielen mir zu diesem Typen noch ganz andere Beschreibungen ein. Doch wenn das tatsächlich wahr sein sollte, dass Jerry der Vater ist, gab es vielleicht noch eine Chance für mich, mit einem blauen Auge davonzukommen.

Sofort am nächsten Tag fuhr ich nach Denver. Betty war an diesem Morgen bereits auf den Beinen, jedenfalls nicht mehr im Bett, als ich aufwachte, und so musste ich keine Ausrede erfinden. Nach ein paar

Anrufen zitierte ich Anna in mein Büro.

»Setzen Sie sich bitte. Ich habe nachgedacht, über Ihre Schwangerschaft und was das für mich bedeutet.«

Ich hielt einen Umschlag hoch und ließ ihn auf den Tisch knallen.

»Ich muss Sie leider bitten zu gehen. Sie sind ein Risiko für mich geworden und wenn Sie auch nur einen Cent von mir sehen wollen, müssen Sie Ihr Recht einklagen.«

»Dann erzähle ich es Ms. Harper.«

Eigentlich nahm ich an, dass es reichen würde, die Kündigung auszusprechen. Aber sie zog es gnadenlos durch.

»Sie drohen mir also, Ms. Warren? Na schön, dann lassen wir das jetzt die Polizei regeln.«

Ich hielt den Telefonhörer noch nicht einmal in der Hand, da sprang sie schon auf und begann panisch zu weinen.

»Nein, nicht! Bitte keine Polizei. Es ist ja gar nicht Ihr Kind.«

Für diese Dreistigkeit hätte ich sie sowohl verprügeln als auch knutschen können. Mir fiel ein riesiger Stein vom Herzen.

»Dann schießen Sie mal los. Was in Gottes Namen hat Sie dazu gebracht, mir solch eine dreiste Lüge aufzutischen?«

Aschfahl sank sie zu einem Häufchen Elend zusammen.

»Es war der Vater des Kindes, Jerry Bickmall. Wir haben uns in Aspen kennengelernt und er stellte mir lange Zeit nach. Dann haben wir uns ein paar Mal getroffen und dabei ist das herausgekommen. Aber ich machte Schluss, bevor ich es wusste. Als ich meine Periode dann aber nicht bekam, machte ich einen Test und hab es ihm schließlich gesagt. Er hatte gerade den Job verloren und war die ganze Zeit besoffen. In diesem Zustand hat er es dann meinen Eltern erzählt. Damit war die Katze aus dem Sack. Als ich nach Denver versetzt wurde, kam er auf die Idee, dass ich mich an Sie ranmachen und es Ihnen unterschieben soll. Ihm standen nur noch Dollarzeichen in den Augen. Jerry meinte, dass er mit Ihnen sowieso noch eine Rechnung offen hätte. Ich sollte von Ihnen Geld erpressen und damit drohen, dass ich es Betty erzähle, wenn Sie nicht zahlen. Aber das konnte ich nicht. Ich mag Sie und Ihre Freundin wirklich gern, und es tut mir unendlich leid, dass ich mich darauf und auf diesen Jerry eingelassen habe.«

»Okay Anna, dann weiß Jerry, dass wir … Sie wissen schon.«

»Ja, leider und er erpresst mich damit, Sie zu erpressen.«

»Also gut, ich brauche Zeit und Jerry will Geld. Darum gebe ich Ihnen etwas, was Sie mir wieder zurückzahlen werden, damit das klar ist. Sagen Sie ihm, der Plan hat funktioniert. Und ich werde den Gang nach Canossa antreten, um das Schlimmste zu verhindern.«

»Das verstehe ich nicht.«

»Nicht so schlimm. Hier ist ein Scheck über tausend Dollar. Das sollte mir ein paar Tage verschaffen. Ach und Anna, ich verlasse mich darauf, dass das die Wahrheit ist.«

»Absolut, Sir. Und es tut mir so leid. Bitte glauben Sie

mir das.«

Dieses Mal sah sie nicht zu Boden oder machte eine andere Geste, die sie beim Lügen entlarvt hätte. Die Tür fiel hinter ihr ins Schloss und ich griff nach dem Smartphone auf meinem Schreibtisch.

»Detective Johnson, Sie hatten absolut Recht. Sie hat gelogen.«

»Dann war die ganze Ausbildung ja doch zu etwas nütze. Ich freue mich, dass ich helfen konnte. Die Aufnahme ist gesichert. Auf die können sie jederzeit zurückgreifen. Mein Vorgesetzter ist auch informiert. Aber das mit ihrer Freundin müssen sie selbst hinbiegen. Dabei kann ich nicht helfen.«

»Ja, ich weiß. Ich mache mich gleich auf den Weg. Vielen Dank noch einmal.«

Auf dem Rückweg versuchte ich vergeblich, Betty zu erreichen. Sie ging weder ans Telefon noch hatte sie dem Personal Bescheid gegeben, wohin sie aufgebrochen war. Als ich nach vier Stunden Fahrt erschöpft in Aspen ankam, war Betty immer noch nicht wieder zurück. In ihrem Kalender konnte ich keinen Eintrag über eine ganztägige Abwesenheit finden. In mir schwelte eine Mischung aus Sorge und Ärger. In der Hoffnung, Maggie könnte mir verraten, wo Betty steckte, lief ich hinüber zum Pub.

»Maggie, weißt du, wo Betty steckt?«

»Nicht ganz. Sie war heute hier und hat sich meine Wagenschlüssel ausgeliehen. Ganz aufgewühlt war sie und wollte dringend mit Anna Warren sprechen. Seitdem ist sie weg. Eigentlich müsste sie schon längst wieder hier sein.«

»Sie wollte nach Denver?«

»Nein, Anna wohnt doch hier in Aspen bei ihren Eltern. Sie wollte dahin, denke ich, in die Forge Road.«

»Danke Maggie.«

»Das Haus mit dem grünen Dach.«

Den letzten Hinweis nahm ich dankend mit auf den Weg. Ich hoffte, dass sie nicht nach Denver gefahren war. Zur Sicherheit rief ich im Hotel an, um zu erfahren, dass sie dort nicht aufgetaucht war.

Maggies blauer Lieferwagen stand mit offener Fahrertür halb auf der Straße, was mir nicht nur äußerst seltsam vorkam, es war geradewegs angsteinflößend. Nachdem ich den Tahoe abgestellt hatte, fuhr ich Maggies Wagen an den Straßenrand und nahm den Schlüssel an mich.

Auch nach mehrfachem Klingeln erschien niemand in der Tür. Meine Nervosität war kaum noch auszuhalten. In meinen Ohren setzte erneut dieser Piepton ein, entgegen der Hoffnung, ihn niemals mehr ertragen zu müssen.

Rückwärtig des Hauses war ein Wintergarten angebaut, dessen Tür nicht verschlossen war. Laut rufend betrat ich den Glasanbau, doch niemand meldete sich. Ich rief Anna an, die zum Glück abnahm.

»Anna, ich brauche Ihre Hilfe. Können Sie mir sagen, wo Ihre Eltern sind?«

»Natürlich kann ich das. Sie sind in Denver bei mir und helfen mir die Wohnung zu räumen. Nachdem Sie mir gekündigt haben, brauche ich die ja nicht mehr.«

»Ach so … ja, verstehe. Haben Sie schon mit Jerry gesprochen?«

»Nein, ich habe ihn noch nicht erreichen können.

Was soll das alles Mr. Harper, warum fragen Sie mich das?«

Gerade wollte ich anfangen, ihr davon zu berichten, dass ich in das Haus ihrer Eltern eingedrungen war, als mich ein Stöhnen aus dem Nachbarzimmer davon abhielt.

»Ich rufe Sie gleich wieder an, Anna. Muss kurz was prüfen.«

Leise schlich ich an den Türrahmen und lauschte den Atemgeräuschen auf der anderen Seite der Wand. Zwischendurch immer wieder tiefe Seufzer. Bis mich das Fluchen einer bekannten Stimme aufatmen ließ.

»So, eine verdammte Scheiße aber auch.«

Das war eindeutig dieser Jerry.

Ich lugte um die Ecke und traute meinen Augen kaum. Am Fuße der Treppe, die in den oberen Stock führte, saß ein ziemlich derangierter, blasser und vollkommen schweißgebadeter Jerry. Sein linkes Bein war unnormal verdreht und wahrscheinlich war das auch der Grund, warum er so stöhnte. Sein Kopf lehnte am Geländer. Mich hatte er offenbar noch nicht wahrgenommen. Ich schaltete das Licht an, um mir ein besseres Bild von seiner Lage zu machen.

Er schaffte es kaum, die Augenlider zu öffnen, schien mich aber gleich zu erkennen.

»Ihr Harpers seid die Pest!«

Seine Abscheu verpuffte in einem Wispern.

»Ich bin hergekommen, um Betty zu holen. Wo ist sie?«

»Die ist völlig durchgeknallt, die Alte.«

Seine Beschreibung gefiel mir kein bisschen, aber ich befürchtete, dass diese leider zutraf. Panik überkam mich.

»Sag mir endlich, wo sie ist, Jerry!«

»Sie ist oben im Bad. Den Schlüssel habe ich verloren.«

»Was? Du hast sie eingeschlossen? Hast du sie nicht mehr alle?«

»Alter, sie ist komplett durchgedreht. Noch viel schlimmer als in Vegas. Kannst du nicht endlich einen verfickten Krankenwagen rufen. Ich sitze seit Stunden hier.«

»Wenn ich mich davon überzeugt habe, dass es ihr gut geht …«

»Scheiße Mann, ich bring dich um, wenn ich wieder laufen kann, du blödes Arschloch!«

»Nur, wenn ich dir nicht zuvorkomme. Wir haben noch eine Rechnung offen.«

Während er wie ein Geisteskranker zu lachen begann, überwand ich die Stufen und öffnete drei Türen, bis ich vor der vierten stand, die nicht nachgab.

»Betty? Ich bin's. Ich muss die Tür aufstoßen, der Schlüssel ist weg. Gehe bitte von der Tür weg.«

Ich zählte gedanklich bis zehn, bevor ich mich mehrfach mit der Schulter gegen das Türblatt stemmte. Zu meiner Erleichterung sprang diese auf. Doch kaum steckte ich meinen Kopf durch den Spalt, flog ein harter Gegenstand in Höhe meines Gesichts und zerbarst beim Aufprall an der Innenseite der Tür.

»Betty! Hör auf, ich bin's, Brandon!«

»Verschwinde!«

»Warum bist du so wütend auf mich?«

Wieder knallte etwas an die Tür und ich erschrak fürchterlich. Dass sie sauer auf mich war, konnte nur eins bedeuten. Jerry musste ihr erzählt haben, dass ich mit Anna geschlafen hatte, und sicher hatte er diese unglaublich intrigante Lügengeschichte über das Kind nicht ausgelassen. Ich war kurz davor, Betty zu schnappen und ihn dort einfach liegen zu lassen.

»Schatz, ich komme jetzt rein. Hör bitte auf, mit Dingen nach mir zu werfen. Heb dir das lieber für diesen Mistkerl Jerry auf.«

Zuerst hielt ich die Hand in den Raum und drehte mich dann langsam weiter hinein. Als mich nichts traf, traute ich mich auch, an der schützenden Holztür vorbei ins Bad zu sehen. Betty saß zusammengekauert vor der Badewanne und hatte um sich eine Mauer aus Duschgelflaschen und Shampoos gebaut. Die Flaschen, die sie nach mir geworfen hatte, hinterließen einen schmierigen See auf den Fliesen. Ihre Augen waren rot vom Weinen und sie wippte nervös mit den Füßen. Den Blick hielt sie starr in den Raum gerichtet.

»Du bist wütend, weil Jerry etwas behauptet hat, was nicht stimmt, habe ich Recht?«

Keine Reaktion.

»Es stimmt, dass Anna schwanger ist. Aber es ist sein Baby, nicht meins. Hast du das verstanden? Es ist Jerrys Kind! Was meinst du, warum er hier wohnt?«

Vorsichtig ging ich auf sie zu. Sie ließ zu, dass ich meine Hand auf ihre legte und erlaubte mir schließlich auch, sie in den Arm zu nehmen.

Bevor ich Anna informierte, was sich in dem Haus ihrer Eltern abgespielt hatte, rief ich für Jerry einen Krankenwagen und für Betty Dr. Yung an. Bevor ich sie irgendeinem fremden Arzt überließ, hielt ich es für das Beste, sie vertrauten Händen zu überlassen.

Ihr Verhalten der letzten zwei Tage hätte bei mir jegliche Alarmglocken schrillen lassen sollen. Es waren die Vorboten eines neuen Schubs.

***

Sie erholte sich dieses Mal nur langsam. Nachdem die akute Manie durch die Downer in den Griff bekommen war, setzte die lange Phase der Depression ein. Von Isolation, Desinteresse und Verweigerung der Einnahme der Mood Stabilizer war alles dabei und ich stand mehrfach kurz davor, aufzugeben. Fast täglich sprach ich mit der Ärztin. Ich ging zu einer Selbsthilfegruppe und hatte am Ende dieser Phase vollkommen das Gefühl für mich selbst verloren. Allein der Gedanke, dass es enden würde und ich meine Betty bald wieder in die Arme schließen konnte, trieb mich an, jeden Tag aufs Neue durchzustehen. Was den Schub nach der langen phasenfreien Zeit auslöste, war immer noch nicht so ganz klar. Dr. Yung schloss aber nicht aus, dass es mit dem Stress, den die Neueröffnung mit sich brachte, zusammenhing. Dabei brachte sich Betty großartig ein und beeindruckte mich mit vielen neuen Ideen. Vielleicht war das wirklich zu viel und wir mussten beide mehr darauf achten, dass Arbeit und Erholung im Einklang standen.

Anna beichtete schließlich alles ihren Eltern, die Jerry daraufhin anzeigten und ihm unmissverständlich klarmachten, dass er sich niemals wieder in Colorado blicken lassen sollte. Der Scheck, den ich Anna gegeben hatte, befand sich bereits am nächsten Tag wieder in meinem Besitz. Ungeklärt war weiterhin, ob Betty von

Anna und mir wusste. Diesen Teil der Geschichte sprach ich weder an noch - und das war wesentlich erdrückender - dementierte ich ihn.

Betty wechselte in dieser Zeit kaum ein Wort mit mir, sodass mir gar nicht auffiel, als es ihr Ende November besser ging. Sie war oft gegenüber bei Maggie und arbeitete an PR- und Marketing-Aktionen. Bewusst wurde mir das erst, als ich eine Angebotszusage der hiesigen Ski-Schule im E-Mail-Postfach fand. Zuerst freute ich mich darüber, dass Betty den Weg zurück in die Normalität gefunden hatte und sich wieder ums Tagesgeschäft kümmerte. Doch als ich sah, dass sie die Anfrage bereits drei Tage zuvor an die Schule versandt hatte, wurde mir übel. Sie schloss mich aus! Hielt sich absichtlich fern von mir. Dabei war das Einzige, was mich diese Zeit durchstehen ließ, der Gedanke daran, dass sie wieder zu mir zurückkam. Ich stellte uns sofort einen Gesprächstermin ein und hoffte darauf, dass sie eine halbe Stunde später in unserem Büro erscheinen würde. Und sie kam. Ohne ein Wort oder einen Blick setzte sie sich an den Besprechungstisch. Mir wurde heißkalt.

»Betty? Was ist los? Warum gehst du mir aus dem Weg?«

Sie hielt den Blick starr aus dem Fenster gerichtet.

»Ist es wegen der Geschichte mit dem Baby?«

Nichts.

»Ich habe dir doch bereits gesagt, dass das alles eine fiese Lüge war. Jerry ist der Vater!«

Sie sah auf ihre Hände in ihrem Schoß und nickte.

»Ich weiß Brandon.«

»Aber was ist es dann? Warum sprichst du nicht mit mir?«

Sie hob den Kopf und ich blickte in angsterfüllte, tränenüberlaufende, große, grüne Seen. Die drei Meter zwischen uns überwand ich blitzschnell und zog sie in meine Arme.

»Baby, was hast du?«

Sie schluchzte.

»Ich möchte es dir nicht unnötig schwer machen, Brandon. Du hast eine gesunde, stabile Frau verdient. Du wirst mich über kurz oder lang nicht mehr ertragen können, wie dein Vater schon meine Mutter nicht ertragen konnte. Du sollst Familie haben und dein Leben planen können. Mit mir verlierst du Monate, letztendlich sogar Jahre und es gibt keine Heilungschancen. Ich hätte es nicht soweit kommen lassen dürfen und mit dir diese Beziehung eingehen sollen. Es war ein Fehler.«

Sie versuchte, sich aus meiner Umarmung zu befreien, was ich nach diesen Worten niemals zugelassen hätte.

»Stopp! Betty, hör auf herumzuzappeln und höre mir zu! Bitte!«

Beschämt sah sie zur Seite.

»Weißt du eigentlich, wie lange ich mich nach diesem Augenblick gesehnt habe? Dich endlich wieder in meine Arme zu schließen und dir sagen zu können, wie sehr ich das vermisst habe und dich liebe? Die Zeit war hart und es wird nicht der letzte Schub gewesen sein. Das weiß ich doch alles. Glaubst du allen Ernstes, dass ich nicht alles versuchen werde, mit dir ein glückliches Leben zu führen?«

»Aber wie soll das funktionieren?«

»Lass uns versuchen, alle Trigger von dir fernzuhalten. Wenn du das Gefühl hast, dass es zu viel werden könnte, sage rechtzeitig Bescheid. Du kennst dich selbst am besten. Lass uns regelmäßig gemeinsam zu Dr. Yung gehen und lass uns im Alltag kreativ sein. Wir haben Geld. Lass uns dafür Unterstützung einkaufen, zum Beispiel eine Nanny oder Krankenschwester.«

Verärgert zog sie die Stirn in Falten.

»Sag nicht gleich nein. Eine Unterstützung im Haus, entlastet uns beide und ich weiß dich in guten Händen, wenn ich während einer Phase arbeite, und du musst hinterher auch kein schlechtes Gewissen haben. Später kann sie auf unsere Kinder aufpassen.«

»Nein, ich kann keine Kinder bekommen. Sie können es genauso bekommen und dann …«

»… werden ihnen ihre unglaublich liebevollen Eltern zur Seite stehen. Wir wissen doch gar nicht, ob sich die Anlage vererben wird. Unser Kind kann kerngesund sein und später im Gefängnis landen oder es kann an etwas ganz anderem erkranken. Hör einfach auf, dich dafür zu bestrafen, dass du bipolar bist. Das kommt in den besten Familien vor! Wusstest du, dass sich Vincent van Gogh damit rumschlagen musste.«

Sie grinste schief.

»Ja, viele Musiker und Schauspieler auch.«

»… und sehr viele normale Menschen wie wir. Ja, ich gebe dir recht! Es ist verdammt hart und ich bin mehrfach an meine Grenzen geraten. Aber ich wusste es schließlich, bevor ich mit dir zusammengekommen bin. Das ist ein ganz wesentlicher Unterschied. Mir ist bewusst, worauf ich mich einlasse. Dagegen erhalten viele Partner die Diagnose erst, wenn sie bereits mitten im Leben stehen und alles aus dem Ruder läuft. Das ist doch bei uns ganz anders.«

»Nach den nächsten zehn Malen wirst du anders darüber denken, glaube mir.«

»Mein Vater hat dich nicht aufgegeben, und wäre deine Mutter nicht fremdgegangen, dann hätte er sie vermutlich auch nicht um die Scheidung gebeten.«

Ihr Blick wurde nachdenklich. Ich konnte förmlich spüren, wie sie mit sich rang. Und als ich bereits dachte, ich hätte sie überzeugt, ließ sie mich erblassen.

»Bist du sicher, dass du nicht lieber mit Anna zusammen sein willst. Schließlich hast du mit ihr geschlafen.«

»Du weißt es? Hat Jerry es dir also doch erzählt?«

Sie drückte sich von mir weg und sah mich verwirrt an.

»Es ist also wahr? Aus diesem Mistkerl kommen nur Lügen und ausgerechnet das soll wahr sein? Du hast mit ihr …«

»Betty, das war doch vor uns! Ich empfand nie irgendetwas für sie, glaube mir bitte.«

Ihr Blick reichte von bitterer Enttäuschung bis hin zur schmerzhaften Abscheu. Niemals wollte ich solch negative Gefühle in der Frau wecken, die ich liebte. Dass sie derart reagierte, ließ mich regelrecht sprachlos dastehen. Noch ehe ich mit meiner Sicht der Dinge gegenhalten konnte, war sie schon aus der Tür hinaus. Wie oft mich diese Frau in den letzten Monaten bereits die Haare raufen ließ, wusste ich nicht, aber in diesem Moment war es wieder so weit. Doch dieses Mal war sie einfach im Unrecht. Entschlossen riss ich die Tür auf und lief ihr hinterher. Und wäre das alles nicht schon unangenehm genug, erreichte ich sie direkt auf dem schillerndsten Flecken unserer Empfangshalle, im Zentrum des goldenen Mosaiks. Ich eilte um sie herum und stellte mich ihr in den Weg.

»Bleib stehen, junge Dame! Du hörst mir jetzt zu!«

So brüllte ich sie das letzte Mal an, als ich ihr die Freundschaft kündigte. Damals gestand sie, einen Erpresserbrief an mich geschrieben zu haben, der mich im Ergebnis dazu brachte, mein Elternhaus für viele Jahre zu verlassen. Meine Entschlossenheit zeigte Wirkung. Sie blieb stehen und verschränkte trotzig die Arme vor der Brust.

»Erstens. Was ich vor unserer Beziehung getan oder nicht getan habe, geht nur mich was an. Ich hätte dich in dieser Zeit am liebsten nackt an irgendeine Brücke gefesselt und dich den Kojoten überlassen. Zweitens. Dieser Vorfall gehört zu den dümmsten Sachen, die ich jemals in meinem Leben verbrochen habe und ich möchte niemals wieder von dir auf dieses Thema reduziert werden. Drittens. Wenn du dich jetzt nicht sofort wieder einkriegst, werfe ich dich vor allen Gästen, denen wir übrigens gerade eine filmreife Performance bieten, über die Schulter, schleppe dich in unser Zimmer und versohle dir deinen kleinen, süßen Arsch.«

Gut, das ein oder andere war dem Impuls geschuldet, aber nun war es raus.

»Bist du jetzt endlich fertig?«

Oh, sie war sauer. Aber sie sprach mit mir.

Ein Fortschritt.

Immerhin.

»Kommt drauf an, was du mir sagen möchtest,

ansonsten sind wir schneller oben, als du Entschuldigung sagen kannst.«

»Wie bitte? Ich soll mich entschuldigen? Dafür, dass ich es unerträglich finde, dass du ein aufregendes Leben vor mir hattest? Tut mir leid, aber ich kann nicht immer alles schlucken. So viele Jahre habe ich darauf gewartet, dass du Kenntnis von mir nimmst. Mich siehst. Bemerkst, wie viel du mir bedeutest. Und während ich die ganze Zeit leide wie ein Hund, weil ich mir nie sicher sein kann, ob du es ernst meinst und wann ich dir endlich sagen darf, wie sehr ich dich liebe, verurteilst du mich und vögelst im nächsten Augenblick eine andere. Wenn das so ist, dann entschuldige bitte, dass ich noch einen Augenblick brauche, um diesen Schmerz zu verarbeiten.«

Provokativ sah ich auf meine Armbanduhr.

»Was machst du da?«

»Ich gebe dir einen Augenblick.«

»Oh, du bist so …«

»… verrückt nach dir. Und jetzt wird es verdammt noch mal Zeit für ein Upgrade.«

»Was redest du da? Upgrade?«

Fassungslos hob sie die Handflächen nach oben. Ich sah in Richtung der Lounge und grinste in die Gesichter der Gäste.

»Ladys and Gentlemen, jetzt kommt der beste Teil.«

Ich nahm ihre Hand und kniete vor ihr nieder, während sich freudige Ausrufe und Händeklatschen zu meinem lauten Herzschlag gesellten. Betty schnappte nach Luft.

»Ms. Harper, bitte lass mich dich zu meiner Mrs Harper machen. Werde endlich meine Frau!«

***

Die kleine Kapelle in Lakewood war wunderschön geschmückt. Und nach einem verregneten April hielt das milde, sonnige Frühlingswetter bereits den dritten Tag infolge an. Der perfekte Tag für eine Hochzeit. Obwohl ich am Morgen noch relativ entspannt war, setzte beim Betreten der Kapelle ordentliches Muffensausen ein. Noch nervöser als ich war Matt, der mit dem Rücken zum Eingang neben mir stand und mit seinen Beinen zappelte.

»Alter, du musst mir da durchhelfen, sonst sterbe ich.«

»Deshalb bin ich hier. Ich verstehe gar nicht, wovor du so Angst hast. Penny ist verrückt nach dir.«

»Ja, aber du weißt nicht, was ich weiß.«

»Willst du's mir verraten?«

»Sie ist wieder schwanger.«

»Was? Aber Florence ist doch gerade erst geboren. Ihr seid ja wie die Guppys.«

»Vergiss es! Nur ein einziges Mal und gleich ein Volltreffer.«

»Und jetzt hast du Angst, dass sie die Nase voll von dir und deinen Jungs hat?«

Der Blick, den er mir seitlich zuwarf, war tödlich. Doch bevor ich ihm zureden konnte, wurde es ruhig in der Kapelle und das Orgelspiel setzte ein. Ich nickte Matt bestätigend zu und er blies erleichtert die angehaltene Atemluft aus.

Penny sah unglaublich aus. Ihre schwarzen Haare trug sie offen unter dem Schleier und ihr weites, cremefarbenes Kleid funkelte wie mit Regentropfen benetzt im Sonnenlicht. Sie lächelte mich an und sah unheimlich glücklich aus. Penny war viel cooler als Matt und ich zusammen. Wenn sie sich auf der Bohrinsel durchsetzen wollte, musste sie das auch sein. Eigentlich wollten sie bereits vor der Geburt ihrer Tochter heiraten, doch in dieser Zeit hatte ich aufgrund von Bettys Schub andere Dinge im Kopf. Später musste Penny aufgrund von Frühwehen viel liegen. Somit planten sie eine entspannte Frühlingshochzeit im Mai.

Penny übergab ihren Strauß ihrer Schwester Berta und stellte sich freudestrahlend neben Matt. Diesen Schritt als sein Trauzeuge mit ihm zu erleben, war das Highlight unserer Freundschaft. Und ich hoffte, dass wir noch viele gemeinsame Erlebnisse teilen würden.

Reverend Miles hatte den ersten Teil seiner Rede abgeschlossen und die süßeste aller Stimmen erfüllte den Raum. Betty sang Händels Halleluja, ihr erstes Geschenk für das Brautpaar an diesem Tag. Viele Songs würden später noch folgen und das Paar durch seine persönlichen Momente führen. So wie sie dort oben auf der Empore stand, in ihrem hellgrünen Kleid, hätte ich sie am liebsten auf der Stelle zu meiner Frau gemacht. Doch unsere Beziehung entwickelte sich langsam. Es brauchte schließlich eine halbe Ewigkeit, um ein Paar, geschweige denn, intim miteinander zu werden. Gerade erst hatten wir ein Haus gekauft und Betty freundete sich mit dem Gedanken an, sich Unterstützung zu suchen. Anfang des Jahres wurde sie von einem erneuten Schub heimgesucht und ich konnte mich aufgrund der ersten Wintersaison mit neuem Konzept kaum um sie kümmern. Sie hatte ein Einsehen und mir fiel ein Stein vom Herzen. Nach Matts und Pennys Hochzeit wollten wir mit der Planung unserer eigenen beginnen. Zufällig bekam ich mit, wie sie die Medikamentengabe vor und während einer Schwangerschaft mit ihrer Ärztin besprach. Seit kurzem nahm sie tatsächlich eine andere Kombination ein und ich wartete sehnsüchtig darauf, dass sie mich endlich in ihre Zukunftspläne einweihte.

Sonnenstrahlen, die durch die Fenster in die Kapelle schienen, ließen den Staub in der Luft sichtbar werden und erinnerten mich daran, wie finster es vor einem Jahr noch in mir war. Ohne Ziel vor Augen hievte ich mich von einem Tag zum nächsten. Fragwürdige Erinnerungen lähmten mich, neu durchzustarten. Und dann, vollkommen unerwartet, traf mich ihr Licht. Ein Licht, das mir einen Weg aufzeigte, zu mir selbst finden ließ. Auch ein Licht, in dessen Schatten ich zeitweise versank. Doch so war das Leben und genauso wollte ich es. So waren die Berge um uns herum. An manchen Tagen strahlten sie sonnengolden, an anderen Tagen waren sie wolkenverhangen, in tristes Grau gehüllt. Keine Ahnung, welchen Pfad wir für den Aufstieg in die Zukunft wählen würden. Doch eines wusste ich, es war kein Weg, den ich allein beschreiten würde.

Schatten der Vergangenheit

»Und Sie sind sich absolut sicher, Detective?«

»Glauben Sie mir, Mr. Harper, bevor ich Sie angerufen habe, bin ich die Beweise dreimal durchgegangen. Für mich gibt es da eindeutig einen Zusammenhang zwischen dem Zettel, den Sie mir gegeben haben und dem Beweismaterial aus dem Fall Brody.«

»Na schön, ich bin morgen sowieso in Denver, dann komme ich zu Ihnen aufs Revier.«

So sehr ich auch hoffte, dass sich das Stück Papier, das ich beim Aufräumen vor ein paar Wochen im Tresor in Denver fand, als Schmierzettel erwies, so unbegreiflicher erschien es mir, dass tatsächlich etwas an meinem Bauchgefühl dran war. Eigentlich wollte ich das Büro räumen, um es Percy zu überlassen, da ich es ohnehin kaum noch nutzte. Es war bereits alles gepackt, als mir einfiel, dass ich vergessen hatte, den Tresor zu leeren. Nachdem die Polizei vor einem Jahr die Mappe über meine Mutter und die Waffe als Beweismaterial einbehalten hatte, waren nur noch die Rezepte und einige andere Unterlagen zurückgeblieben. Und unter diesen restlichen gelben Mappen lag ein kleiner gefalteter Notizzettel mit einem Geldbetrag und einer Adresse an der 16ten Mall Street. Die blaue Schrift war längst verblasst und ich warf ihn zum restlichen Müll. Ein merkwürdiges Gefühl ließ mich jedoch wieder umkehren und die Notiz einstecken. Weshalb Dad das Ding nicht entsorgte, sondern im Tresor unter Verschluss hielt, musste doch etwas zu bedeuten haben.

Noch bevor ich mich auf den Rückweg nach Aspen machte, fuhr ich zu Detective Johnson und übergab ihm das Fundstück mit der Vermutung, dass es vielleicht zum Sammelsurium gehörte, das Dad über meine Mutter angelegt hatte. Er sagte mir, dass er dafür nicht mehr zuständig sei, es aber an seinen Nachfolger zur Prüfung übergeben würde.

Dass ich nun doch einen direkten Anruf von ihm erhalten hatte, machte mich stutzig. Ich war froh, dass das alles hinter mir lag und wollte die Vergangenheit ein für alle Mal ruhen lassen.

Die Fahrt nach Denver kam mir wesentlich länger vor als sonst. Eigentlich liebte ich es, durch die Schluchten zu rauschen und den Anblick der majestätischen Felswände zu genießen, die sich teilweise wie riesige Steinhäuser mit ausladenden Balkonen seitlich der Straße emporhoben. Je näher ich aber der Mile High City kam, desto nervöser wurde ich. Das lag nicht nur daran, dass ich endlich Betty nach einer langen Woche wieder in die Armen schließen konnte, sondern auch an dem bevorstehenden Treffen mit Johnson. Der Gedanke an das hellrote Backsteingebäude hinter dem grünen Zaun, der das Grundstück des sechsten Police Departments einrahmte, löste längst verdrängte Erinnerungen an Carmens Tod aus. Stunden hatte ich damals dort verbringen müssen, um meine Aussage zu machen. Umso erleichterter war ich, als Johnson mich in die Cherokee Street bestellte. Seine neue Abteilung, die Cold Case Homizide, konnte durch seinen Wechsel bereits drei Fälle im letzten Jahr lösen. Was anfangs wie eine Strafversetzung wirkte, erwies sich für alle Beteiligten als Segen.

Das fensterlose Büro im Keller des Departments war klein und an den Wänden deckenhoch mit Aktenschränken gefüllt. Mittendrin saß der Detective an einem Tisch, der besser in eine Kantine gepasst hätte.

»Schön, Sie wiederzusehen, Mr. Harper. Wie geht es Ihnen und Ihrer Verlobten?«

»Ganz gut, danke. Betty kommt heute aus Irland zurück. Sie hat ihre Freundin begleitet, deren Mutter Anfang der Woche beerdigt worden ist. Ich bin froh, wenn sie wieder bei mir ist.«

Johnson lachte amüsiert und nahm wieder Platz, während ich mich auf den alten Stuhl vor dem Tisch setzte.

»Ich verstehe, was Sie meinen. Ohne meine Frau wäre ich auch aufgeschmissen. Ich bin froh, dass Sie mir die Treue gehalten hat, nachdem die ganze Misere über uns eingebrochen war … aber lassen Sie uns doch gleich zur Sache kommen.«

»Ihr Anruf gestern hat mich etwas nervös gemacht. Ich hoffe, es gibt eine einfache Erklärung für diesen Zettel.«

Der Detective durchbohrte mich mit seinen grauen Augen. Überlegte scheinbar seine nächsten Worte genau.

»Na ja, als einfach würde ich das nicht unbedingt bezeichnen, aber ich kann Sie insofern beruhigen, dass Sie höchstwahrscheinlich nicht von diesem Fall betroffen sind, da dieser weit zurückreicht.«

Diesem Fall?

»Wie bitte, es ist bereits ein Fall, von dem wir sprechen?«

»Genaugenommen ist ›bereits‹ der falsche Ausdruck dafür, Mr. Harper. Es ist immer noch ein Fall, ein ungelöster Fall. Dank Ihres Zettels, konnte ich ihn wiederaufleben lassen.«

»Tut mir leid. Ich verstehe das alles nicht.«

Er lehnte sich zurück und verschränkte die Hände vor seiner Brust.

»Mein Nachfolger im Sechsten wollte die geschlossene Akte zum Brody Fall vor einem Jahr nicht noch einmal hervorkramen, weil er zu viel zu tun hatte und bat mich, den Zettel in die Forensik zu geben. Da ich den Auftrag erteilte, erhielt ich die Ergebnisse auch direkt zurück. Und jetzt halten Sie sich fest.«

Er lehnte sich wieder vor und sah mich gespannt an. Mir lief indes ein kalter Schauer über den Rücken.

»Es wurden Fingerabdrücke von jemandem gefunden, der vor langer Zeit als vermisst gemeldet worden war. Alfred Schroeder, sagt ihnen der Name etwas?«

Unwissend schüttelte ich den Kopf.

»Nein? Keine Ahnung?«

»Tut mir leid, Sir. Der Name sagt mir nichts.«

»Na schön, also, dieser Mann war in den Achtzigern in einen der landesweiten Asbest-Skandale verwickelt. Um damals aus der Krise zu kommen, wurde Denvers

Stadtkern in großem Stil saniert. Schroeder leitete eine der größten Baufirmen im Ort und zog eine Ausschreibung nach der anderen an Land. Ob da alles mit rechten Dingen zuging, lassen wir mal dahingestellt. Jedenfalls meldete er Konkurs an, als die Krankheitsfälle seiner Arbeitnehmer zunahmen und publik wurde, wie gesundheitsschädigend Asbest ist. Kurz darauf firmierte eine Entsorgungsfirma unter dem Mädchennamen seiner Frau und machte neues Geld, indem sie all das sanierte, was Schroeders Baufirma zuvor mit Asbest verseucht hatte. 2009 ließ ihr Vater das Hotel renovieren und raten Sie mal, wer den Auftrag bekam.«

»Auch wenn Dad den Auftrag an diese Firma gab, verstehe ich nicht, was das zu einem Fall macht.«

»Stimmt, lassen Sie mich weiter ausholen. Ihr Vater ließ das Unfallauto ihrer Mutter untersuchen. Das fand ich alles in den Unterlagen aus Ihrem Tresor. Warum hätte er das tun sollen? Es sei denn, er nahm an, dass der Unfall aktiv herbeigeführt worden war. Die Werkstatt, die er damals mit dem Gutachten beauftragte, fand tatsächlich manipulierte Bremsleitungen vor. Und das wiederum macht das Ganze zu einem Fall. Ihre Mutter …«

»… wurde umgebracht? Wollen Sie das etwa damit behaupten?«

»Ja, höchstwahrscheinlich. Wir können das jetzt nicht mehr überprüfen, aber die Fakten sprechen dafür.«

Vor mir tat sich ein riesiges Loch auf, was mich zu verschlingen drohte. Das flaue Gefühl in mir ließ mich vornüberbeugen und den Kopf in die Hände sinken.

»Ich weiß, dass das alles viel für Sie ist. Aber es wird Ihnen sicher helfen, wenn Sie die Wahrheit erfahren.«

»Ach ja, wird es das? Sie haben doch keine Ahnung. Ich hatte eine weitestgehend positive Vorstellung über meine Eltern. Doch seit meiner Rückkehr aus Chicago ist mein Leben das reinste Chaos. Keine Ahnung, was wahr ist oder nicht. Meine Wahrheit ändert sich gefühlt alle zwei Minuten.«

»Nach den vielen Jahren bei der Polizei kann ich diese Erkenntnis leider mit Ihnen teilen. Es gibt nicht die eine Wahrheit. Wir haben eine bestimmte Erwartung an unsere Mitmenschen, damit sie irgendwie in unser Weltbild passen. Aber das Leben ist kompliziert und jeder versucht, es nach bestem Wissen und Gewissen zu bestreiten. Dass man ab und zu auf den falschen Weg gerät, unterliegt nicht immer bewussten Entscheidungen. Manchmal wacht man morgens auf und ist bereits inmitten von etwas, was man überhaupt nicht hat kommen sehen. Lassen Sie mich den Fall abschließen und meinen Teil zu einer möglichen Wahrheit beitragen. Egal wie es kommt, mit Gewissheit lässt sich besser umgehen, glauben Sie mir.«

Das Vibrieren in meiner Tasche ließ mich aufschrecken. Es war bereits später als gedacht und Betty wartete am Flughafen auf mich.

»Ich muss jetzt los, Detective. Bitte verschonen Sie mich zukünftig mit Details. Schließen Sie meinetwegen den Fall für sich ab. Aber mir reichts, ich habe genug von Ihren Theorien!«

»Das kann ich verstehen und ich lasse Sie auch in Ruhe, aber eines sollten Sie noch wissen, bevor Sie gehen.«

In Höhe des Türrahmens holte mich der Detective ein. Resigniert drehte ich mich zu ihm um.

»Was denn noch?«

»Maureen Brody ist Schroeders Tochter.«

Durch die Stadt zum Flughafen brauchte ich anschließend fast doppelt so lange als gewöhnlich. Kurz bevor ich die Unfallstelle auf dem Peña Boulevard passierte, wäre ich fast selbst auf einen Laster aufgefahren. Anstatt auf den Verkehr zu achten, hingen meine Gedanken immer noch dem Gespräch mit Johnson nach. Dass meine Mutter umgebracht worden sein sollte, war mir unbegreiflich. So etwas las man in der Zeitung oder zappte darüber hinweg, wenn Reporter davon im Fernsehen berichteten. Aber dass so etwas in der eigenen Familie geschehen sein sollte, war einfach nur grotesk.

Als ich am hässlichen blauen Mustang auf dem Flughafengelände vorbeifuhr, wusste ich, dass es Zeit war, mich auf das einzig wichtige in meinem Leben zu konzentrieren. Ich parkte das Auto und eilte in die große Zelthalle, um die Frauen vom Warten zu erlösen.

Die zwei saßen in der Red Rocks Bar und lachten gelöst, als ich eintraf. Betty saß mit dem Rücken zu mir und ich konnte sehen, wie sie innehielt und sich dann rasch zu mir umdrehte. So war es immer zwischen uns. Wir spürten die Anwesenheit des anderen, bevor wir ihn sahen. Kaum war sie aufgestanden, hatte ich ihren zarten Körper schon an mich gezogen und hing an ihren weichen Lippen.

»Hey.«

»Selber hey.«

»Könntet ihr mit eurem Gebalze bitte hinter verschlossener Tür weitermachen. Ich will jetzt endlich mal nach Hause.«

Betty grinste und rollte mit den Augen wegen Maggies Feinfühligkeit. Unsere Freundin sprach mir dennoch aus der Seele. Ich wollte auch nur noch eines: nach Hause.

Sobald wir im Auto saßen, kramte Betty aus ihrer Tasche Unmengen von CDs hervor.

»Darauf habe ich mich schon die ganze Zeit gefreut. Maggie hat mich in einen Plattenladen geschleppt, um für den Pub neue Musik zu besorgen. Du glaubst gar nicht, was ich dort alles für Schätze gefunden habe.«

Argwöhnisch betrachtete ich den Stapel quadratischer Plastikhüllen auf ihrem Schoß.

»Doch, ist nicht zu übersehen. Und sind das jetzt Maggies oder deine CDs?«

»Wir mögen nun einmal die gleiche Musik und werden uns schon einig.«

»Du weißt schon, dass wir keinen CD-Spieler mehr im Hotel oder zu Hause haben.«

»Aber hier im Auto gibt es ja noch einen.«

Unbeirrt schob sie die erste Scheibe durch den schmalen Schlitz und dreht die Lautstärke auf. Ich beließ es dabei. Obwohl ich mich so auf sie gefreut hatte, war ich in Sachen Konversation heute nicht zu gebrauchen. Maggie schlief bereits mit offenem Mund, bevor wir Denvers Stadtgrenze überquert hatten. Höchstwahrscheinlich schnarchte sie. Auch etwas, was die Musik übertönte.

Die Straße flirrte an diesem heißen Julitag bei staubtrockener Luft. Immer dann, wenn wir die schattenspendenden Berge hinter uns ließen und weite Ebenen durchfuhren, brannte sich die Sonne durch die Autoscheiben in meine Haut, sodass ich die Lüftung direkt auf meinen Unterarm pusten ließ. Dieses Wetter war nichts für Bettys weiße Haut. Während ich im Sommer schnell dunkler wurde, trug sie an Tagen wie diesem, armlange, leichte Kleider oder Blusen. Doch egal, was sie trug, sie sah einfach bezaubernd aus. Immer. Zwischendurch döste auch sie ab und zu ein. Ihre Lippen waren einen Spalt geöffnet, was ich oft schon beobachten durfte. Ihr Mund, diese Augen, das wunderschöne tiefrote Haar, das mich an Colorados rote Erde erinnerte und diese anbetungswürdige Figur. Zum Glück hatte sie meinen Antrag angenommen. Nach all den Jahren, in denen ich mich unmöglich benommen hatte, war sie immer noch davon überzeugt, dass ich das Warten wert gewesen bin. Was sie in mir sah oder warum sie mich liebte, ist mir bis heute ein Rätsel. Aber sie tat es und schon bald konnte ich sie zu meiner Frau zu machen.

Bevor Betty nach Irland flog, hatten wir die Einladungskarten zur Hochzeit verschickt. Natürlich würden wir unsere Hochzeit im Hotel feiern und hielten uns dafür seit Beginn des Jahres das letzte Augustwochenende frei. Das Menü war mit Aaron besprochen und mein Anzug, wurde bereits genäht. Keine Ahnung, was Betty sich ausgesucht hatte, aber ich konnte es kaum erwarten, sie darin zu sehen.

Maggie verschlief die ganze Fahrt und war sichtlich überrascht, als wir sie direkt vor ihrer Haustür weckten.

Auch ich war ausgelaugt und sehnte mich nach einer

Dusche und unserem Bett, in dem ich nun nicht mehr allein schlafen musste. Es war höchste Zeit, meine Betty nach Hause zu bringen.

»Ich liebe dieses Haus.«

Ich parkte in unserer Einfahrt, stellte den Motor ab und folgte ihrem Blick. Es war traumhaft und wunderschön am nordöstlichen Stadtrand am Berghang des Smugglers Mountain gelegen, auf deren Rückseite unsere zwei Hütten lagen. Vom Schlafzimmer sahen wir auf die Berge im Westen und vom Wohnbereich konnten wir den unvergleichbaren Ausblick auf den Red Mountain genießen. Das zweigeschossige Haus passte mit seiner Steinfassade und den integrierten Holzelementen zur natürlichen Umgebung. Auf unserem Grundstück wuchsen Espen und verschiedene Nadelbäume. Inspiriert von unserem Ausflug in Denvers Botanischen Garten mit Carmen letzten Sommer, gestalteten wir das restliche Grundstück mit allerhand Felselementen und Pflanzen, die wir in den Bergen fanden.

»Ja, ich auch. Lass uns reingehen.«

Betty folgte mir unaufgefordert ins Bad und zog sich ohne Vorwarnung ihr Kleid über den Kopf. Ich konnte kaum die Augen von ihrem Körper nehmen und schluckte schwer. Sie überwand den kleinen Abstand zwischen uns und fuhr mit ihren Fingern über meine Brust hinunter zum Saum meines T-Shirts, das sie mir ebenso rasch über den Kopf zog.

Ihre warmen Hände strichen zart über meine Flanken, über den Bauch hinauf zu Brust und umfassten meinen Nacken.

»Lass uns die Begrüßung noch einmal wiederholen.

Der erste Versuch heute am Flughafen, entsprach nicht dem, was ich mir auf dem Rückflug ausgemalt hatte.«

Ich ließ mich von ihr hinunter an ihre Lippen ziehen und versank in der leidenschaftlichen Berührung unserer Zungen, die sich umkreisten und unseren Mündern, die miteinander verschmolzen, als gehörten sie einem Körper. Meine Hände erkundeten ihre Kurven, öffneten den Spitzen-BH und liebkosten die festen Brüste.

Erregt stöhnte Betty in meinen Mund.

»Lass uns duschen, Brandon.«

Schnell entledigte ich mich meiner Jeans, half ihr aus dem Höschen und zog sie in den gefliesten Duschbereich. Unter dem warmen Regen zog ich sie an mich und stillte meine Sehnsucht nach ihr. Bedeckte jeden Zentimeter ihrer weichen Haut mit Küssen, bevor meine Hände mit Duschschaum folgten. Je mehr sie sich mir hingab, desto ungeduldiger wurde ich, meine Atmung schneller. Doch bevor ich meine Gedanken in die Tat umsetzen konnte, unterbrach sie mich.

»Jetzt ich.«

In mir tobte ein Sturm. Was immer sie vorhatte, es würde mir alles an Willensstärke abfordern. Sanft verteilte sie Duschgel auf meinem Oberkörper, zog kleine und größere Kreise, fuhr dann über die Leisten direkt über meinen erigierten Schaft. Unter leichtem Druck massierte sie meine Hoden und entlockte mir ein tiefes Grollen.

»Betty, wenn du damit nicht aufhörst, kann ich mich nicht mehr zurückhalten.«

Lasziv sah sie zu mir auf.

»Dann tu es nicht.«

Blitzschnell hob ich sie auf meine Hüften und versank in ihrer feuchten Mitte. Meine Hände hielten ihre Pobacken fest umgriffen und gaben einen immer schnelleren Takt vor. Kurz bevor der Augenblick gekommen war, der all meine Gedanken wegwischte, lehnte sich Betty zurück an die dunkelgraue Wand. Sie liebte es, mich dabei zu beobachten, liebte es, zu sehen, welche Urgewalt sie in mir auslöste.

Danach war es an mir, diese Erregtheit in ihr zu nutzen und sie mit stimulierenden Küssen und rhythmischen Zungenschlägen zum Höhepunkt zu bringen. Und dieser schien besonders intensiv. Bereits das erste sanfte Saugen verursachte ein Zucken in ihren Beinen und mit jeder lustvollen Umkreisung meiner Zunge krallten sich ihre Hände fester in mein Haar. Sie machte kein Geheimnis daraus, dass sie sich auf der Zielgeraden befand und stöhnte ihre Lust in lauten Wellen hinaus. Das führte meistens dazu, dass ich sie vor lauter Ekstase noch einmal nehmen musste. Ganz sanft und genussvoll langsam.

Je näher unser Hochzeitstermin rückte, umso weniger ließ ich Betty arbeiten. Zwar musste ich sie nicht in Watte packen, wollte jedoch zusätzlichen Stress von ihr fernhalten, um einen Schub zu vermeiden. Wir hatten uns zudem angewöhnt, die zwanzig Minuten zum Hotel zu Fuß zu gehen, und auch ich hielt mich die meiste Zeit an geregelte Arbeitszeiten. Die intensiven Monate nach der Neueröffnung lagen hinter uns und Aspen als auch Denver erfreuten sich solider Belegungsraten.

Dennoch lauerte nun dieser eine schwarze Schatten in meinem Kopf und drohte stets und ständig auszubrechen. Der Unfall meiner Mutter war an sich schon tragisch genug, aber die Vermutung, dass jemand ihren Tod gewollt haben konnte, war unerträglich für mich. Sie war ein wundervoller Mensch, rücksichtsvoll und geduldig. Wer nur hätte Interesse an ihrem Tod gehabt?

»Wenn du mir nicht endlich sagst, was dich belastet, werde ich die Hochzeit absagen.«

Betty riss mich aus meinen finsteren Gedanken. Zum wiederholten Male. Das war jedoch kein Thema, was ich jemals zwischen uns ausbreiten würde. Lächelnd zog ich die kleine, wütende Frau auf meinen Schoß und sog ihren zitronigen Duft ein.

»Ich liebe dieses Parfum an dir.«

»Lenk nicht ab, Brandon. Du bist anders, seit ich aus Irland zurückgekommen bin. Willst du mir nicht endlich sagen, was los ist?«

Betty las in mir, wie in einem Buch. Das war oft nützlich, doch heute wünschte ich mir mein Pokerface zurück. Wenn ich eines nicht wollte, dann war es zu lügen.

»Du hast Recht, mein Schatz. Ich mache mir Gedanken über eine bestimmte Sache, die mit meinen Eltern zusammenhängt. Doch kann und will ich jetzt nicht darüber sprechen. Das alles hat jedoch weder mit mir noch mit uns zu tun. Es gibt also keinen Grund, sich Sorgen zu machen.«

»Du meinst also, dass es da eine Sache gibt, über die du nicht mit deiner zukünftigen Frau sprechen kannst?«

»Komm mir jetzt nicht so. Bitte akzeptieren es einfach.«

Keine Ahnung, ob ich es ihr erzählt hätte, wenn

unsere Hochzeit nicht unmittelbar bevorgestanden hätte. Vielleicht hatte ich auch einfach Angst, laut auszusprechen, dass Mom möglicherweise keinen Unfalltod gestorben war. Diese eine grausame Tatsache, mit der ich all die Jahre leben musste, sollte nicht zu einer noch furchtbareren Wahrheit heranwachsen.

»Ach, so soll das jetzt laufen zwischen uns? Du diktierst mir, wann ich arbeiten darf oder wann ich mich auszuruhen habe. Und nun soll ich akzeptieren, dass es Dinge gibt, die du vor mir verheimlichen willst? Weißt du was? Ich will heute mal großzügig über dieses Arschloch in dir hinwegsehen. Aber eines lass dir gesagt sein, wenn diese Mauer zwischen uns nicht bald fällt und du dich nicht endlich damit abfindest, dass ich hin und wieder die Kontrolle über meinen Geist verliere, dann will ich mir noch einmal überlegen, ob ein Zusammenleben mit dir gut für mich ist. Du erdrückst mich nicht nur mit deiner Fürsorge, du setzt mich damit sogar nur noch mehr unter Druck. Wenn das so weitergeht, werde ich ganz bestimmt nicht an der Hochzeit teilnehmen, weil ich es entweder nicht kann oder nicht will. Und jetzt gehe ich zu Maggie.«

Die Haustür hatte Betty bereits vor Minuten hinter sich zugeknallt. Ich saß immer noch im Wohnzimmer auf der Couch und starrte hinüber zum Red Mountain. Immer wieder machte ich denselben idiotischen Fehler, indem ich Betty unterschätzte. Dabei war sie so viel mutiger und cleverer als ich. Und offenbar war sie mir auch mental überlegen. Es war nie besonders angenehm, wenn man mit seinen Unzulänglichkeiten konfrontiert wurde. Doch ich musste ihrer Kritik leider zustimmen, denn ich maß ihrer Störung in der Tat zu viel Gewicht bei. Seit ich davon wusste, gab es kaum einen Tag, an dem ich nicht daran dachte. Die Angst davor, dass es jeden Moment wieder aus ihr herausbrechen würde, lähmte mich, beeinflusste mich und das belastete unsere Beziehung, wie ich nun feststellen musste. Dabei gab es wirklich keinen Grund, Vorkehrungen zu treffen. Ob und wann die Manie einsetzte, wussten weder sie noch ich und wenn sie erst einmal da war, mussten wir ohnehin durch. Dass sie auf sich achten musste, war ihr auch ohne meine ständigen Hinweise klar.

Viel später als sonst kam sie zurück von ihrem Auftritt. Und sie kam, wie sie gegangen war, unüberhörbar geräuschvoll. Dabei war es weit nach Mitternacht. Eigentlich holte ich sie immer ab. Dazu hätte sie mich aber anrufen müssen. Offenbar hatte sie sich kein bisschen beruhigt. Als ich hinunter in die Küche kam, saß sie vor dem offenen Kühlschrank und stopfte kleine Fleischbällchen in sich rein.

»Du bist spät.«

»Naaa un … bin erwachs'n.«

»Hast du etwa getrunken?«

In ihrem Gesicht formte sich ein hässliches Grinsen. Ein kindischer Protest. Ich nahm eine Wasserflasche aus der Seitentür und setzte das störrische Weib an die Schränke der gegenüberliegenden Kücheninsel, um die Kühlschranktür schließen zu können. Die Kopfschmerztablette, die sich sprudelnd im Wasser auflöste, würde hoffentlich den zu befürchtenden Kater lindern.

Den kommenden Tag blieb ich zu Hause und wartete geduldig darauf, dass sie aufwachte. Nachdem sie ewig im Bad zugebracht hatte, kam sie schließlich doch zu mir in die Küche hinunter. Sie trug mein weißes Hemd, was mich schmunzeln ließ. Erschrocken blieb sie stehen, als sie mich sah.

»Warum bist du nicht im Hotel?«

Ich faltete die Zeitung zusammen und legte sie beiseite.

»Setz dich bitte. Ich habe Kokoswasser besorgt und frisches Obst. Das wirst du wohl brauchen.«

»Danke, aber mir geht es sehr gut.«

»Es wird dir zumindest nicht schaden, wenn du es trotzdem isst. Jetzt setz dich bitte, wir müssen reden!«

»Willst du mir jetzt auch noch vorschreiben, wann ich dir zuzuhören habe?«

Mit geballten Händen stand sie vor mir und sah mich verärgert an. Wenn sie jetzt alles auf die Goldwaage legen würde, was ich sagte, dann stünden wir tatsächlich vor einem ernstzunehmenden Problem.

»Betty, ich möchte mich bei dir entschuldigen. Du hast Recht. Ich habe es mit meiner Fürsorge einfach übertrieben. Du bist erwachsen und kannst tun und lassen, was du willst. Nur wenn das bedeutet, dass du jetzt jede Nacht betrunken nach Hause kommst, bin ich damit nicht einverstanden.«

Sie verschränkte die Arme vor der Brust und warf mir einen misstrauischen Blick zu.

»Es ist mir ernst, Betty! Auch wenn du dich nicht mit dieser Störung rumplagen müsstest, würde ich so handeln. Du bist mir wichtig und ich möchte, dass es dir gut geht. Verstehst du das?«

Ich stand auf und ging ihr langsam entgegen.

»Na schön, das bedeutet also, dass ich ab sofort

wieder arbeiten gehen kann?«

»Wenn es dich glücklich macht …«

Sie kam einen Schritt auf mich zu, reckte das Kinn und hielt mich auf Abstand, indem sie ihren kleinen spitzen Zeigefinger gegen mein Brustbein drückte. Irritiert sah ich sie an.

»Dann will ich mich mal anziehen.«

Ehe ich begriff, dass sie mich einfach stehen gelassen hatte, war sie schon die Treppe hinaufgelaufen. Anstatt mit Betty ins Hotel zu gehen, ließ ich ihr den Abstand, den sie scheinbar brauchte.

Ich war froh, als Matt mit seiner Familie am nächsten Tag eintraf. Die Stille im Haus setzte mir zu, aber meine Betty blieb standhaft. Vor der Hochzeit überredeten wir die Brodys dazu, ein paar Tage mit uns in Aspen zu verbringen. Auch wenn Betty unsere Gäste freudig begrüßte, war es nicht zu übersehen, dass sie mich links liegen ließ.

»Hey Bro, Ärger im Paradies?«

Wir beobachteten die Frauen dabei, wie sie mit den Kindern ins Haus gingen.

»Ja, seit gestern. Dabei habe ich mich längst entschuldigt. Keine Ahnung, was ich tun soll.«

»Ach, das wird schon wieder. Lass die Frauen mal unter sich bleiben. Los, zeig mir den Pub!«

Matts Durst war beeindruckend. Der erste Pint Guinness war binnen einer halben Stunde leer und mein Freund war gerade dabei, bei Maggie Nachschub zu bestellen.

»Also, ich trinke keinen Schluck mehr. Das Zeug ist mir zu stark.«

»Was bist du für 'ne Pussy, Harper. Da verträgt Betty ja mehr und die ist nicht jeden zweiten Abend zum Saufen hier.«

Maggie stand mit dem Tablett vor dem Bauch neben dem Tisch und servierte uns ungefragt zwei weitere Gläser Guinness und dazu eine hellbraune Flüssigkeit im Schnapsglas.

»Maggie, ich komme gar nicht zum Saufen her! Nimm das Zeug wieder mit. Was soll das überhaupt sein?«

»Irish Car Bomb.«

Matt lachte. Mir war schleierhaft, worüber.

»Alter, wenn du das nicht mit mir trinkst, dann kannst du allein vor den Traualtar treten.«

Ich sah zwischen beiden fassungslos hin und her. Matt reichte Maggie die Hand.

»Hey, ich bin Matt. Schön, dich mal live zu erleben.«

Sie griff derb nach Matts Hand und nickte.

»Freut mich auch Matt. Wenigstens scheinst du nicht so eine…«

»Maggie! Es reicht. Verzieh dich wieder hinter den Tresen.«

Bevor sie mit ihrem Backsteinkörper unelegant davon tänzelte, versenkte sie die zwei Schnapsgläser in je ein Bierglas und brüllte quer durchs Lokal.

»Auf ex!«

Bestens dressiert, grölten die Männer und Frauen um uns herum und feuerten uns an. Matt setzte das Glas an und zog es ohne mit der Wimper zu zucken leer. Mein Gesöff wollte nach der Hälfte bereits meinen Körper wieder verlassen. Mit geschlossenen Augen kämpfte ich gegen das Würgegefühl an. Alles war besser, als mir die

Blöße zu geben und vor versammelter Mannschaft auf den Tisch zu reihern.

Manchmal hasste ich Maggie.

Und Matt.

»Verdammt. Wo bin ich?«

Matts Gefluche weckte mich letztlich ganz aus meinem Halbschlaf. Ich sah mich um und stellte erleichtert fest, dass ich die Bäume um uns herum wiedererkannte. Im Suff hatten wir zumindest in den richtigen Garten gefunden. Matt setzte sich auf und stützte den schmerzenden Kopf in die Hände.

»Keine Sorge, wir haben es irgendwie nach Hause geschafft. Lass uns reingehen und sehen, was die Frauen so treiben.«

Der erhoffte Jubel blieb jedoch aus. Die Frauen saßen mit den Kindern am Küchentisch und frühstückten. Betty sah mich missbilligend an, grinste dann aber hämisch. Pennys Blick war ähnlich gehässig.

»Da haben wir den Übeltäter.«

»Was habe ich denn jetzt schon wieder verbrochen?«

»Du meinst wohl erbrochen.«

Okay, das war nicht das, was ich hören wollte. Während sich die beiden Damen über mich lustig machten, verschwand ich im Bad. Doch mein Spiegelbild fand dann auch ich widerlich. Auf meinem T-Shirt war überall eingetrocknete Kotze verteilt.

Wundervoll.

Nachdem ich es entsorgt und meine Zähne geputzt hatte, tauchte Betty im Türrahmen auf.

»Irish Car Bomb, hm?«

»Na und?«

»Sei nicht gleich eingeschnappt, Brandon. Ich war die

Erste, die das Zeug bei Maggie trinken musste. Glaub mir, ich weiß, wie das wirkt.«

»Wie bitte? Maggie gibt dir Alkohol zu trinken?«

»Willst du schon wieder damit anfangen? Ich werde wohl noch am besten wissen, was ich tue. … Allerdings hätte ich nicht gedacht, dass es mich so umhaut. Dabei hatte ich nur eine halbe Portion.«

»Also gut, Betty. Friedensangebot. Du hörst auf, dieses Zeug zu trinken, und ich lass dich in Ruhe.«

Sie stieß sich vom Türrahmen ab und stellte sich neben mich vors Waschbecken. Über den Spiegel betrachteten wir uns wortlos, bevor sie ihr Top auszog und nur noch in Hotpants vor mir stand.

»Da ich heute Morgen bereits dein Abendbrot von der Einfahrt spülen musste, bin ich noch gar nicht zum Duschen gekommen.«

»Dann lass es mich wiedergutmachen.«

Wir waren kaum aus der Dusche raus, da klingelte es Sturm. Erst verdächtigte ich die Kids und zog mich in aller Ruhe weiter an. Doch als Matt die Treppe hinauf brüllte, dass Detective Johnson da war, stellte sich ein merkwürdiges Gefühl in mir ein. Auch Betty sah mich fragend aus dem Badezimmer an. Leider musste ich feststellen, dass Matt sich nicht irrte. Johnson stand tatsächlich mitten in unserem Wohnzimmer und sah aus dem Fenster hinaus zu den Bergen. Ein Blick zu Matt reichte, dass er mit seiner Familie in den Garten ging, sodass ich allein mit dem Detective sprechen konnte.

»Hallo Detective, waren wir nicht so verblieben, dass sie mich aus ihren Ermittlungen heraushalten?«

Statt der Hand reichte er mir die Denver Post.

Dunkle Schatten lagen unter seinen Augen.

»Mr. Harper, das hätte ich ja gern. Aber leider gab es da einen nicht zu ignorierenden Zwischenfall.«

Seine Andeutung ließ nichts Gutes erahnen. Ich schlug widerwillig die gefaltete Zeitung auf und entdeckte eine Nachtaufnahme unseres alten Hauses in Lakewood. Doch erst die Schlagzeile ließ meinen Atem stocken:

Leiche in Lakewood bei Poolbau entdeckt.

»Ich habe gestern einen Tipp von Officer Harly bekommen, deren Kollegen den Fall übernommen haben. Sie lassen mich aufgrund des alten Falls an den Ermittlungen teilhaben. Ich konnte gerade noch verhindern, dass man ihren Namen als Vorbesitzer damit in Zusammenhang bringt. Aber sobald man weiß, wer das dort in der Grube ist, kann ich sie nicht mehr schützen.«

»Aber was habe ich denn damit zu tun?«

»Keine Ahnung, aber wir werden es herausfinden.«

»Wir werden es herausfinden? Nichts werden Sie finden! Ich weiß gar nichts über eine Leiche in unserem Garten.«

»Was denn für eine Leiche? Brandon? Was ist hier los?«

Betty stand sichtlich aufgebracht hinter uns. Nichts hätte sie davon mitbekommen sollen. Doch nun war es zu spät dafür. Wütend sah ich Johnson an und reichte ihr die Zeitung weiter. Während Bettys Augen über den Bericht rasten, wandte sich der Detective wieder an mich.

»Ich muss Ihnen dazu ein paar Fragen stellen.«

Er zog seinen kleinen Notizblock aus der Brusttasche

und blätterte auf eine unbeschriebene Seite um.

»Ich weiß nichts darüber, das habe ich doch schon gesagt.«

»Ja, das haben Sie. Aber vielleicht können Sie sich daran erinnern, wann die Terrasse gebaut worden ist, oder war diese schon immer da und Ihre Eltern haben diese mit Kauf des Hauses erworben?«

»Nein, das Haus haben meine Eltern bauen lassen. Mom hatte sich immer eine Terrasse gewünscht und Dad wollte ihr diese zum fünfzehnten Hochzeitstag schenken. Bevor sie fertiggestellt wurde, passierte der Unfall. Ich war bis zur Beerdigung bei meinen Großeltern und als ich wieder nach Hause kam, war sie da.«

»Was heißt bevor die Terrasse fertiggestellt war? Wie weit waren die Bauarbeiten vorangeschritten?«

»Keine Ahnung. Hätte ich gewusst, was mich sechzehn Jahre später erwartet, hätte ich vielleicht noch einmal genau hingesehen.«

»Mr. Harper, bei allem Respekt. Ich versuche, Ihnen zu helfen. Schließlich bin ich hier und nicht die Jungs vom Sechsten. Die holen nämlich gerade ihren fehlenden Nachtschlaf nach, während ich Idiot mich ins Auto gesetzt habe und hergefahren bin.«

Betty schmiss die Zeitung auf den Wohnzimmertisch.

»Sie haben RAecht, Sir. Lassen wir die Polizei ihre Arbeit machen und dich entlasten, Brandon. Ich mache Ihnen Kaffee und etwas zu essen. Ruhen Sie sich aus, bevor sie fahren.«

Johnson nickte und klappte seinen Notizblock zu. Damit war die Fragestunde beendet.

Zwei Tage vor der Hochzeit gab es viel zu tun, sodass kaum jemand verfolgte, wie der Leichenfund vermehrt in den Fokus des öffentlichen Interesses rückte. Den ersten Journalisten jagte Matt noch belustigt vom Grundstück, doch als man uns nachts mit Steinen die Fensterscheiben einschlug und Penny dabei nur knapp verfehlte, reichte es mir. Johnson versicherte mir, dass sie unseren Namen aus der Presse gehalten hatten und veranlasste Polizeischutz. Die letzten Hotelgäste reisten überstürzt ab und verlangten ihr Geld zurück. Weitere Gäste, die nach der Hochzeit Zimmer bei uns gebucht hatten, stornierten ihre Buchungen. Da Denver meist Touristen aus aller Welt beherbergte, hielt sich der Schaden dort in Grenzen. In einer Hausmitteilung versuchte ich zu erklären, was mir derzeit an Fakten bekannt war, und dass ich mit den Vorkommnissen nichts zu tun hatte. Percy stand zum Glück hinter mir und erstickte jede Revolte im Keim. Alles ging so schnell, dass ich überhaupt nicht begriff, wie wir ohne unser Zutun in diese Lage geraten waren. Wenigstens blieben die Brodys bei uns. Betty fand in Penny eine Freundin als Stütze und ich vertraute mich Matt an.

Bevor ich am letzten Tag mit ihm ins Hotel umziehen wollte, fuhren Betty und ich noch einmal zu Reverend Miles. Zwar hatten wir alles besprochen, doch er bestand auf ein erneutes Treffen und ehrlich gesagt, freuten wir uns darauf und hofften, dass ein wenig Ruhe und Frieden der kirchlichen Atmosphäre auf uns abfärbte.

Die Kirche glich mit ihrem wuchtigen, runden Turm und den kleinen schmalen Fenstern vielmehr einer Burg. Wie auch unser Hotel wurde diese um 1890 aus rotem Sandstein erbaut. Noch hing über der zweiflügligen Eichentür keine Blumengirlande, doch am nächsten Tag würde alles wunderschön geschmückt sein.

Der Reverend begrüßte uns und bat uns in sein Büro. Wir folgten ihm die hölzerne Wendeltreppe hinauf.

»Ms. und Mr. Harper, nun, es fällt mir äußerst schwer, Ihnen einen Tag vor Ihrer Hochzeit solch eine Nachricht verkünden zu müssen … ich sag es Ihnen am besten ganz frei heraus. Ich kann Sie beide morgen nicht trauen.«

Bettys Hand verkrampfte in meiner und sie blickte geschockt zu mir. Doch auch ich brauchte ein paar Wimpernschläge, um seine Worte zu verarbeiten.

»Der Druck der Gemeinde hat mich dazu gebracht, Rat von oben zu holen.«

»Sie haben Gott gefragt, ob Sie uns trauen dürfen?«

»Nein, nein. Gott hätte sicher anders darüber befunden. Ich habe beim Bischofskonzil angerufen, um dem Druck der Gemeinde zu entkommen. Leider hat man sich gegen diese Trauung ausgesprochen. Es tut mir leid. Ich habe selbst nicht damit gerechnet.«

»Wir haben doch überhaupt nichts mit der Leiche in Lakewood zu tun. Ich verstehe nicht, warum die Leute sich darüber das Maul zerreißen. Und dass man uns jetzt auch noch unserer Hochzeit beraubt, ist eine absolute Frechheit.«

Ich kramte in meiner Brieftasche nach der Visitenkarte von Detective Johnson. Meine Hände zitterten vor Aufregung.

»Rufen Sie gern den Detective an. Er wird Ihnen schon sagen, dass ich damit nichts zu tun habe.«

»Beruhigen Sie sich, Mr. Harper. Wenn es nicht so aussichtslos wäre, würden wir dieses Gespräch nicht führen. Ich hatte nämlich das Gefühl, dass man bereits anderweitig an das Konzil herangetreten war. Das, was in Denver gerade untersucht wird, ist dabei gar nicht der ausschlaggebende Punkt. Vielmehr scheint Ihre familiäre Verbindung ein Problem zu sein. Dass Ihre Verlobte bereits Harper heißt, ist ja kein Zufall.«

Betty sprach kein Wort mehr und zog sich sofort ins Schlafzimmer zurück, als wir nach Hause kamen. Nachdem ich Matt und seine Frau auf den neusten Stand gebracht hatte, halfen sie mir, alle Gäste und Dienstleister zu informieren. Es war keine große Hochzeit, doch der Schaden war beachtlich. Einen Tag vor der Hochzeit gab es nichts mehr zu retten. Wir konnten lediglich die Lieferungen aufhalten, auf den Kosten blieben wir jedoch sitzen. Am Ende des Tages wollte ich nur noch in den Wald gehen und laut hinausschreien, wie beschissen alles war. Und genau an diesem Tiefpunkt erreichte mich eine Nachricht von Johnson: Leiche ist Schroeder. Die Kollegen sind unterwegs.

»Wie oft wollen Sie mich das eigentlich noch fragen? Das ist Ewigkeiten her. Ich war nach dem Tod meiner Mutter bei meinen Großeltern und bekam nicht mit, wie die Terrasse gebaut wurde. Egal, was sie brauchen, um diesen Fall zu klären, ich kann es Ihnen nicht liefern. Leider ist auch keiner der Beteiligten mehr am Leben, dass wir sie mal fragen könnten. Glauben Sie mir. Ich würde nur zu gern wissen, was es mit diesem Mist auf sich hat.«

Die graue Metalltür des Verhörraums schwang auf und Johnson trat ein.

»Macht mal 'ne Pause, Jungs. Drei Stunden reichen wohl fürs Erste.«

Mir stellte er eine Flasche Wasser mit ein paar Keksen hin.

»Warum kann ich nicht endlich gehen? Ich weiß doch nichts.«

»Ich werde gleich mal mit den Kollegen sprechen. Ich wollte Ihnen noch erzählen, wo ich heute war.«

Er lehnte sich zurück und faltete seine Hände über der Brust zusammen.

»Nachdem ich wusste, dass es sich um Schroeder handelt, bin ich gleich mal zu Maureen Brody gefahren, um sie davon in Kenntnis zu setzen. Zuvor zeigte ich ihr noch die Notiz, die Sie mir gegeben hatten. Raten Sie mal.«

Gelangweilt sah ich ihn an und machte eine Handbewegung, dass er einfach fortfahren sollte.

»Sie erkannte eindeutig die Schrift ihres Vaters.«

»Tut mir leid, wenn mich das jetzt nicht überrascht, und geben Sie doch zu, dass Sie es eigentlich schon vermutet haben.«

»Ja, habe ich. Wenn es so ist, wie ich denke, ist Schroeder kurz nach ihrer Mutter in der Grube gelandet. In Verbindung mit dem Zettel könnten Erpressung und Rache Motive für die Morde sein.«

»Sie glauben ernsthaft, dass Dad sich an Schroeder gerecht hat, weil der an dem Unfall meiner Mutter schuld ist?«

Johnson hob die Achsel und ließ mich mit meiner Frage im Raum zurück. Fassungslos schüttelte ich den Kopf. Bis die Tür erneut aufflog und eine junge Polizistin mich entließ.

***

Die Brodys waren schon vor Tagen abgereist, doch bei uns wollte keine Ruhe einkehren. Betty ließ die manische Phase aus und ging direkt in die Depression über. Das Hotel in Aspen blieb geschlossen und Maggie versorgte uns mit Lebensmitteln und schlechten Nachrichten. Ein Plakat am Balkon unseres Hotels, auf dem Mörderpack geschrieben stand, hatte sie bereits von der Polizei abreißen lassen. Das Graffiti hingegen war nicht so leicht zu entfernen. Auch ich war niedergeschlagen und wusste überhaupt nicht mehr, wie ich der Lage Herr werden sollte. Mit jeder Rechnung, die nach dem Hochzeitstermin ins Haus flatterte, wurde ich wieder daran erinnert, wie einfach es war, in das Leben anderer zu pfuschen.

An einem heißen Nachmittag rief mich Percy an und teilte mir mit, dass er nun in Aspen sei, sich um das Graffiti gekümmert hatte und die ersten Gäste eintreffen würden. Außerdem sollte ich den Fernseher einschalten. Prompt erwischte ich einen Sender, der Johnson neben seinem Vorgesetzten, Leiter der Cold Case Homizide, zeigte, während er erklärte, dass der Zusammenhang zwischen der Leiche auf dem Grundstück in Lakewood und einem weiteren Fall bestätigt werden konnte, und die Akte geschlossen sei. Ein Reporter fragte, ob mein Vater der Mörder war und was das für die Familie Harper nun bedeutete. Johnson sah von dem Mann vor ihm auf direkt in die Kamera und es fühlte sich an, als spräche er zu mir.

»Da alle Zeugen und Verdächtige in diesem Fall bereits verstorben sind, lässt sich nicht abschließend klären, ob es sich um Unfälle oder Morde handelt. So lange gilt die Unschuldsvermutung. Und genau aus diesem Grund bitte ich Sie, die hinterbliebenen Familien in Ruhe zu lassen und keine weiteren Gerüchte in die Welt zu setzen.«

Anschließend übernahm sein Vorgesetzter das Wort und lobte seine Abteilung für die tolle Arbeit und den Anstieg der gelösten Fälle. Dafür, dass unser Leben durch diesen Fall vollkommen aus dem Ruder gelaufen war, empfand ich die Ansprache mehr als dürftig. Ich war mir nicht einmal sicher, ob Johnson überhaupt wusste, dass wir unsere Hochzeit absagen mussten. Wie auch immer, nun war es vorbei. Betty und ich mussten einen Weg zurück in den Alltag finden. Zum Glück gab es Menschen wie Percy, die ungefragt halfen, wenn man selbst kein Licht mehr in all der Dunkelheit sah.

Als Bettys Hand meine Schulter berührte, fuhr ich erschrocken zusammen.

»Meine Güte Betty, hast du mich erschreckt.«

Meine Hand schnellte zum rasenden Herzen. Sie gluckste amüsiert.

»Das tut mir leid. Ich habe gehört, was Johnson gesagt hat. Es ist vorbei und ich will mich keinen Tag länger darüber ärgern, dass unsere Hochzeit ausgefallen ist. Lass uns irgendwo anders heiraten, ganz klein.«

Sie kam auf mich zu und schloss mich mit ihren

zarten Armen in eine feste Umarmung.

»Vielleicht ist das gar keine so schlechte Idee. Ich bin nur etwas verwundert über deine schnelle Erholung …«

»Das liegt daran, dass ich gar keinen Schub hatte. Dr. Yung hat mir jegliche Art von Stress verboten, damit es erst gar nicht dazu kommt. Da habe ich mich vorsorglich zurückgezogen. Aber mir geht es gut. Kein Grund zur Sorge.«

»Warum darf Dr. Yung dir Stress verbieten und ich nicht?«

»Na ja, letzte Woche wusste ich es noch nicht.«

»Wusstest was nicht?«

»Ich fühlte mich sehr merkwürdig in letzter Zeit und dachte, dass ich kurz vor einem Schub stehe. Damit ich meine eigene Hochzeit nicht deswegen absagen musste, bin ich letzte Woche noch einmal zu ihr in die Praxis gefahren.«

»Und? Was ist mit dir?«

»Wir bekommen ein Baby, Brandon.«

***

»Mr. Harper, herzlichen Glückwunsch zur Hochzeit.«

Überrascht seine Stimme zu hören, sah ich von meinen Unterlagen, die Percy mir gegeben hatte, auf.

»Danke Detective, was machen Sie denn hier? Irgendwie habe ich gehofft, dass wir uns nie wieder sehen werden.«

»Ja, ich irgendwie auch. Jedenfalls nicht dienstlich. Aber es trifft sich gut, dass ich Sie hier in Denver

232

antreffe.«

»Wie bitte? Sie wollen mir jetzt nicht ernsthaft mitteilen, dass der ganze Mist von vorn losgeht.«

»Genaugenommen hat der ganze Mist nie aufgehört.«

Mir wurde schlecht bei seinen Worten.

Unaufgefordert fuhr er fort.

»Wir haben die Akten keineswegs geschlossen. Wir mussten Sie und die Öffentlichkeit aus dem Fall heraushalten, um im Hintergrund weiter ermitteln zu können. Ich will es Ihnen erklären.«

»Nur, wenn ich es wissen muss.«

»Sonst wäre ich nicht hier. Also, ich habe die Spur des Gutachters weiterverfolgt, der damals den Unfallwagen Ihrer Mutter inspizierte. Wie sich herausstellte, ein ehemaliger Kollege namens Dan Phillips. Ein Forensiker, der im Ruhestand in seiner Werkstatt Oldtimer geschraubt hat. Ein guter Freund ihres Vaters.«

»Warum kommen Sie erst jetzt damit an? Das hätten Sie bereits vor Monaten klären können.«

»Nicht wirklich. Damals stellte er sich dement. Konnte sich an nichts erinnern. Doch letzte Woche erhielt ich einen Anruf aus dem Krankenhaus, dass er mich sprechen möchte. Er lag im Sterben, wollte mir aber noch einiges erzählen. Ihr Vater hat herausgefunden, dass Schroeders Baufirma weiterhin Asbest verbaute, obwohl er sich in der Öffentlichkeit als Gegner darstellte. Währenddessen machte er mit der Firma seiner Frau neues Geld, die diesen krebserregenden Mist teuer sanierte. Dieses Spiel wollten sie auch mit Ihrem Hotel in Denver abziehen. Wäre Ihr Vater ihnen nicht auf die Schliche gekommen. Er wollte Schroeder anzeigen, doch der drohte ihm. Kurz darauf kam Ihre

Mutter ums Leben und er ließ das Auto direkt zu Phillips bringen. Ihrem Vater wurde gedroht, dass ein weiteres Unglück passieren würde, wenn er nicht die Klappe hielte. Für Ihren Vater und Phillips war der Fall klar, Schroeder hatte es auf Sie abgesehen.«

Entsetzt sprang ich auf.

»Auf mich? Sie wollen mir ernsthaft erzählen, dass man MICH umbringen wollte?«

»Ich kann Ihnen nur das mitteilen, was mir Phillips erzählte. Veränderte sich das Verhalten zu Ihrem Vater nach dem Unfall?«

»Natürlich! Alles hatte sich geändert. Mom war tot und er trauerte. Ich trauerte. Wir lebten nebeneinander her und er war froh, wenn er sich nicht um mich kümmern musste. Ich war froh, wenn er mich in Ruhe ließ. Eigentlich war ich danach nur noch bei meinem Freund Matt. Leider schafften wir es nie wieder, uns anzunähern. Und als ich es noch einmal versuchen wollte, war es zu spät.«

»War Ihr Vater denn kein Familienmensch?«

»Doch, absolut.«

»Versetzen Sie sich doch mal in seine Lage. Sie wissen, dass man Ihre Frau umgebracht hat und man droht Ihnen ein weiteres Unglück an. Nebenbei müssen Sie ein Hotelimperium leiten und Vater sein. Sie waren zu der Zeit Teenager und vermutlich sowieso schwer zu kontrollieren.«

»Sie meinen, es war Absicht, dass er mich ziehen ließ? Dass er mich alle die Jahre in Chicago in Ruhe gelassen hat? Aber Schroeder war doch tot. Warum ist er nicht wieder auf mich zugegangen.«

»Keine Ahnung. Das hätte alles sein können. Das

schlechte Gewissen, als Vater versagt zu haben. Vielleicht wusste er auch gar nicht, dass Schroeder tot war und hat nach wie vor befürchtet, dass man Ihnen etwas antun will. Vielleicht wusste er aber auch, dass Schroeder gar nichts damit zu tun hatte. All diese Fragen stelle ich mir die ganze Zeit. Leider war ich an der Befragung von Maureen Brody nicht mehr beteiligt. Aber ich habe mir die Aufzeichnungen der Kollegen noch einmal angesehen. Viel hat sie ja nicht gesagt, aber ein Satz hat mich stutzig gemacht. Sie behauptete nämlich, dass es mal wieder einen Falschen getroffen hat. Im Zusammenhang des Verhörs konnte man dies eher als allgemeingültige Entschuldigung werten. Doch wenn ich mir diese Aussage mal genauer anschaue, wirft das einige Fragen auf. Was, wenn nicht Ihre Mutter, sondern Ihr Vater im Auto hätte sitzen sollen? Was, wenn Schroeder gar nichts damit zu tun gehabt hätte? Was, wenn Maureen mehr weiß und das zu Ende bringen wollte, was sie, während der Highschool, begonnen hatte?«

Mir schwirrte der Kopf. Diese vielen Vermutungen machten mich wahnsinnig und sie machten mir Angst.

»Stopp, Detective. Verraten Sie mir doch einfach, was sie daraus schlussfolgern.«

»Es ist viel, das ist mir klar. Ich fasse mich kurz. Meine Vermutung ist, dass Schröder bei Ihrem Vater war, um ihm zu versichern, dass er mit dem Tod Ihrer Mutter nichts zu tun hatte. Wie er in die Grube gelangt war, weiß ich nicht.«

»Aber wer war es dann?«

»Als ich bei Maureen im Gefängnis wegen des Zettels gewesen war, den Sie mir gaben, erzählte sie mir, dass sie ihren Vater vermisste, und hoffte, dass er irgendwann wieder auftauchte, auch wenn ihre Mutter meinte, dass er längst tot sei. Ich denke, dass wir die ganze Zeit die falsche Person im Visier hatten. Mrs Schroeder hat die Sanierungsfirma vor Jahren verkauft und macht sich unter ihrem Mädchennamen ein schönes Leben. Raten Sie mal wo?«

Wie ich seine Ratespiele hasste.

»Sagen Sie's doch einfach!«

»In Aspen.«

»In Aspen? … Wie heißt sie?«

»Stephanie Miles. Ihr Bruder ist Pastor in Aspen.«

»Ja, ich weiß. … Lassen Sie mich bitte kurz einen Anruf machen.«

Mein Herz schlug mir bis zum Hals, vor Angst und vor Wut gleichermaßen. Zum Glück nahm jemand ab.

»Miles.«

»Hallo Reverend, hier ist Brandon Harper. Ich würde gern wissen, ob ihre Schwester daran beteiligt gewesen ist, dass meine Frau und ich die Hochzeit absagen mussten?«

»Mr. Harper, ich sagte doch bereits, dass man im Konzil bereits von Ihnen wusste …«

»Reverend, wenn sie jemanden decken, werde ich die Kirche persönlich auf Schadensersatz verklagen und das werde ich ganz öffentlich machen, darauf können Sie sich verlassen.«

Am anderen Ende der Leitung wurde es still. Ich konnte die Druckwellen der zusammenschlagenden Gedanken im Kopf des Pastors geradewegs durch das Telefon spüren.

»Können wir das bitte persönlich besprechen? Es ist

gerade ungünstig.«

»Wann?«

»Heute Nachmittag, kommen Sie zu mir ins Büro.«

Entschlossen sah ich zu Johnson auf.

»Ich treffe mich heute Nachmittag mit ihrem Bruder in Aspen und möchte, dass Sie mich begleiten.«

Bevor wir aufbrachen, versicherte ich mich bei Betty, dass es ihr gut ging. Johnson und ich fuhren getrennt, was sich nach dem zermürbenden Gespräch zuvor, wie Urlaub für mein Hirn anfühlte. Als wir vor der Kirche parkten, war ich einigermaßen gefasst. Dennoch war ich froh, dass Johnson dabei war.

Reverend Miles war nervös und als ich ihm den Detective vorstellte, verstärkte sich sein Unwohlsein merklich. Zu meiner Überraschung übernahm Johnson das Wort.

»Reverend, ich bin nicht grundlos zum heutigen Termin mitgekommen. Wir haben den Verdacht, dass Ihre Schwester in mindestens zwei zusammenhängenden Fällen mit Todesfolge verwickelt ist, die sich gegen die Familie Harper richten. Können Sie mir dazu etwas sagen?«

Weiß wie die Wand hinter ihm, sackte Miles in sich zusammen.

»Aber nein, wie können Sie das nur denken? Meine Schwester ist doch keine Mörderin.«

Der Detective atmete tief ein und geräuschvoll wieder aus.

»Bei allem Respekt, Sir. Wir denken nicht nur bei der Polizei, wir verknüpfen Fakten. Es sieht jetzt schon nicht gut aus für Ihre Schwester. Es ist also besser, wenn Sie kooperieren.«

Meiner Meinung nach lehnte sich Johnson dabei ganz schön weit aus dem Fenster. Aber mir war es recht, wenn dabei endlich die Wahrheit ans Licht kam.

»Detective, ich weiß nicht, was in Denver damals passiert ist. Stephanie redet nicht darüber. Sie ist hergekommen, um das alles hinter sich zu lassen. Und als meine Nichte ins Gefängnis kam, hat sie das furchtbar erschüttert, weil sie mit den ganzen Verbrechen nichts zu tun haben will, sie das aber an damals erinnerte. Sie hat mit allem abgeschlossen. Will nichts mehr mit Maureen zu tun haben und auch nicht ihre Enkel vermissen, die sie nie zu Gesicht bekommt.«

Seine Worte erschütterten mich.

»Und das unterstützen Sie? Sollten Sie ihr nicht sagen, dass Gott alles verzeiht und das auch sie ihren Mitmenschen vergeben soll? Soweit ich weiß, wollte Maureens Mutter auch während der Ehe mit Matt nichts mit den Enkeln zu tun haben. Von vermissen kann also keine Rede sein. Ist es nicht viel mehr so, dass Ihnen Ihre Schwester einfach nur vorgelogen hat, was für eine arme Person sie ist? Ich glaube nämlich weiterhin, dass sie hinter der abgesagten Hochzeit steckt.«

Bevor der Reverend antworten konnte, fiel Johnson ihm ins Wort.

»... Was uns wieder dazu führt, dass Ihre Schwester im Hintergrund ihre Fäden zieht. Wenn ich Maureen fragen würde, wer dafür verantwortlich ist, dass sie im Knast sitzt und ihre Kinder nicht aufwachsen sieht, welchen Namen würde sie mir wohl nennen? Wenn wir mal eben beim Bischofskonzil anrufen und nachfragen, wer diesen unverschämten Anruf getätigt hat, welchen Namen würde man uns nennen?«

»Keinen.«

»Wie bitte? Haben Sie ›keinen‹ gesagt?

»Das Bischofskonzil weiß davon gar nichts. Es war meine Schwester.«

»Aber das war doch sicherlich kein Wunsch, den Sie ihr aus geschwisterlicher Nächstenliebe erfüllt haben?«

»Nein, sie hat mir keine Wahl gelassen.«

»Sie meinen, sie hat Sie erpresst.«

»Ja.«

»Erfahren wir auch, womit?«

»Nein, Sir. Das möchte ich nicht sagen, wenn ich nicht muss.«

Johnson zuckte mit den Schultern.

»Ich kann Ihnen nicht versprechen, ob das so bleibt. Mir ist in erster Linie wichtig, die vorliegenden Fälle zu klären. Am besten beginnen wir noch einmal von vorn. Erzählen Sie uns von Ihrer Schwester!«

»Stephanie hatte schon immer einen Hang zu Gewalttätigkeit. Sie ist skrupellos und scharrt Menschen um sich, die ihr nach der Pfeife tanzen. Meine Schwester saugt jeden aus, bis sie etwas gegen ihn in der Hand hat, um es entsprechend einzusetzen. Sie erpresst alle um sich herum. Maureen ist genauso wie sie. Dunkel und aggressiv.«

»Trauen Sie ihr einen Mord zu?«

»Seit heute Vormittag traue ich ihr alles zu.«

»Was war heute Vormittag?«

»Als Sie anriefen, Mr. Harper, war Stephanie gerade hier und hat unser Gespräch mitbekommen. Sie war außer sich vor Wut und hat mir unmissverständlich klar gemacht, dass es ernsthafte Konsequenzen haben wird, wenn ich auch nur ein Wort über sie sagen würde. Da wusste ja niemand, dass Sie in Polizeibegleitung kommen würden.«

»Wo ist sie jetzt?«

»Ich weiß es nicht.«

Miles gab uns die Privatadresse seiner Schwester und entschuldigte sich mehrfach. Johnson schickte mich nach Hause und er selbst fuhr direkt zu Stephanie Miles.

In unserem Haus war es ruhig, sodass ich davon ausging, dass Betty sich, wie so oft in letzter Zeit, hingelegt hatte. Doch das Bett fand ich leer vor. Auch bei Maggie war sie nicht. Ich ging wieder hinunter, nahm mir ein Wasser aus dem Kühlschrank, bevor ich Johnson anrief.

»Ich wollte Sie auch gerade anrufen, Mr. Harper. Hier macht keiner auf. Wahrscheinlich ist sie nicht zuhause.«

»Betty ist auch nicht hier oder im Pub. Ich werde gleich noch einmal ins Hotel fahren …«

Plötzlich hörte ich ein Rumpeln aus dem Gästezimmer.

»Warten Sie, Detective. Ich habe etwas gehört …«

Nervös ließ ich den Telefonhörer fallen, lief nach Betty rufend in den hinteren Bereich des Hauses und traute meinen Augen kaum, als ich meine hochschwangere Frau gefesselt und geknebelt an der Duschstange im Gästebad vorfand. Sie war ganz nass und aus ihren Augen quoll panische Angst. Durch den Knebel schrie sie und ich machte einen Satz in ihre Richtung, um sie zu befreien. In diesem Augenblick spürte ich einen heftigen, dumpfen Schmerz und schließlich gar nichts mehr.

Als ich wieder zu mir kam, erinnerte mich mein pochender Kopf sofort daran, dass etwas nicht stimmte. Meine Füße und Hände waren mit Kabelbindern auf dem Rücken schmerzvoll zusammengebunden. Je mehr ich versuchte, eine Stellung zu finden, die nicht schmerzte, desto schlimmer wurde es. Ich lag am anderen Ende des langgezogenen Badezimmers und hörte Betty schwer atmen.

»Betty, ich bin hier mein Schatz, alles wird gut. Hörst du? Ich bin bei dir.«

Plötzlich stieg ein immer lauter werdender Schrei aus der Dusche hervor. Hektisch versuchte ich, seitlich zu ihr zu robben. Doch war ich zusätzlich noch an einem Rohr an der Wand hinter mir festgebunden. Ein hässliches Lachen erklang.

»Brandon, Brandon. Du bist genauso ein romantischer Vollidiot, wie dein Vater.«

Stephanie Meyers stand in der Tür und die Ähnlichkeit zur Tochter ließ mich erschaudern. Sie war die ältere Version von Maureen. Mir war auf der Stelle klar, dass ihre Tochter mit den ganzen Schönheitsoperationen nur ein Ziel verfolgte. Sie wollte genauso aussehen wie ihre Mutter.

»Du glaubst doch wohl nicht ernsthaft, dass ihr zwei dieses schöne Haus lebendig verlassen werdet. Während man euch in den nächsten Tagen mit den Füßen voran in Leichensäcken abtransportiert, genieße ich meinen Ruhestand auf Hawaii.«

Bettys Schreie ebbten ab und verwandelten sich wieder in jenes abgehakte Schnaufen.

»Was hast du mit ihr gemacht? Warum schreit sie so?«

Sie kam auf mich zu und drückte den Lauf einer Pistole an meine Stirn. Angst kroch mir die Eingeweide entlang.

»Das, mein Lieber, habt ihr ganz allein zu verantworten. Nur leider wird keiner von euch das Ergebnis je zu Gesicht bekommen. Vielleicht nicht mal ich. Lange wird es nicht mehr dauern. Wenn meine Uhr richtig geht, alle fünf Minuten.«

Wehen! Betty hatte Wehen! Verdammte Scheiße.

»Lass Betty gehen! Sie hat doch damit nichts zu tun. Knall mich ab, aber lass sie gehen, verflucht noch mal.«

»Ihr seid so ein widerliches Pack. Niemand von euch wird jemals lebend dieses Haus verlassen. So lange habe ich auf diesen Moment gewartet. Ich werde euch Harpers ausrotten.«

»Warum?«

»Dein Vater hat mir alles genommen. Meinen Mann, meinen Ruf, meine Karriere, das viele Geld, was ich nicht mehr verdienen konnte. Ich hätte heute Senatorin sein können.«

»Mein Vater war kein Mörder.«

»Ja, richtig. Auch das musste ich selbst erledigen.«

»Was? Du hast deinen eigenen Mann umgebracht? Aber wieso?«

»Der Scheißkerl hat sich überlegt, die Fronten zu wechseln. Erst hat er sich geweigert, deine Mutter zu erledigen, dann wollte er auch noch gegen mich aussagen, um mit seinem Asbestscheiß davonzukommen. Eines habe ich daraus gelernt. Verlasse dich nur auf dich selbst.«

»Warum hast du dann Maureen auf mich angesetzt.«

»Einen Teufel habe ich. Das dumme Kind glaubt wahrscheinlich heute noch, dass dein Vater Alfred um die Ecke gebracht hat und will sich noch immer rächen. Dabei hat der sich schon in die Hose geschissen, wenn man ihn nur falsch angeguckt hat. Wie auch immer. Eure letzte Stunde hat geschlagen.«

Wieder begann Betty zu schreien, dass es mir die Därme im Leib zusammenzog.

»Mach ihr doch wenigstens die Knebel locker, damit sie besser atmen kann.«

»Wieso, sie ist sowie gleich tot.«

Sie erhob sich aus der Hocke und stellte sich vor die Dusche, hob die Waffe und zielte auf meine Frau. Mein Schrei vermischte sich mit Bettys und einem ohrenbetäubenden Schuss. Plötzlich stürmte Johnson ins Bad gefolgt von zwei weiteren Polizisten. Stimmen. Schritte.

Zu viele Leute in dem kleinen Raum.

»Brandon, es ist vorbei. Sie sind in Sicherheit und Ihre Frau wird gleich versorgt. Der Krankenwagen ist unterwegs.«

Benommen setzte ich mich auf und sah die blonde leblose Frau mitten im Bad liegen. Blutend. Unzählige rote Sprenkel waren überall an den Wänden verteilt. Johnson löste die Kabelbinder und ich stakste auf wackligen Beinen über den Körper zwischen uns – zu meiner Frau, um sie endlich in meine Arme zu schließen, um mich davon zu überzeugen, dass sie lebte.

Als ich Stunden später meine kleine Tochter in den Armen hielt, liefen mir die Tränen, vor Erleichterung und vor Glück. Sie war so unendlich schön. Und winzig. Mit riesigen Augen und schwarzem Haar.

»Sie sieht aus wie ihr Vater.«

Betty strahlte, obwohl mir ihr geschundener Körper etwas anderes sagte.

»Soweit ich weiß, ändert sich das noch tausend Mal.«

Sie sah mich verblüfft an.

»Hört. Hört.«

»Sagt Matt doch immer.«

»Ich hatte keine schwarzen Haare bei meiner Geburt!«

»Egal, sie ist das schönste Kind der Welt und ich bin der glücklichste Vater der Welt.«

Tränen kullerten aus Bettys großen, grünen Augen.

»Geht's einigermaßen, Darling?«

»Ich denke schon. Wir müssen sicher noch eine Weile darüber sprechen, damit es nicht ins Unterbewusstsein abrutscht. Es war wirklich …«

»Ja, geht mir auch so. Mach dir keine Sorgen. Wir werden das schaffen. Und jetzt verrate mir ihren Namen.«

Sie drückte meine Hand und atmete einmal tief durch.

»Das möchte ich mit dir gemeinsam entscheiden, Brandon. Aber ich möchte einen neuen Namen, keinen Vererbten.«

»Sie ist so schön. Ihr Name sollte genau das ausdrücken, was ich gerade empfinde.«

»Was hältst du von Jolie? Das ist Französisch und bedeutet hübsch.«

»Jolie Harper. Klingt wundervoll.«

Dr. Yung war eingetroffen und versorgte Betty mit ihren Medikamenten, während ich mir einen Kaffee holte. Im Flur fing mich Johnson ab und gratulierte mir zur Geburt unserer Tochter. Dankbar umarmte ich den Detective.

»Sie haben uns heute allen das Leben gerettet. Ich habe gedacht, es geht zu Ende.«

Er lächelte gelöst.

»Es ist zu Ende! Diese Frau wird niemandem mehr Schaden zufügen.«

»Sie hat ihren Mann selbst umgebracht. Können Sie sich das vorstellen?«

»Ich habe es vermutet, aber wenn sie es zugegeben hat, können wir diese Akte nun endgültig schließen.«

»Und die meiner Mutter können Sie auch schließen. Auch das war sie.«

Johnson nickte verhalten. Er wusste, wie sehr mich dieser Gedanke belastete.

»Was war eigentlich ihr Motiv?«

»Ihr Mann hat sich wohl mit meinem Vater gegen sie verbündet mit der Konsequenz, dass sie nicht das Leben leben konnte, was sie sich vorstellte. Sie hat den Senat erwähnt.«

»Oh, da sieht man mal wieder, wie gefährlich Größenwahn sein kann. Ihr Haus wird übrigens bis übermorgen gereinigt sein. Wenn Sie wieder zurückkommen, wird man nichts mehr sehen.«

»Nein, lassen Sie sich Zeit, das kann ich Betty nicht antun. Die Zeit jetzt nach der Geburt wird ohnehin eine Achterbahnfahrt für uns alle. Ich werde das Haus wohl verkaufen und wir fangen irgendwo neu an. Mal sehen, was meine Frau dazu sagt.«

»Vielleicht gar keine so schlechte Idee.«

»Detective, eine Sache wollte ich noch loswerden.«

»Sicher, nur zu.«

»Stephanie sagte, dass Maureen wohl annahm, Dad wäre schuld am Tod ihres Vaters.«

»Wenn das stimmt, dann hat Maureen mich im Gefängnis belogen, als sie meinte, sie würde ihren Vater vermissen und hoffe, dass er wiederkomme.«

»Richtig, daran konnte ich mich nämlich noch erinnern. Dann hatte sie also wirklich vor, mich umzubringen, und wusste vermutlich genau, dass im Lauf eine Kugel steckte.«

Überwältigt von dieser grauenvollen Erkenntnis, blieb ich stehen. Mein Herz begann erneut zu rasen, sodass sich meine Hand wie von selbst schützend auf den Brustkorb legte.

»Ich kann mir vorstellen, wie Sie sich jetzt fühlen. Aber ich versichere Ihnen, dass wir alles unternehmen werden, dass diese Frau ihre gerechte Strafe bekommt.«

**

Wir waren gerade auf eine kleine Ranch, eine halbe Autostunde entfernt von Aspen, gezogen. Die Herbstsonne ließ das Land vor meinen Augen in warmen Goldtönen erstrahlen. Jedes Mal, wenn ich den Sandweg entlangfuhr, bebte mein Herz vor Glück. Dort hinten in dem Holzhaus wartete meine Familie auf mich und ich konnte es kaum erwarten, vom Hotel zurück nach Hause zu kommen.

Kurz nachdem ich meine Familie aus dem Krankenhaus geholt hatte, bekamen wir einen Anruf einer Maklerin, die angeblich wusste, dass wir an einer neuen Immobilie interessiert waren. Und dann ging alles ganz schnell. Keine zwei Wochen dauerte unsere Zwischen-station im Hotel, da waren die Papiere auch schon unterschrieben und wir umgezogen.

Die Ranch lag soweit von der Straße entfernt, dass wir mit dem Fernglas nachsahen, ob Post für uns gekommen war. Betty fand das großartig und spazierte oft mit Jolie zur Postbox. Auf dem Rückweg vom Ein-kaufen kam ich an diesem Tag zuerst an der Postbox vorbei und fand einen Briefumschlag mit der Auf-schrift ›Für Ihren Neustart‹ darin. Neugierig öffnete Betty den Umschlag und starrte fassungslos auf das Stück Papier.

»Was ist denn? Zeig mal her.«

Ich griff nach dem Scheck und auch mir verschlug es fast den Atem.

»Du lieber Himmel. Da meint es aber jemand gut mit uns.«

Betty sah mich überlegend an.

»Meinst du, der ist von Reverend Miles?«

»Gut möglich. Er hat das Haus seiner Schwester mitt-lerweile verkauft.«

»Das können wir nicht annehmen.«

»Nein, du hast Recht. Es gibt sicher Menschen, die es nötiger brauchen als wir.«

Betty lächelte.

»Und ich hätte sogar schon eine Idee. Lass mich mit Dr. Yung sprechen. Sie hat mir kürzlich von einem Forschungsprojekt erzählt.«

Ich zog diese wunderschöne Frau in meine Arme. Dass wir hier inmitten dieses fantastischen Anwesens neu durchstarten konnten, war alles andere als selbst-verständlich, nach allem, was uns widerfahren war. Was auch immer ich im Sinn hatte, als ich nach Aspen kam, DAS war es sicher nicht. Es war grausam und wunderschön zu gleich. Aber so war nun einmal das Leben. Meine Frau zeigte mir immer wieder, was es heißt, geduldig für etwas einzustehen und zu kämpfen, anstatt den Weg des geringsten Widerstandes einzuschlagen. Mutig stellte sie sich ihren und auch meinen Dämonen und zeigte mir mit jedem Schub, jedem Rückschlag, wie man den Weg ins Licht fand.

Mein Licht.

Ihr Licht.

Lebensenergie, die jeder in sich trägt und die nur darauf wartet, dass man sie freilässt.

Ende